산복도로의 꿈

임회숙 소설집

산복도로의 꿈

강

차 례

흔들리다

선풍기 두 대가 돌아가고 있었지만 열기는 좀처럼 식지 않았다. 영석은 기름 솥에서 어묵을 건져 받침대에 쌓아 올렸다.

"영석아, 저것부터 포장해라."

김 사장이 진열대에 쌓인 어묵 더미를 턱짓으로 가리켰다. 영석은 위생 장갑을 벗고 포장 묶음을 풀었다. 어묵 가게 로고가 박힌 포장지에 갓 튀겨낸 어묵을 담았다. 고소한 냄새가 문화마을 골목을 채웠다. 오가던 사람들이 냄새에 이끌려 진열대를 기웃거렸다. 평일 오후의 문화마을은 한갓졌다. 여행객들이 더위를 피해 어딘가로 숨어든 때문이겠지만 김 사장의 구겨진 얼굴은 펴지지 않았다.

"택배부터 보내고 온나."

김 사장이 짜증스러운 얼굴로 영석에게 택배 상자를 안겼다. 영석은 스쿠터에 택배 상자를 싣고 우체국을 향해 내달렸다. 구불구불한 산복도로는 산 아래까지 이어져 있었다. 속도를 높이자 층층이 쌓인 집들이 쏜살같이 지나갔다. 곡각지점을 내려가자 바다가 나타났다. 카펫처럼 펼쳐진 바다는 햇살을 받아 반짝이고 있었다. 바다를 훑고 지나온 바람이 얼굴로 달려들었다. 바람에선 어김없이 마른미역 냄새가 났다. 엄마는 그것이 바다 냄새라고 했다. 항구가 가까워질수록 바다 냄새는 짙어졌다. 어선들이 정박해 있는 부두를 지나며 스쿠터 속도를 더 높였다. 영석은 친구들과 스쿠터를 탈 때처럼 핸들을 흔들며 도로를 질주했다.

　택배는 서울과 인천으로 갈 거였다. 택배 상자를 저울에 올리자 눈금이 올라갔다. 영석은 저울의 숫자처럼 빠르게 시간이 흘러 어른이 되었으면 좋겠다고 생각했다. 저울의 숫자가 멈추고 영수증이 출력됐다. 우체국 직원은 요 며칠 택배량이 준 것 같다며 걱정스런 말투로 인사를 건넸다. 김 사장 역시 택배 물량도 몇 개 안 된다며 투덜거렸었다.

　우체국을 나와 신호등 앞에 섰다. 사거리에 사람들이 모여 있었다. 공사가 멈춘 삼층짜리 건물 주변은 구급차와 경찰차로 어수선했다. 윗옷을 벗은 민머리의 남자가 삼층 난간에서 고함을 질러댔다. 사람들은 핸드폰으로 남자의 모습을 찍느라 신호가 바뀐 줄도 몰랐다. 민머리의 남자도 아버지처럼 인터넷 어딘가를 떠돌게 될지 모를 일이었다. 추락하는 아버지 모습은 여전히 인터넷을 떠돌고 있었다. 영석은 입안의 침을 끌어모아 힘껏 뱉었다. 아스팔트에 떨어진 침은 자국도 없이 말라버렸다.

사람들을 지켜보던 영석은 스쿠터 핸들을 틀어 문화마을로 향했다. 타인의 불행을 지켜보는 사람들의 눈빛이 스쿠터 바퀴에 납작하게 구겨졌다. 스쿠터는 굉음을 내며 언덕길로 접어들었다. 쏟아지는 햇살이 지붕들을 뒤덮었다. 뜨거운 햇살은 아버지를 올려다보며 울먹이던 엄마 위로도 쏟아졌었다. 이글거리며 내리쬐던 햇살의 열기가 고스란히 되살아났다. 숨이 막혔다. 영석은 다시 한번 입안의 침을 끌어모아 힘껏 뱉었다. 스쿠터는 골목을 빠져나와 도로로 접어들었다. 굽이진 도로는 차들로 붐볐다. 길목마다 셀카봉이 깃대처럼 일렁였다. 영석은 사람들 사이를 뚫고 어묵 가게로 돌아갔다.

진열대에 한 무리의 사람들이 모여 있었다. 영석은 재빨리 위생 장갑을 꼈다.

"이건 오뎅탕용이고요, 바로 드실 거면 고로케를 사세요. 땡초 맛도 있고 새우 맛도 있고……"

손님들의 손길이 크로켓 진열대로 몰렸다. 영석은 손님이 선택한 크로켓을 포장 박스에 담으며 선물용 어묵을 권했다. 삼만 원 이상이면 택배도 가능하다는 영석의 설명에 셀카봉을 든 여자가 카드를 내밀었다. 영석은 재빠르게 어묵을 택배 상자에 담았다. 여자들은 크로켓을 씹으며 사랑의 자물쇠가 있는 전망대로 몰려갔다.

"어묵 맛보고 가세요. 부산 어묵입니다!"

영석은 호객을 위해 목청을 높였다. 어묵이라 말할 때마다 목 안이 까끌거렸다. 어묵이 뭐꼬, 오뎅이지. 오뎅은 냄비에 볶아야 맛나데이. 엄마의 오뎅볶음이 먹고 싶었다. 영석은 엄마가 의식을 찾게 되면 오뎅볶음부터 만들어달라고 할 생각이었다.

미자 이모가 다녀간 모양인지 엄마 얼굴이 맑았다. 아무리 정신이 없다 해도, 찝찝할 기다. 목욕탕에서 세신사로 일하는 미자 이모는 병원에 올 때마다 물수건으로 엄마 얼굴을 닦아주었다. 추락 사고로 의식을 잃은 엄마는 잠든 듯 무표정했다. 건물에서 추락한 아버지의 몸은 엄마 위로 떨어졌고, 엄마는 의식불명 상태에 빠지고 만 거였다. 차라리 다행이다, 너거 아버지 돌아가신 거 알면 너거 엄마 저리 편히 누워나 있겠나…… 엄마를 볼 때마다 미자 이모는 낮은 소리로 울먹였다. 영석은 보호자용 의자에 앉아 엄마의 팔다리를 주물렀다. 굳은살이 박혔던 엄마의 손바닥은 아기 손바닥처럼 부드러웠다. 낚싯봉에 스쳐 상처투성이였던 손톱도 매끈해졌다. 낚시용품 공장에 다닌 때문인지 엄마 몸에서는 언제나 바다 냄새가 났다. 언젠가 엄마는 오줌에도 봉돌 냄새가 나는가,

화장실서도 갯내가 나는 것 같다며 쓸쓸하게 웃었다. 병실에 누워 있는 지금, 엄마에게선 병원 냄새가 났다. 병원 냄새는 소독약 냄새라고 말할 때보다 병원 냄새라고 말할 때 더 소독약 냄새 같았다. 어쩌면 엄마는 자신의 몸에서 갯내가 사라져 좋아할지도 몰랐다. 하지만 영석은 엄마 몸에서 나던 갯내가 그리웠다.

뒤틀린 엄마의 팔은 쉽게 펴지지 않았다. 의사는 오랫동안 근육을 사용하지 않아 굳어지는 거라고 했다. 낚싯봉 자루를 수시로 옮겨야 했던 엄마의 근육은 다른 사람들보다 더 빨리 굳어지는 것 같았다. 간호사는 근육을 자주 펴줘야 한다고 했다. 영석은 엄마의 손목을 조심스레 잡아당겼다. 팔목은 두꺼운 고무 밴드를 당길 때처럼 뻣뻣했다. 얼마 지나지 않아 엄마의 손목이 붉게 변했다. 영석은 가제로 엄마 입술을 닦아준 뒤 이불 끝을 여몄다.

저녁 식판이 옮겨지고 있었다. 이웃 침상의 보호자들은 식사 준비를 하느라 분주했다. 영석은 침상 정리를 끝내고 간호사실로 갔다. 담당 간호사는 특별한 상황은 없다고 했다. 엄마의 상태도, 밀린 병원비도 별일 없이 그대로란 뜻이었다. 영석은 내일 또 오겠다는 인사를 남기고 병원을 나왔다. 초저녁의 아스팔트는 여전히 이글거렸다. 스쿠터에 시동을 걸었다. 낡은 스쿠터가 진저리를 치며 앞으로 나아갔다.

영석은 혈청소 모퉁이에 스쿠터를 세워두고 방파제 끝으로 갔다. 멀리 깡깡이마을이 바라다보였다. 엄마는 방파제 끝에 앉아 그곳을 바라보곤 했었다. 밧줄에 매달려 배 밑창의 녹을 제거하던 외할머니는 발받침 사고로 돌아가셨고, 어린 나이에 혼자가 된 엄마는 감천으로 와 어른이 되고 아버지와 결혼한 거라고 했다. 엄마는 가끔 깡깡이 아지매였던 외할머니를 떠올리며 영석의 머리를 쓰다듬었다. 할매가 살아 있었으면 석이 니를 홇고 빨았을 긴데…… 그럴 때마다 영석은 외할머니를 상상했다. 그러나 엄마가 그리워하는 외할머니 모습은 쉽게 상상되지 않았다.

엄마가 앉던 벤치는 비어 있었다. 영석은 그곳에 앉아 낚시 채비를 시작했다. 인마 미끼 끄트마리를 이래 내라야지. 아버지는 미끼를 낄 때마다 미끼 끝을 늘어뜨리라고 일러주었다. 물고기를 속이기 위해 그렇게 하는 거라고 했지만 영석은 낚싯바늘에 꼭 맞도록 미끼를 꽂았다. 물음표를 닮은 바늘이 낚싯대 끝에서 대롱거렸다. 채비를 끝낸 낚싯바늘을 바다로 던지자 낚싯봉이 가라앉으며 잔물결을 일으켰다. 풀려나간 낚싯줄을 적당히 감아 들였다. 팽팽한 장력이 느껴졌다. 영석은 잔잔한 물결을 바라보며 입질이 오기를 기다렸다.

바다에는 배들이 섬처럼 떠 있었다. 민수는 학교를 졸업하면 배를 탈 거라고 했다. 동철은 꼰대 같은 소리라며 핀잔을 줬다. 차라리 비행기를 타라 새끼야, 배는 왜 타는데. 동철은 지렁이를 꽂지 못해 진땀을 빼면서도 민수를 향해 비아냥거렸다. 미친년아, 미끼나 잘 꽂아라. 내가 배를 타든 비행기를 타든 니가 무슨 상관인데, 글자나 똑바로 읽어라 새끼야. 민수의 공격에 아랑곳하지 않던 동철이 이 부분에선 영석에게 도움을 요청했다. 영석, 저 새끼 울 엄마 누군지 모르는 거 아니가? 그럴 때마다 영석은 동철이 엄마 영어 겁나 잘하는 거 모르나, 새끼야, 라며 동철의 편을 들어주었다. 동철은 영석의 말이 끝나기 무섭게, 그래 우리 엄마는 영어 좋나 잘한다, 느그 엄마는 영어 못하잖아, 라며 엄마의 영어 실력을 끌고 왔다. 그러면 민수는 좋겠다 새끼야, 느그 엄마 필리핀 사람이라서 새끼야, 라는 말로 둘 사이에 오가던 언쟁은 마무리되곤 했다. 둘의 입씨름은 언제나 동철의 승리로 끝났다. 필리핀 사람인 동철 엄마의 영어 실력에는 민수도 영석도 이길 방법이 없었다. 그나마 영석은 백수 아버지의 낚시 실력이라도 자랑할 수 있었지만, 은행원인 아버지와 교사인 엄마, 거기다 공부 잘하는 형을 둔 민수는 무리에서 가장 열등한 존재였다.

동철이 민수에게 주먹을 날린 것은 고3이 된 후 첫 모의고사를 치른 날이었다.

"씨발놈! 까고 있네!"

동철이 민수를 향해 주먹을 날렸다. 민수는 그런 동철에게 달려들었고 밥상이 넘어지면서 라면이 바닥으로 쏟아졌다.

"뭘, 까. 새끼야!"

민수 얼굴이 붉게 변했다.

"부럽다고? 그러면 니가 우리 집에 살고, 니가 영석이 대신 알바 해라 새끼야!"

동철이 자리를 박차고 일어났다.

"이 새끼들이. 그만하라고! 왜 싸우는데!"

라면 국물을 닦던 영석이 동철을 올려다봤다. 동철의 목덜미는 유난히 검었다.

"……미안하다. 내 먼저 가께."

민수가 집으로 돌아가고도 한참을 말이 없던 동철이 바닥에 주저앉았다.

"씹새끼. 모의고사 못 쳤다고 니랑 내가 부럽다고 개소리한다 아이가."

동철은 미간을 찌푸리며 한숨을 내쉬었다.

"참지, 새끼야. 하루 이틀 들은 말도 아닌데."

"그래도 씨발놈이, 요새 니 상태 알면서 그라나. 너거 엄마 병원…… 됐다! 그만하께."

동철이 고개를 숙였다.

"너거랑 밤낚시 갈라고 좇나 뛰왔는데……"

영석은 코끝이 저렸다. 모의고사를 치른 날에는 야간자율학습이 없다며 밤낚시를 가자고 말한 것은 민수였다. 영석은 추위를 견디며 어묵을 팔아야 했지만 친구들과 함께 밤을 보낼 수 있을 것 같아 기분이 좋았다. 하지만 민수가 돌아가고 동철이 기운을 잃자 영석 역시 마음이 무거웠다. 동철은 민수가 그들을 부럽다 말할 때마다 헛소리 그만하라며 웃어넘겼다. 영석 역시 민수 말이 진심은 아닐 거라 생각했다.

"내, 가께."

동철이 신발을 구겨 신은 채 현관문을 나섰다. 신발장 위의 전등이 켜졌다 꺼졌다. 현관 창으로 가로등 불빛이 스몄다. 거실은 냉장고 모터 소리로 가득 찼다. 영석은 가로등의 옅은 불빛을 피해 잠을 청했다. 그러나 웅웅거리는 냉장고 소리에 쉽게 잠들지 못했다.

보트가 굉음을 내며 바다 위를 가로질렀다. 초릿대만 바라보던 영석이 주변을 두리번거렸다. 어둠이 내린 혈청소에 사람이 몰려들었다. 하지만 친구들은 나타나지 않았다. 바다에는 형형색색의 야광찌가 떠 있었다. 곧이어 야광찌들이 허공을 가르며 날아오르기 시작했다. 고등어 떼가 몰려든 때문이었다. 사람들이 건져 올린 고등어를 보며 즐거워할 때 초릿대가 흔들렸다. 영석은 빠르게 낚싯대를 걷었다. 낚싯대에는 고등어 한 마리가 매달려 있었다. 바늘에 걸린 고등어는 제 기운을 이기지 못하고 파닥거렸다. 바늘을 빼기 위해 고등어 몸통을 거머쥘 때 핸드폰이 흔들렸다. 영석은 고등어 주둥이에 걸린 바늘을 빼다 말고 핸드폰을 열었다. '급하다. 시급 2배.'

치킨집 사장 형이었다. 영석은 바늘에서 풀려난 고등어를 바다에 던지고 낚싯줄을 감아들였다.

치킨집 사장 형은 영석이 도착하자 다행이라며 안도했다. 씹새끼, 죽인다고 전해라! 사장 형은 동철이 잠수를 탔다며 투덜거렸다. 지난 2월, 동철은 아르바이트를 하게 되었다며 좋아했다. 돈 벌어 뭐 할 건데? 식어빠진 닭다리를 뜯으며 영석이 물었을 때 동철은 노트북을 살 계획이라고 했다. 간지나는 거 살 거다. 그렇게 다짐했던 동철이 왜 잠수를 탄 것인지 알 수 없었다. 사장 형은 치킨이 담긴 봉투를 내밀며 배달을 재촉했다.

현관문이 열리자 팬티 차림의 꼬마가 달려 나왔다. 카드단말기가 승인을 알리며 영수증을 토했다. 맛있게 드시란 인사말이 현관문에 막혀 영석에게 되돌아왔다. 엘리베이터 안에는 양념치킨의 잔향이 맴돌았다. 배가 고팠다. 하지만 배달 문자는 쉬지 않고 울렸다.

배달 아르바이트의 마지막 배달지는 문화마을 인근 아파트 단지였다. 술에 취한 아버지는 자신이 그 아파트를 지은 것이나 마찬가지라며 떠들어대곤 했다. 내 아니었으면 저 아파트 완공은 어림도 없지. 벽돌이며 철근이며 내가 안 나른 게 있는 줄 아나. 아버지는 소주병을 기울이며 큰소리쳤다. 그러나 술에서 깨면 언제나 조용하고 겁 많은 아버지로 되돌아갔다. 엄마를 대신해 집안일을 하던 아버지가 공사장에 나가기 시작한 것은 영석이 고등학생이 되면서부터였다. 그리 길지 않은 기간이었지만 아버지는 꽤 규칙적으로 출근을 이어갔다. 그러나 얼마 지나지 않아 다시 집 안에만 머물렀다. 엄마는 아버지가 불쌍하다고 했다. 하지만 영석은 아버지가 불쌍하지 않았다. 직업도 없이 집 안에만 머무는 아버지는 환경에 적응하지 못해 도태당한 동물처럼 초라해 보였다. 영석은 그런 아버지를 보면서 어떻게든 살아남는 어른이 될 거라 다짐했었다.

엘리베이터 문이 열리자 더운 기운이 몰려왔다. 내일은 아침 일찍 출근해야 했다. 영석은 더운 공기를 뚫고 집으로 향했다. 스쿠터의 맹렬한 소음이 밤하늘을 울렸다. 벗나무 아래 스쿠터를 세워두고 골목으로 접어들었다. 골목은 언제나처럼 어두웠다. 오래된 벽에는 이끼가 앉았고 자갈과 시멘트가 섞인 층계참은 거칠었다. 층계참 아래에는 '평화의 집'이 있었다. 버려진 집을 손질해 '평화의 집'이라 이름 붙였지만 찾는 이는 드물었다. 사람들이 찾지 않는 '평화의 집'은 조금씩 낡아갔다. '평화의 집' 벽면에 그려진 작은 밥사발은 창으로 스미는 빛을 받아 푸르게 빛났다. 영석은 '평화의 집'을 지나치면서 해가 잘 드는 집에 살면 좋겠다고 생각했다. 현관문을 열자 후텁지근한 공기가 얼굴로 달려들었다. 영석은 현관문을 열어둔 채 자리에 누웠다. 이런 밤이면 그림자처럼 집 안에 머물던 아버지라도 있었으면 하는 생각이 들었다. 그러나 부질없는 생각이었다. 영석은 끈적한 더위를 견디며 잠을 청했다.

태양은 모든 것을 익혀버릴 듯 내리쬐고 있었다. 영석은 시식용 어묵을 사람들에게 건넸다. 어묵을 받아 든 방문객들은 다투어 가게 앞으로 몰려들었다.

"야, 뿅!"

동철과 민수가 아이들 무리에 섞여 가게 쪽으로 다가왔다. 낚시를 알려준 뒤부터 동철은 영석을 '뿅'이라 불렀다.

"알바 잘하고 있나?"

영석 앞에 늘어선 녀석들이 어묵을 받아 들며 이죽거렸다.

"어……"

땀방울이 눈으로 흘러들었다. 영석은 한쪽 눈을 감으며 이마를 찌푸렸다.

"연락 좀 하고 살자, 새끼야!"

동철이 영석의 어깨를 쳤다. 어제 만난 듯 아무렇지 않은 동철과 달리 영석은 동철의 인사가 어색했다.

"……잘 지냈……나."

망설이던 영석이 입을 열었다. 녀석들은 대학 합격 기념으로 문화마을을 찾은 거라고 했다.

"대학입시 그거 별거 아니데, 1학기 수시 원서 한 방에 빡,

합격!"

글을 잘 읽지 못해도 필리핀인 엄마가 있어 기죽지 않는 동철이 거들먹거리며 웃었다.

"잘 지냈나."

무리들 틈에 서 있던 민수가 어렵게 입을 열었다.

"……축하한다."

영석의 축하 인사에 민수 얼굴이 굳어졌다.

"인마는 2학기 수시 한단다."

동철이 민수의 어깨를 토닥였다. 그러나 민수는 얼굴을 붉히며 동철의 손을 털어냈다.

"니 아직도 낚시 댕기나?"

동철이 주머니에 손을 꽂으며 물었다.

"……어, 가끔……"

영석이 멋쩍게 웃었다.

"영석아! 이거 가져가라."

김 사장이 시식용 어묵 한 다발을 내밀며 소리쳤다.

"네! 내, 일해야 된다. 나중에 연락하게."

영석은 친구들 사이를 비집고 나와 어묵을 받아 들었다. 동철이 작은 소리로 꼰대 새끼라며 사장을 욕했다. 친구들은 무심히 손을 흔들며 멀어졌다. 영석은 골목으로 사라져가는 그들의 뒷모습을 흘끔거렸다.

"한눈팔지 말고, 부지런히 일해라!"

김 사장의 불만스러운 눈빛이 영석에게 날아들었다.

"남의 돈, 내 주머니 넣기가 쉬운 줄 아나. 정신 챙기라."

김 사장은 영석에게 일자리를 허락한 유일한 어른이었다. 고등학교 중퇴에 미성년자인 영석은 그래서 늘 최선을 다했다. 하지만 김 사장 말처럼 돈을 번다는 건 쉬운 일이 아니었다. 녀석들이 사라진 언덕 너머로 바다가 일렁이고 있었다.

건물 끝에 걸터앉은 아버지는 밀려드는 파도처럼 쉼 없이 흔들렸다. 건물 아래에서 아버지를 올려다보는 엄마의 얼굴이 땀으로 젖어갔다. 영석은 엄마의 땀을 닦아줘야겠다고 생각하며 엄마 곁으로 다가갔다. 그리고 그 순간 아버지가 엄마 위로 떨어지고 말았다.

아버지는 밀린 임금 지급을 요구하며 옥상에 올라간 거였다. 사장들이 아버지 임금을 떼먹었지만 아버지는 고용노동부 근처에도 갈 수 없는 하청업체의 일용직이었다. 수십 개의 하청업체 중 가장 말단 업체에서 일했던 아버지는 법의 보호 따윈 받을 수 없는 존재였다. 아버지에게 임금을 지불해야 할 사장은 어디론가 사라졌고, 그래서 아버지는 옥상으로 올라갈 수밖에 없었을 거라고들 했다. 아버지는 밀린 임금을 받아내겠다며 옥상으로 올라갔지만, 자기 몸을 가누지 못해 엄마 위로 추락하고 말았던 거였다. 세상이 무서우면 그냥 있었어야지, 집 안에, 술 속에 틀어박혀 있었어야지! 엄마가 병원으로 실려 간 뒤 영석은 식어버린 아버지의 몸피를 부여잡고 울부짖었다.

장례식이 끝난 뒤부터 영석은 학교에 가지 않았다. 대신 민수와 동철이 영석의 집으로 몰려왔다. 친구들과 게임을 하고 짜파구리를 먹었다. 그러다 무료해지면 혈청소에서 낚시를 했다. 영석은 친구들에게 낚시채비를 가르쳤다. 낚시를 처음 해본다던 민수는 동철보다 미끼를 잘 꽂았다. 동철은 민수보다 채비를 못했지만 자신이 가장 많은 물고기를 잡을 거라며 큰소리쳤다. 실속 없는 입질이 몇 시간씩 이어져도 모두들 즐거웠다. 친구들이 학교에 있는 동안 영석은 어묵 가게에서 아르바이트를 했다. 그렇게 돈을 벌고 게임을 하며 친구들과 지낼 수 있어 좋았다. 친구들과 함께 엄마 병문안을 갈 때면 마음이 든든했다. 민수는 부모님 몰래 부식거리를 들고 왔고, 동철 엄마는 손수 밑반찬을 만들어 동철 편에 보내왔다.

아무 때고 집으로 찾아오던 친구들의 발길은 동철과 민수가 다툰 뒤부터 뜸해졌다. 대신, 동철은 냉장고에 밑반찬을 넣어두는 것으로, 민수는 라면 박스를 신발장에 올려놓는 것으로 자신들의 방문을 알렸다. 특성화고등학교 전자과였던 그들은 입시반과 일반반으로 나뉘어 각자 생활에 바빠진 것 같았다. 시간이 지나면서 밑반찬 그릇이 바뀌는 횟수도, 라면 박스의 개수도 줄어들었다. 뜸해지는 밑반찬 그릇과 줄어드는 라면 박스를 지켜보는 영석의 마음은 점점 더 쓸쓸해졌다.

동철과 민수가 싸웠던 날 영석이 남긴 메시지는 어린이날이 지나도록 읽지 않은 상태로 남아 있었다. 내일 전화해라 알았제? 왜 싸우고 지랄인데. 어린이날 낚시 가자. 내 알바 뺄 거다. 답 달아라, 새끼들아. 영석은 자신이 찍어 넣은 문자열을 바라보다가 채팅방에서 '나가기' 버튼을 눌렀다. 그러자 채팅방은 친구들의 사진과 함께 순식간에 사라졌다.

그때부터 영석은 혼자 밥을 먹고 혼자 잠을 잤다. 아르바이트가 끝나면 낚시를 하거나 엄마 병실에서 시간을 보냈다. 그러다 문득 겁이 났다. 이대로 친구들의 기억에서 사라지는 것은 아닌가 하고. 뒤늦게 부모님 사고 소식을 접한 아이들은 '너네 부모님 맞음?' '꼰대 없어짐? 개 부러움' 같은 안부 문자를 보내왔지만 답장은 하지 않았다. 영석은 사고 당시 모습을 촬영한 동영상이 인터넷을 떠도는 한 학교로 돌아가지 않으리라 다짐했다.

멀어져가는 친구들의 뒷모습을 바라보는 영석의 눈에 눈물이 고였다. 사고가 난 지 삼 년이 다 되어가지만 엄마는 혼자 병원에서 말라갔고, 영석은 매일같이 어묵을 팔아야 했다. 늘 그렇듯 컵라면에 마른 밥알을 불려 먹었고 혼자 밤을 보냈다. 깡깡이마을이 건너다보이는 혈청소에서 낚시를 하지만 아직은 어른이 되지 못했다. 그렇게 여전히 버티며 견디고 있었지만 나아지는 것은 아무것도 없었다. 영석은 소맷자락으로 땀과 눈물을 닦았다. 아스팔트의 뜨거운 열기 때문인지 땀은 쉽게 멈추지 않았다.

김 사장이 플라스틱 마스크를 벗으며 퇴근을 허락한 것은 밤 아홉시가 넘은 시각이었다.

"수고 많았다. 어서 가 쉬라. 밥 굶지 말고."

김 사장이 건넨 봉투에는 시급보다 많은 돈이 들어 있었다. 영석은 허기진 배를 안고 집으로 갔다. 컵라면에 물을 붓고 핸드폰을 열었다. 메시지창은 여전히 비어 있었다. 영석은 물에 불은 라면을 휘저어 입으로 가져갔다. 꼬들꼬들한 면발이 입안을 채웠다. 동철이 끓여줬던 짜파구리가 생각났다. 동철은 수프가 뭉치지 않게 면을 저으며 참기름을 찾았다. 야, 뽕. 참기름. 동철은 가스레인지에 붙어 서서 손을 내밀었다. 우리 집에 참기름이 왜 있는데? 영석이 쏘아붙이자 동철은 그래야 진짜 맛있게 먹을 수 있다며 아쉬워했다. 그러나 동철이 끓인 짜파구리는 참기름을 넣지 않아도 맛있었다.

라면 국물까지 마신 영석이 신발장에서 무전기를 꺼냈다. 추락한 아버지 밑에 깔려 혼수상태에 빠진 엄마와 병원으로 가던 중 영석은 구급차에 있던 무전기를 주머니에 넣었다. 무전기는 쉬지 않고 세상의 불행을 토했다. 영석은 세상의 불행이 전해질 때마다, 자신은 덜 불행한 것 같아 안도했다. 무전기에선 자살 소동이 벌어지고 있는 곳으로 출동을 요청하고 있었다.

옥상 끝에서 흔들리던 아버지 모습이 떠올랐다. 고개를 숙인 채 걷던 걸음, 조용히 여닫던 문, 소리 없이 웃던 모습까지 아버지의 모습이 눈앞에 펼쳐지는 듯했다. 엄마는 아버지의 소심한 성격은 자라온 환경 때문이라며 아버지 편을 들었다. 친할아버지가 술쿠세가 심해가 술만 먹으면 너거 친할매하고 아버지를 팼단다. 엄마는 자신에게 일어난 일을 떠올리기라도 한 것처럼 진저리를 쳤다. 너거 아버지 저 여린 사람이 그 매를 맞고 견뎠으니 얼마나 고생스러웠겠노. 영석이 아버지를 원망할 때마다 엄마는 안쓰러운 듯 아버지를 바라봤다. 영석은 낚싯대를 드리운 채 바다를 바라보던 아버지의 평온한 얼굴을 생각했다. 그러면서 어떻게 옥상에 올라앉을 용기를 냈는지 궁금했다. 그날 건물 옥상에 걸터앉은 아버지는 영석이 지금껏 본 적 없는 모습이었다. 내 돈 내놓으라고! 내 돈! 아버지 얼굴은 땀으로 번들거렸다. 영석은 그날의 아버지를 지우려 무전기 소리를 높였다. 그런데 쉬지 않고 떠들던 무전기가 일순간 조용해졌다. 갑자기 찾아온 침묵에 숨이 막혔다. 그제서야 데워진 집 안의 공기를 느낄 수 있었다. 한낮의 열기를 고스란히 품은 집은 선풍기로는 식혀지지 않았다. 영석은 낚시 가방을 챙겨 집을 나섰다.

"이 밤에 어디 가노?"

미자 이모가 자기 집 문을 열다 말고 영석을 불렀다.

"낚시 갑니다, 더워서……"

영석은 낚시 가방을 고쳐 메며 걸음을 옮겼다. 영석이 골목을 빠져나갈 때 조심히 다니라는 이모의 말소리가 들렸다.

하늘은 먹구름으로 가득했다. 하지만 간혹 불어주는 바닷바람이 시원했다. 혈청소 곳곳으로 갯내가 퍼졌다. 남항대교 아래를 지나는 오징어배 불빛이 물결을 따라 반짝였다. 파도가 일렁임에 따라 야광찌도 같이 일렁였다. 며칠 전 고등어 떼가 몰려들었을 때와 달리 낚시터는 한산했다. 영석은 입질이 오기를 기다리며 핸드폰을 열었다. 친구들은 여전히 소식이 없었고, 낚시를 하던 사람들도 하나둘 자리를 떴다. 습한 기운이 감도는가 싶더니 이내 빗방울이 떨어졌다. 짙은 물비린내가 코밑으로 스몄다. 영석은 낚싯대를 걷으며 일기예보를 살피지 못한 것을 후회했다.

"많이 잡았습니까?"

순찰 중인 경찰관이 영석에게 다가왔다.

"이제 집에 갈 건데요."

영석은 자신도 모르게 말끝을 흐렸다. 경찰관은 영석을 살피더니 어이없다는 듯 웃었다.

"부모님이 걱정하신다. 어서 집에 가라."

경찰관은 주변을 살피다 차로 돌아갔다. 영석은 덥수룩한 머리를 쓸어 넘겼다. 긴 머리만으로는 나이를 감출 수 없었다. 어른들은 하나같이 나이를 앞세워 젊은 사람을 얕잡아봤다. 어른 새끼들은 말뿐이다, 좆도 아니다. 동철의 말이 맞는 것 같았다. 영석은 빨리 어른이 될 수 없어 화가 났다. 우체국 저울의 눈금처럼 순식간에 시간이 흘러 어른이 되고 많은 돈을 벌고 싶었다. 그러나 시간은 더디기만 했다. 영석은 좆도 아닌 어른 새끼가 멀어지는 모습을 지켜봤다. 굵어진 빗방울이 영석의 머리를 적셨다.

김 사장이 기름통에서 어묵을 건졌다. 어묵에서는 처마 끝의 빗물처럼 기름이 흘러내렸다. 영석은 기름 빠진 어묵을 포장지에 넣었다. 기름 냄새가 습한 공기를 뚫고 감천마을 곳곳으로 퍼져나갔다. 우산을 든 방문객들이 가게 앞으로 몰려들었다. 의류업체 광고 배경이 문화마을이라는 것이 알려지면서 방문객이 많아졌다. 김 사장은 영석의 아르바이트 시간을 다섯 시간으로 늘렸다. 방문객들은 김 사장이 튀겨낸 어묵을 씹으며 등대나 어린 왕자 곁으로 가 사진을 찍을 거였다.

차례를 기다리던 여자가 쓰러진 것은 영석이 어묵 포장을 끝내갈 즈음이었다. 사람들이 쓰러진 여자 주변으로 몰려들었다. 김 사장은 어묵 박스를 팽개치고 여자에게로 달려갔다. 영석이 차가운 물을 김 사장에게 건넸다. 여자의 입으로 흘러들어야 할 물이 입술 밖으로 흘러나왔다. 함께 온 여자가 울먹이며 119에 전화를 걸었다. 쓰러져 누운 여자의 치마가 말려 올라가면서 속옷이 드러났다. 여자의 머리카락이 물웅덩이에 잠기면서 더러운 물이 머리카락에 엉겨 붙었다. 몰려든 사람들은 구정물에 젖은 머리카락과 드러난 속옷을 찍느라 바빴다. 구급차가 도착하고 여자가 들것에 실리는 순간에도 사진을 찍는 손은 멈추지 않았다.

"인터넷에 올라가고 난릴 긴데……"

김 사장은 가게로 들어가며 혀를 찼다. 영석은 한 무리의 사람들이 모여 있는 길모퉁이로 갔다. 그들은 모여선 채 핸드폰을 들여다보고 있었다. 영석은 이죽거리며 자판을 두드리고 있는 남자에게 다가갔다.

"지우세요!"

영석의 목소리는 생각보다 컸다.

"동영상 지우라고! 당장."

영석의 주먹을 막아선 것은 남자의 일행이었다.

"당신이 뭔데 지우라 마라야!"

남자의 일행들이 영석을 에워쌌다. 영석은 남자의 핸드폰을 빠르게 낚아챘다. 동영상 업로드가 끝나가고 있었다.

"저 여자 누군지 알아요? 모르는데 왜 찍어서 인터넷에 올리는 건데요?"

또박또박 말하고 있었지만 영석의 몸은 바들바들 떨렸다. 인터넷을 떠도는 부모님의 동영상은 지워도 지워도 사라지지 않았다.

"뭐꼬!"

소매를 걷어붙인 김 사장이 다가왔다. 몰려섰던 남자들이 쭈뼛거리며 물러섰다.

"야 말 하나도 안 틀리네. 지우소."

영석이 남자에게 핸드폰을 건넸다. 남자는 불만에 찬 얼굴로 동영상을 지웠다. 남자와 무리가 곁눈질을 하며 골목에서 멀어졌다.

"퇴근해라, 수고 많았다. 라면 말고 밥 챙기 묵고 새끼야."

김 사장은 아무 일도 없었다는 듯 영석에게 일당을 건넸다. 목이 멨다. 야 말 하나도 안 틀리네. 영석은 눈물을 훔쳤다. 영석의 편이 되어준 김 사장은 진열대 어묵을 냉장고로 옮기고 있었다. 내 성질 알제? 니가 이해해라. 불같이 화를 냈다가도 그렇게 영석을 다독이곤 하던 김 사장은 내일도 어김없이 가게 문을 열 것이고 영석의 밥을 걱정할 거였다. 영석은 그런 김 사장을 한동안 바라보다 집으로 향했다.

깎아지른 언덕, 좁은 골목, 굽은 담벼락. 반듯한 길이라곤 찾아보기 힘든 동네였지만 담벼락을 넘어오는 말소리와 불빛에 마음이 편해졌다. 엄마는 담장 아래 처마를 맞댄 이웃이 있어 좋다고 했다. 그래서 여 살기로 안 했나. 너거 아버지 그 성격에 큰돈은 못 벌기다 싶어서 이 동네 주저앉은 긴데…… 아마도 엄마는 생각보다 힘들었단 말을 덧붙이고 싶었을 것 같았다.

영석이 '평화의 집' 앞에 멈춰 섰다. 문을 열고 스위치를 올렸다. 촉수 낮은 전구에 불이 켜졌다. 형광등 불빛에 '평화의 집' 벽면이 푸르게 빛났다. 이 집에 살았던 누군가는 자신의 집에 그려진 밥사발을 좋아할까. 마을의 할머니들은 먹고살기 힘들어 게 등딱지 같은 집에 살았다고 했고, 엄마는 먹고살기 힘들어 곰팡이 피는 집에 사는 거라고 했다. 어묵 가게에서 일하면서 먹고살기 힘들다는 말이 무슨 의미인지 알 것 같았다. '평화의 집'이 '평화의 집'이 되기 이전에도, '평화의 집'이 '평화의 집'이 된 이후에도 먹고살기 힘든 것은 변하지 않은 것 같았다. 엄마도 미자 이모도 먹고살기 위해 낚싯봉을 포장했고 세신사로 일하는 것이리라. 영석 역시 어묵을 튀기고 치킨을 배달하며 먹고사는 중이었다. 어쩌면 아버지도 먹고살기 위해 용기를 낸 것인지도 몰랐다. 그 용기가 마지막이 될 줄 알았더라면 아버지는 용기를 내지 않았을까. 알 수 없는 일이었다. 영석은 '평화의 집'을 나와 골목으로 접어들었다. 골목은 여전히 어두웠지만 담벼락을 넘어오는 불빛은 포근했다.

"이놈의 자식, 니 와 인자 오노."

문이 열리더니 미자 이모가 얼굴을 내밀었다.

"퇴근하는 길인데요."

"너무 늦게 다니지 말고…… 가게는 잘 나가제?"

미심쩍다는 듯 눈을 흘겼지만 미자 이모의 눈빛은 다정했다.

"네……"

이모는 영석에게 반찬통을 건네고 자신의 집으로 돌아갔

다. 집으로 들어온 영석이 밥솥 뚜껑을 열었다. 전기밥솥의 밥은 돌처럼 굳어 있었다. 전자레인지에 즉석밥을 돌렸다. 밥이 데워지는 동안 멸치볶음을 씹으며 핸드폰을 열었다. 알림음이 연속해서 울렸다. 새롭게 만들어진 단체 채팅방이었다.

'뿅!'

민수였다.

'집이가?'

'집이다.'

'지금 가께.'

'?'

'지금 간다고 새끼야.'

영석은 서둘러 널브러져 있는 이불을 밀치고 음식 찌꺼기와 쓰레기를 봉투에 쓸어 담았다. 오래 묵은 먼지가 풀썩였다. 현관문을 열고 창틀에 낀 창문을 힘껏 밀었다. 집 안의 더운 공기와 함께 묵은 먼지가 창으로 빠져나갔다.

민수가 사 온 치킨은 고소했다. 학원을 째고 왔다는 민수는 치킨을 뜯으며 웹툰을 뒤적였다. 콜라를 병째 들이켜던 민수가 키득거렸다. 영석도 민수처럼 벽에 몸을 기댄 채 게임을 시작했다. 죽어가던 캐릭터를 살려야 했다. 손가락을 빠르게 움직였다. 오가는 말은 없었지만 집 안은 말들로 가득 찬 것 같았다.

"와, 좆나 웃긴다. 니 이거 봤나?"

민수가 몸을 일으키며 물었다. 영석이 엄지손가락을 치켜세웠다. 민수의 발이 옆구리로 날아왔다. 영석이 몸을 비틀다 밥상을 밀쳤다. 상 위에 쌓여 있던 닭 뼈가 바닥으로 쏟아졌다.

"새끼야 쫌!"

영석이 웃으며 닭 뼈를 주워 담았다.

"미안하다…… 연락 못해서."

민수의 목소리가 낮아졌다. 민수는 입시 전문 학원에 다녔다고 했다. 학원에 다니면서 형에게 수학을 배우고 매일 밤 과외 선생님과 공부를 해야 했다. 그러나 성적은 오르지 않았다. 하지만 민수 엄마는 쉽게 포기하지 않을 거라는 것을 동철이도 영석이도 알고 있었다.

"대학 안 갈 거다……"

민수는 꼭 배를 탈 거라고 했다.

"있다 아이가. 내, 니랑 동철이 보면 맨날 꿀리더라. 나는 내가 제일 힘든 줄 알았는데, 니랑 동철이 보니까. 내는 좆도 아니데."

민수가 피식 웃었다. 동철과 영석은 민수가 부러웠다. 하지만 유명 아파트에 살고 있는 민수는 필리핀 엄마의 아들인 동철과 백수 아버지를 미워하는 영석을 부러워했다. 기대에 부응한다는 말 들어봤나? 그거 개힘든 거다. 민수는 입버릇처럼 내뱉었다. 영석은 공부 잘하는 형이 있는 것이 어떤 기분인지, 은행원 아버지와 교사 엄마가 있다는 것이 무엇을 의미

하는지 알지 못했다.

"그냥, 그랬다고. 뭘 또 그리 진지하게 듣노, 쪽팔리게."

민수는 다시 웹툰 화면을 넘기기 시작했다. 영석은 자신과 동철이 부럽다던 민수의 말이 진심이었음을 오늘에서야 안 것 같아 민수에게 좀 미안했다.

영석이 싱크대에서 무전기를 꺼냈다. 무전기를 훔쳤다는 문자를 보냈을 때 민수는 엄지손가락 이모티콘을 보내왔었다. 둘은 나란히 엎드려 무전기 소리를 들었다. 취객이 쓰러져 있는 남포동과 삼중 추돌사고가 난 구덕교차로, 응급환자가 발생한 영주동이 무전기 안에 있었다. 대신동에서 발생한 응급환자와 보수동 책방골목에서 배회 중인 노인, 그리고 국제시장 먹자골목에 누워 있는 중년 남자가 무전기를 통해 말을 걸어왔다. 무전기 안의 사람들은 모두 살아야겠다고, 그러니 도와달라고 소리치고 있었다.

"가자, 혈청소."

영석이 먼저 자리에서 일어났다. 영석과 민수는 스쿠터를 세워둔 벚나무로 갔다. 뒷자리에 앉은 민수가 영석의 어깨를 잡았다. 엑셀 레버를 당기자 스쿠터가 앞으로 나갔다. 시원한 바람이 얼굴로 달려들었다. 과속방지턱을 넘을 때마다 스쿠터가 들썩였지만 영석은 속도를 늦추지 않았다. 뒷좌석에 앉은 민수의 휘파람 소리가 흔들림 없이 뒤따라왔다.

민수가 채비를 끝낸 낚싯대를 바다에 드리웠다. 영석도 채

비를 서둘렀다. 민수는 릴을 감았다 풀기를 반복했다. 먼바다에서 불어든 바람이 갯내를 몰고 왔다. 영석은 낚싯대를 난간에 걸쳐둔 채 무전기를 꺼냈다. 그동안 엿듣던 불행한 세상이 잡음과 함께 소리를 냈다. 여전히 누군가는 다쳤고, 누군가는 현관문을 열지 못했다. 술에 취한 취객도, 길을 잃고 헤매는 노인도 집을 찾아야만 할 거였다. 무전기 속 세상은 고독한 죽음을 위로하고 위급한 환자를 구하기 위해 노력 중이었다. 무전기 소리에 귀를 기울이던 영석이 방파제 위의 민수를 올려다봤다. 영석과 눈이 마주친 민수가 엄지손가락을 들어 올렸다. 민수와 눈이 마주친 영석이 바다를 향해 무전기를 던졌다.

"씨발, 잘 가라!"

영석의 말소리는 밤하늘로 퍼져나갔다. 허공으로 솟구쳤던 무전기가 물속으로 사라졌다.

"와, 좋나! 내 올 때까지 기다리랬다 아이가."

동철이 민수와 영석을 향해 달려오고 있었다.

"물고기 잡는 데 순서가 어디 있노."

민수의 낚싯대에는 노래미 한 마리가 매달려 있었다.

"저 빙신 새끼, 개망했다."

영석은 동철의 낚싯대에 매달려 버둥거리는 지렁이를 가리키며 큰 소리로 웃었다.

"아직도 이깝을 못 끼나, 새끼야. 물고기가 니 호군 줄 안다."

민수가 동철의 낚싯바늘에 갯지렁이를 알맞게 꽂아주었다.

물음표를 닮은 낚싯바늘이 물 밑으로 가라앉았다. 얼마 지나
지 않아 초릿대가 경쾌하게 흔들렸다.

오늘은

‘오늘은 제370차 민방위의날입니다. 전국에 민방위훈련 공습
경보를 발령합니다!’

수복이 사이렌 소리에 맞춰 차단봉을 흔들자 달리던 버스
가 멈췄다.

“바빠 죽겠는데……!”

중년 남자가 건널목으로 내려섰다.

“조금만 기다려주세요!”

수복은 ‘주세요!’에 힘을 주며 남자 앞을 가로막았다.

“요즘 같은 세상에 십오 분이 뭐야, 십오 분이!”

모자를 쓴 청년이 수복을 향해 내뱉었다.

“좀 참아, 젊은이.”

할머니 한 분이 손자를 타이르듯 청년을 타일렀다.

'훈련 경계경보를 발령합니다!'

불만 가득한 얼굴로 서 있던 사람들이 일제히 움직였다. 수복은 팔에 둘렀던 완장을 풀고 차단봉 스위치를 껐다. 그리고는 완장을 구겨지지 않게 접어 가방에 넣었다. 사람들은 전봇대를 지나치듯 수복 앞을 무심히 지나갔다. 언제부턴가 사람들의 무심함이 거슬렸다. 봉사하는 맘을 몰라주는 사람들이 서운하기까지 했다. 오늘도 그런 맘이 들어 기운이 나질 않았다. 무거운 걸음으로 집으로 돌아가기 위해 신호등 앞에 섰다. 그리고 그때 건물에 걸린 대형 전광판에 '뉴스 속보'가 떴다.

'로봇 태권브이 발사 확정!'

굵고 커다란 빨간 글씨가 전광판 하단을 쏜살같이 지나갔다. 수복은 숨을 삼키며 전광판을 향했다. 곧이어 청와대 대변인이 모습을 드러냈다. 카메라 플래시가 바쁘게 반짝였다. 말소리를 들을 수는 없었지만, 상황이 긴박하게 돌아가고 있다는 것을 느낄 수 있었다. 대변인의 발표 내용은 짧고 정확한 문장으로 정리되어 화면을 가득 메웠다.

'로봇 태권브이 발사로 천문학적 경제 효과 기대.'

'빠르면 연내 발사도 가능.'

'관련 업계 정부 결정 대환영.'

신호등 앞에 서 있는 사람들의 시선이 전광판으로 쏠렸다. 신호가 바뀌었지만 길을 건너는 사람은 많지 않았다. 수복 역시 속보를 지켜보느라 길을 건널 수 없었다. 그리고 머리가 빠르게 굴러가기 시작했다. 갑작스런 나라의 결정에는 숨은 의도가 있기 마련이었다. 지금껏 살아온 세월과 그 세월을 견뎌낸 눈치가 그걸 느끼게 했다. 이는 분명 경기부양을 위해 기업에 일을 주겠다는 것인데, 그렇다면 경기가 살아날 것이고 몇 년째 지지부진한 재개발도 진행될 테니 자신에게도 기쁜 소식임에 틀림없었다. 속보로 전해지는 '관련 업계'의 환영이 뭘 말하는 것이겠는가. 십여 년째 재개발추진위원회 명판만 달고 있는 자신의 철물점에 한 줄기 빛이 스며드는 것 같았다. 수복은 빨리 집으로 돌아가 뉴스를 들어볼 욕심에 바뀌지 않는 신호등이 원망스러웠다. 신호를 기다리는 삼 분이 마치 삼 년처럼 길었다.

삼십 년 전, 수복이 의용소방대원이 될 수 있었던 것도 수복의 남다른 눈치와 빠른 판단력 때문이었다. 골목을 사이에 두고 세탁소를 운영하는 칠곡 형님이 아니었다면 그런 정보를 알 수 없었겠지만, 칠곡 형님의 이야기를 듣고 빠르게 결정한 자신의 판단이 아니었다면 그런 결과를 얻지 못했을 거였다.

"의용소방대라는 게 있는데 가입만 하면 예비군도 안 가고 민방위도 안 간단다."

그날은 건물 사이의 자투리 공간에 천막을 치고 구멍가게를 시작한 지 한 달이 좀 지난 날이었다. 골목을 어슬렁거리던 칠곡 형님이 넌지시 던져준 정보가 구미에 당겼다. 그는 무엇이든 얻을 게 있다면 움직여보는 게 남는 장사라 믿었다. 그날 오후 수복은 '의용소방대원' 신청서를 작성했다.

"신원조회 끝나면 신분증이 나올 겁니다. 그러면 한 달에 한 번 소방훈련에 참가하시고, 불이 나면 소방대원들을 도와주면 됩니다. 의용소방대는 말 그대로 국가에 봉사하는 거니까 국가에서 특별히 지원해주는 것은 없습니다."

소방서장의 절도 있는 설명에 수복은 자기도 모르게 거수경례를 붙였다. 신원조회 후 의용소방대원이 되면 예비군훈련에서 제외되는 것은 물론, 민방위훈련도 빠지게 된다는 사실을 기뻐한 것은 모나카 형님이었다. 모나카제과점을 운영하는 모나카 형님은 장사할 시간에 참석해야 하는 예비군훈련이 제일 못마땅하다며 투덜거렸다. 그러면서 의용소방대 훈련은 본인이 편한 시간에 참가하면 그만이니 이 얼마나 좋은 제도냐며, 대통령의 비상한 머리를 칭찬하기도 했다. 하지만 모나카 형님은 신원조회에서 탈락하고 말았다. 그 사실을 전해 들은 모나카 형님은 서둘러 소방서장을 찾아갔다. 하지만 소방서장은 빨치산 활동 이력의 친인척이 있는 한 어쩔 수 없다고 했다. 자신은 얼굴도 모르는 사람이라며 애걸했지만 소방서장은 고개를 저을 뿐이었다. 그 일이 있은 후 모나카 형님은 수복에게 돈 한 푼 주지 않는 그런 일을 왜 하냐며 핀잔을 주었다. 하지만 수복은 '의용소방대원 신분증'의 힘을 알기에 모나카 형님의 핀잔을 묵묵히 견딜 수 있었다.

신분증이 힘을 발휘한 것은 때 이른 장맛비가 쏟아지던 날이었다. 건물 사이에 얼기설기 걸쳐놓은 천막이 빗물을 이기지 못하고 내려앉고 말았다. 흥건하게 고이는 물을 퍼내느라 정신이 없던 그때, 완장을 두른 남자들이 들이닥쳤다. 불법 노점상 단속반원들은 수복이 말릴 틈도 없이 가게 안의 물건을 마구잡이로 꺼내기 시작했다. 수복은 물 퍼내던 손을 멈추고 단속반원들이 꺼내놓은 물건들을 들었다 놓기만 반복하고 있을 뿐이었다.

"니 뭐 하노! 신분증 내봐라!"

언제 왔는지 칠곡 형님이 단속반원을 밀치고 나섰다.

"야들아, 사람 봐가면서 일을 해야지! 니는 뭐 하노! 의용소방대 신분증 꺼내보라니까!"

칠복 형님은 뜨악한 표정으로 서 있는 수복에게 의용소방대 신분증을 꺼내라며 호통을 쳤다. 그러더니 수복이 엉거주춤 들고 선 신분증을 빼앗듯 낚아챘다.

"우리 관내 소방서장님이 인정한 사람이다. 이런 가건물에서 일한다고 무시할 사람이 아니라니까."

단속반원들이 어정쩡하게 고개를 숙였다.

"수복이 니도 인사해라. 인자 형님 동생 하면서 지낼 사인데……"

얼떨결에 악수를 하긴 했지만 수복은 어안이 벙벙했다. 의용소방대원 신분증을 보여주자 저승사자보다 무서운 단속반원들이 순한 토끼가 되어 돌아가는 게 아닌가! 수복은 그때 알았다. 칠곡 형님의 말을 듣고 발 빠르게 의용소방대원에 지원하기를 백번 잘했다는 것을. 그리고 그런 결정을 내린 자신의 판단력이 너무도 자랑스러웠다.

수복은 그때를 생각하며 빠르게 걸음을 옮겼다. 신호등을 건너며 맨손으로 험한 세상을 살아낸 지난날을 떠올렸다. 그러면서 만약 자신이 돈 있는 집안에서 태어났다면 판검사를 해도 골백번은 더 했을 거란 생각이 들었다. 돈 없고 빽 없는 집안에 태어난 자신의 운명이 안타까워 눈물이 핑 돌았다. 자투리 공간에서 시작한 구멍가게가 삼층 건물로 바뀐 것도, 자신이 사는 동네가 재개발지구로 지정된 것도, 다 자신의 탁월한 판단력 때문이라 생각하니 가파른 계단마저 자랑스럽게 느껴졌다. 그래, 포기하지 않고 올랐던 계단이지 않던가. 산복도로를 벗어나지 못하는 무지렁이라 손가락질 받던 세월이 계단 아래로 아스라이 사라지는 것만 같았다.

마지막 계단을 딛고 올라서자 구멍가게와 철물점을 겸하고 있는 가게가 보였다. 수복은 거친 숨을 몰아쉬며 가게 문을 열었다. 하지만 아내는 보이지 않았다. 아마도 아내는 가게를 비워두고 옥상에 가 있는 모양이었다. 수복은 습관처럼 진열대를 확인하고 텔레비전이 있는 방으로 갔다.

텔레비전 채널마다 로봇 발사 관련 뉴스를 속보로 전하고 있었다. 정부에서는 이번 사업을 통해 우리나라의 과학기술을 세계에 알릴 수 있을 거라고 했다. 그렇겠지. 수복은 자신도 모르게 고개를 주억거렸다. 보도에 따르면 건설사들은 이 사업을 위해 꾸준히 기술개발을 해왔었다고 밝혔다. 물론이지. 나라에서 하는 일인데 민간에서도 도와야 하는 것 아니겠는가. 수복은 뉴스에 나오는 말 하나하나에 신뢰가 갔다.

"언제 왔어요?"

옥상에서 내려온 아내가 찐 고구마를 들고 왔다.

"이제 막."

수복은 아내가 내민 찐 고구마를 집어 들었다.

"옥상 계단 좀 손봐줘요. 덜렁거려 발 디디기도 힘든데."

아내는 방구석으로 마른빨래 더미를 밀쳤다.

"기다려봐. 곧 재개발 들어갈 건데, 뭘 손을 대."

아내가 정말이냐고 되물었지만 수복은 뉴스에 눈을 박은 채 생각을 굴리느라 바빴다. 아내는 껍질 깐 고구마를 수복에게 건넸다. 수복은 말없이 고구마를 받아 입으로 가져갔다. 고구마 맛이 유난히 달았다. 텔레비전에서는 국회의사당 지붕이 열리고 로봇이 솟아오르는 그림을 계속해서 보여주고 있었다. 연기를 뿜으며 하늘로 솟아오른 로봇이 멀리 사라지는 모습은 실제처럼 선명했다. 그 모습을 지켜보던 수복은 씁던 고구마를 꿀떡 삼켰다. 갑자기 목이 막히고 가슴이 답답했다. 수복은 명치를 두드리며 급하게 물을 찾았다. 아내는 자리끼로 떠놓은 물을 수복의 손에 쥐여주었다. 우물거리다 급히 삼킨 고구마가 명치를 따라 뱃속으로 내려갔다. 그러자 목이 뚫리면서 막혔던 숨이 돌아왔다. 수복은 남은 고구마를 쟁반에 내려놓고 리모컨을 들었다.

"그냥 뒤요. 하루 종일 저놈의 로보튼가 뭔가 때문에 난리도 아니요."

아내는 어눌한 말투로 비아냥거렸다. 수복의 고개가 아내 쪽으로 돌아갔다. 사십 년 세월 수복을 따라와준 아내였지만 수복은 늘 아내의 아둔함이 마음에 걸렸다. 아내는 언제나 만사태평이니 남의 속을 들여다볼 일도 없었고, 세상이야 수복의 눈으로 보면 되는 것이니 세상 걱정이 없는 위인이었다. 아들 영대가 집 근처 대학에 입학을 해도, 공무원 시험을 치겠다며 칠 년째 집의 돈을 가져가도 죽자고 어여쁜 내 새끼 타령이었다. 그나마 수복이 아내를 타박하지 않는 것은 늘 자신의 말에 수긍했기 때문이었다.

"이게 얼마나 중요한 일인데……! 그러니까 당신은 그냥 연속극이나 게에소옥 보세요."

수복은 비아냥거리며 아내를 향해 눈을 흘겼다. 역시 아내는 아둔했다.

"다른 뉴스는 없어요?"

언제 들어왔는지 영대가 텔레비전 앞으로 엉덩이를 디밀었다. 영대는 채널을 바꿔가며 뉴스를 보고 있는 수복의 눈치를 살폈다. 온종일 뉴스를 보면서도 지겨운 줄 몰랐던 수복이 그제야 허리가 뻐근함을 느꼈다.

"이것들이, 누구를 병신으로 아나! 돈 없어 죽겠다며 또 저 지랄이네."

고구마 껍질을 까던 영대가 고함을 쳤다. 수복이 영대의 머리를 쥐어박은 것은 '지랄' 때문만은 아니었다. 제 주제에 배 나라 감 놔란가 싶었기 때문이었다.

"내일모레 사십 줄에 앉을 놈이 지랄이 뭐냐, 지랄이!"

수복은 텔레비전 소리를 올렸다.

'이번 로봇 태권브이 발사는 우리나라 과학기술의 한 획을 긋는 사건이 될 것입니다.'

낮에 보도되었던 속보 장면이 다시 비치는가 싶더니 화면은 어느새 스튜디오로 바뀌었다. 스튜디오에는 우주과학자, 항공 전문가, 건축공학과 교수 등이 좌담자로 나와 있었다. 아나운서가 출연자를 소개하고 좌담이 시작될 무렵 아내가 밥상을 들였다. 된장찌개에 나물 몇 가지를 올린 두레 반상에 세 식구가 둘러앉아 숟가락을 들었다. 수복에게 머리를 쥐어박힌 영대는 구겨진 얼굴을 된장찌개 그릇에 파묻었다.

"아직 로켓 발사체도 못 만들어서 러시아에서 사오는데 어떻게 자체 기술로 로봇을 쏘아 올려요? 우리나라에 하나 있다는 로봇도 겨우 걸음마 떼고 있는데!"

영대는 답답해 죽겠다는 듯 고개를 저었다. 수복은 제 밥그릇도 못 챙겨 아직도 부모 밥 축내는 주제에 뭔 말이 저리 많은가 싶었지만 참았다.

'정부에서 내놓은 이번 계획은 사실, 오래전부터 실행에 옮겨야 했습니다. 우리나라는 세계에서 몇 안 되는 인공위성 보유국이지 않습니까? 거기에 걸맞은 기술력을 세계에 알려야 하고요. 또 국회의사당 지붕에서 로봇이 나온다는 것은 정말 꿈의 실현 아니겠습니까! ……'

항공 전문가의 흥분된 목소리가 텔레비전을 뚫고 나올 것 같았다. 수복은 전문가답게 말도 잘한다 싶어 자기도 모르게 고개를 끄덕였다. 그러나 수복이 궁금한 것은 그래서 우리나라가 얼마나 돈을 벌 수 있는가 하는 거였다. 수복이 국가 수익에 신경을 쓰는 이유는 그래야 자신에게도 콩고물이 떨어진다는 것을 알기 때문이었다.

삼십 년 전 모 기업 회장의 약속이 수복의 믿음을 대변해주는 증거였다. 그 회장은 대통령이 되기 위해 자신의 사비를 털어 낡은 주공아파트를 재개발해주었다. 물론 제 돈만 쓰는 바보였다면 그렇게 큰 회사를 운영할 수 있었겠는가. 적당히 장사도 하고 주민들에게 새집도 제공한 참으로 바람직한 일이었다. 수복은 10평 아파트가 24평이 되는 횡재를 경험한 칠곡 형님이 부러웠다. 그때 칠곡 형님에게서 들은 말이 바로

'낙수효과'였다. 그릇에 물이 넘치면 아래로 흘러내린다는 말은 참으로 쉬운 논리였다. 세 살짜리 아이도 알아먹을 말을 공무원이 되겠다는 아들 녀석이 이해를 못하니 한심한 노릇이었다.

수복은 밥그릇에 머리를 박고 있는 아들을 쏘아보았다. 수복과 영대를 번갈아 보던 아내가 무슨 일이냐는 눈으로 영대를 가리켰다. 수복은 그런 아내의 눈을 피해 취나물무침에 젓가락을 올렸다.

"그러니까, 로보튼가 뭔가가 국회의사당 천장을 뚫고 하늘로 간다, 이 말인가 보네!"

아내의 목소리가 서먹한 공기를 흔들었다.

"뭔 소리야, 엄마는! 쓸데없는 짓 하다가 돈만 날리고 끝낸다니까! 저 새끼들 말 다 거짓말이에요! 된다 해도 대기업만 좋은 일 시키는 거라니까. 우리 같은 사람들이랑은 아무 관계도 없는 일인데 하루 종일 뉴스로 떠들고 있는 거라고. 좀 있어봐요. 동네서 쓰레기 줍는 할아버지도 로봇 작동 기술 원리를 입으로 줄줄 읊어댈 거야, 아마!"

영대가 숟가락을 내려놓으며 제 엄마에게 분풀이를 했다.

"시끄럽다! 저런 일을 자꾸 해야 나라가 잘살게 되고, 나라가 잘살게 돼야, 우리 동네 재개발도 되는 거야. 이 집이 아파트가 되면 못해도 두 채는 건진다, 이놈아!"

수복이 속을 뽑아 토해내고 컵을 찾아 물을 마셨다. 분명 아들은 낙수효과는 없다고 면박을 주려 할 터였다. 만약 영대가 한마디만 더 하면 너도 나랏밥 먹으면서 편하게 살 욕심에 칠 년이나 공무원 시험을 치고 있는 것 아니냐고 쏘아붙을 생각이었다. 그런데 웬일로 영대가 말없이 자리에서 일어났다.

"몇 달만 지나보세요. 없던 일 될 건데, 뭘."

입꼬리를 한쪽으로 올려붙인 아들이 이층 제 방으로 올라갔다. 수복은 영대가 그러거나 말거나 좌담이 진행 중인 텔레비전에 눈을 박았다. 그들은 수개 월 안에 국회의사당 지붕에 최첨단 시설을 갖추게 될 것이며, 이와 동시에 로봇 공학자들과 우주항공 관련 부처가 발사대를 지하화하는 방안에 대해 논의하게 될 것이라고 했다. 전화로 연결된 건설사 관계자들은 이번 일에 사활을 걸고 있으며 지금까지 축적한 기술력을 총동원하여 국회의사당 지붕의 자동화와 지하 발사대 공사를 진행할 것이라고 밝혔다.

수복은 게트림을 뱉으며 베개에 머리를 뉘었다. 눈을 감자 의용소방대 신분증이 눈앞에 어른거렸다. 이번에도 재개발조합의 추진위원장이라는 직함이 아파트 두 채는 거뜬히 가져다줄 것이다. 지금 집은 삼층에, 건평만 50평이다. 그렇다면 24평짜리 두 채는 기본이고 조합장이 받는 혜택까지 더한다면 아파트 세 채는 족히 챙길 수 있을 거였다. 생각이 거기에 미치니 잠이 오지 않았다. 어서 시간이 흘러 로봇이 솟아오르기를 간절히 바라며 꾸역꾸역 잠을 청했다.

수복은 더위를 피해 가게 앞에 의자를 내놓았다. 산복도로 끝자락으로 산바람이 흘렀다. 선선한 산바람 때문인지 저절로 눈이 감겼다.

"이봐 이 통장!"

수복은 청소 영감이 자신을 부르는 소리에 푸시시 눈을 떴다. 청소 영감은 늘어진 반소매에 새마을 모자를 쓰고 있었다.

"아이고, 영감님 오셨어요?"

수복이 가게 구석에 쌓아놓은 박스 뭉치를 들고 나왔다.

"오늘은 폐지가 많이 없는 모양입니다."

수복이 박스 뭉치를 빈 수레에 담았다.

"글쎄, 요즘은 경기가 엉망이라 더 그런 것 같아."

청소 영감이 수레 손잡이를 내려놓더니 계단참에 앉았다.

"그러게요. 로봇 발사를 빨리해야 경기가 살아날 텐데 큰일입니다."

수복이 냉장고에서 음료수 한 병을 꺼내 영감에게 건넸다.

"그러고 보니 요새는 그 뉴스도 안 나오데?"

청소 영감은 옴폭 팬 볼살이 불룩해지도록 음료수를 삼켰다. 수복도 그동안 특별히 들은 뉴스는 없었다. 지방선거가 끝나자 선거사범 관련 뉴스 끝에 로봇 관련 공사는 차질 없이 진행되고 있다는 짧은 소식만 들릴 뿐이었다.

"나는 로봇보다는 공공근로사업이나 잘됐으면 좋겠어. 안 그래도 5통 반장이 신청하라고 해서 해놨구먼."

청소 영감이 빈 병을 수복에게 내밀었다.

"그러셨어요?"

수복이 받아든 빈 병을 쓰레기통에 던졌다.

"그것도 돼봐야 알지. 안 그런가? 잘 마시고 가네."

계단참에 앉았던 청소 영감이 수레를 끌며 언덕 아래로 사라졌다. 수복은 어제저녁 공공근로 신청자가 너무 많아 경쟁이 치열할 것 같다는 뉴스를 들었던 터였다. 그러다가 문득, 자신도 공공근로사업을 신청해보면 어떨까 하는 데 생각이 미쳤다. 마른장마도 장마라고 철물점은 개점휴업이나 마찬가지였다. 가게야 아내가 혼자 감당해도 될 일이니, 날도 더운데 둘이 앉아 시간만 파먹을 필요가 있나 싶었다.

생각이 거기에 미치자 수복은 서둘러 방으로 들어갔다. 별생각 없이 받아놓은 서류다 보니 어디에 두었는지 언뜻 생각나지 않았다. 그러나 방 여기저기를 뒤져 서류를 찾아냈다. 수복은 돋보기를 끼고 서류를 찬찬히 읽어 내려갔다. 서류에 명시된 자격 기준에서 '기본연금에 해당하는 연금을 수령하는 자'나 '배우자가 일정한 수입이 있는 자' 또는 '국가에서 지급하는 기초생활수급자' 그리고 '일정 금액 이상의 재산세를 납부하는 자'는 대상에서 제외된다는 항목을 찾아냈다. 그리고 요모조모 따지며 짚어보기 시작했다. 아내 명의로 되어 있는 가게가 마음에 걸렸다. 하지만 공시지가로 치면 얼마 되지 않으니 문제가 될 것 같지 않았다. 그리고 통장직이야 국가에 대한 봉사의 일환이고 그 통장 수당이라는 것도 활동비에 해당하는 것이니 '국가가 지급하는 기초생활수급자'와는 관계가 없을 것 같았다. 생각이 그렇게 정리가 되자 수복은 볼펜을 찾아 서류를 작성하기 시작했다. 밑져봐야 본전 아닌가. 수복은 또다시 자신의 판단을 믿어보기로 했다.

수복은 여느 때처럼 가게 문을 열어놓고 뉴스를 보고 있었다.

'다음 달 5일 오후 6시 로봇 발사 확정! 생중계 예정.'

뉴스의 내용은 내달 국회의사당 지붕이 열리고 로봇 태권브이가 하늘로 날아오르는 모습을 생중계하게 될 것이라는 거였다. 뒤이어 보도된 내용은 로봇이 발사됨으로써 대한민국은 우주항공산업의 선두 주자가 되는 것은 물론이고, 국내 경제에도 엄청난 효과가 기대된다는 것이었다. 특히 우주항공산업과 로봇공학산업에 날개를 달 것이라고도 했다. 그리고 최첨단 지하 발사대를 건설한 건설사들 역시 세계적인 기술력을 인정받아 국내 건설 경기도 되살아날 전망이라는 내용이었다.

로봇 발사 프로젝트가 지지부진해지는 것은 아닌지 걱정했던 지난 시간이 주마등처럼 지나갔다. 로봇과 재개발의 관계를 이해하지 못하는 아내는 시도 때도 없이 연속극만 틀어댔고 영대는 싸늘한 시선을 거두지 않았다. 선거에서 이기기 위한 쇼일 뿐이란 말을 들었을 때는 절망적이기까지 했다. 그런데 드디어 로봇이 발사된다는 것이다. 이젠 정말 쥐구멍에 볕이 드나 싶어 입에 마른침이 고였다. 산동네 귀퉁이에 눌러앉아 살아온 지난 시간이 텔레비전 화면에 겹치며 콧날이 시큰했다. 휴지를 말아 코를 푸는데 전화가 왔다.

"여보세요"

수복은 건성으로 전화를 받았다. 물론 눈은 텔레비전 화면에 박아둔 채였다.

"동생, 내다. 살다 보니 이런 일도 있네."

전화는 칠곡 형님에게서 온 거였다. 그러고 보니 칠곡 형님의 목소리가 유난히 우렁찼다. 지난봄 폐암 수술을 받은 후로는 영 기운이 없다며 노래 한 자락도 안 부르던 위인이 무슨 일인가 싶어 얼른 텔레비전 소리를 죽였다.

"동생, 우리가 로보튼가 뭔가 쏘는 데 참석한단다!"

이건 또 무슨 소린가 싶었다.

"그게 무슨 소립니까? 형님."

수복은 앞도 뒤도 없는 칠곡 형님의 말을 이해하지 못해 되물었다. 칠곡 형님의 설명에 의하면 로봇을 발사하는 날 자신과 수복이 그 자리에 참석하게 되었다는 거였다. 로봇 발사는 역사적인 행사인 만큼 민간인의 참여를 높이자는 취지로 관계부처에서 결정한 것이라고 했다. 발사 때 만일의 사태에 대비해 소방대를 배치할 예정인데 이때 1기 의용소방대원들을 참석시키기로 했다는 것이었다.

"나라에서 특별히 우리같이 고생한 의용소방대원들을 불러준다 안 하나!"

칠곡 형님의 우렁찬 목소리가 가슴을 울렸다. 심장이 빠르게 뛰기 시작했다. 그리고 이마에 땀이 맺혔다. 이제 영대에게도 나랏일이 어떻게 자신들과 관련되는 것인지 설명할 수 있을 것 같았다. 수복은 이마에 맺힌 땀을 닦고 풀어헤친 와이셔츠 단추를 여몄다. 그러고는 마치 이십여 년 전 모범 의용소방대원 표창장을 받던 순간처럼 자세를 바로잡았다. 정면으로 보이는 텔레비전에는 전문가라는 사람이 번쩍거리는 머리를 흔들며 무엇인가를 열심히 설명하고 있었다.

수복은 모범 의용소방대원 표창장을 받던 그때가 어제처럼 생생하게 떠올랐다. 그리고 훈장을 쓰다듬듯 팔뚝의 화상을 쓸었다. 이제는 흉터마저 흐려져 잘 만져지지 않았지만 그날의 기억은 선명하게 떠올랐다.

경찰서 화재 당시 수복이 출동하지 않았더라면 지금의 경찰서는 흔적도 없이 사라졌을지도 모르는 일이었다. 수복은 이십여 년 전을 생각하자 가슴이 벅찼다. 당시 텔레비전은 화재 현장에서 목숨을 걸고 인명을 구한 수복의 활약을 연일 방송했다. 수복은 화재가 발생했을 당시 경찰서 인근에 있었고, 불길 속으로 뛰어들어 경찰관과 시민을 구했다. 당시 불길을 헤치다 화상을 입어 오랫동안 병원 신세를 져야 했지만 자신온 해야 할 일을 한 것뿐이라며 칭찬을 사양했다. 치솟는 불길에서 수복이 구해낸 젊은 경찰은 지금 경찰서장이 되어 있었다. 수복은 로봇 태권브이 발사 현장에 초대받게 된 것이 그때의 보상처럼 느껴졌다. 그리고 우리나라 최초로 로봇이 발사되는 역사적인 현장에 갈 수 있게 된 것이 꿈만 같았다.

*

발사가 진행될 국회의사당은 물론 여의도 전체가 통제되고 있었다. 의용소방대 초청을 담당한 관계자의 말에 따르면 기념식은 여의2교 남단에 마련된 단상에서 진행될 것이라고 했다. 수복과 칠곡 형님은 여의2교 북단에 있는 자리에 앉았다. 전국에서 초청된 의용소방대원들은 하나같이 수복 또래의 늙은이들이었다. 하지만 단복을 차려입고 앉아 있는 모습이 그럴듯했다. 수복은 그들 모두 각각의 사연 때문에 이곳에 왔겠지만, 자신처럼 표창장을 받은 사람은 없을 거란 생각에 어깨가 으쓱했다. 그리고 의용소방대장과의 친분이 아니었다면 칠곡 형님도 이 자리에 올 것은 아니지 싶어 곁에 앉은 칠곡 형님을 흘끔거렸다.

"동생아, 안즉 멀었나?"

칠곡 형님은 전광판을 향해 목을 뽑았다.

"곧 시작할 모양이네요, 형님. 조금만 기다립시다."

수복은 시골 노인티를 줄줄 흘리며 앉아 있는 칠곡 형님의 모습에 웃음이 났다. 그러나 실은 수복 자신도 조바심이 났다. 행사 시작 시각이 삼십 분이나 늦어지고 있었기 때문이었다. 보이지도 않는 단상 어디선가는 계속해서 음악이 흘렀고 전광판에는 뙤약볕 아래 인상을 구기며 앉아 있는 주요 인사들이 보였다.

　무슨 일이 있는 것은 아닌가 싶어 몸을 세워 전광판을 보던 그때 대통령의 입장과 함께 군악대 연주가 시작됐다. 대통령은 시민들에게 손을 흔들며 단상에 올랐다.

　'친애하는 국민 여러분, 오늘 우리 대한민국이 로봇을 쏘아 올리게 되었습니다. 이 역사적인 순간을 위해 자리해주신 모든 분들께 감사를 전합니다. 아울러 오늘 우주로 향하게 될 로봇이 우리나라의 미래가 되어주리라 확신합니다……'

　대통령의 연설이 끝나자 칠곡 형님이 눈물을 훔쳤다. 수복역시 뜨거운 것이 목구멍을 타고 내리는 것 같아 가슴이 먹먹했다.

　'우리 정부가 추진해온 태권브이 로봇 발사가 차질 없이 진행될 수 있었던 것은 수많은 관계자의 피땀 어린 노력 덕분임을 다시 한번 밝힙니다.'

　국무총리의 감격에 찬 목소리가 스피커를 타고 전해 왔다. 수복은 정부가 국민을 속이는 것이라고 외쳐대던 영대에게할 말을 머릿속으로 정리했다. 어른들이 얼마나 고생스럽게 일군 나란데 그렇게 허망한 소리를 하느냐, 나라를 믿고 의지하는 것이 국민의 의무다, 나랏밥 먹고 살 사람은 나라를 온전히 믿어야 하는 것이다. 그러니 다른 사람은 몰라도 공무원이 되겠다는 너는 정부 말을 믿어야 하는 것 아니냐! 수복은 영대에게 들려주고 싶은 말이 너무 많아 스스로도 헛갈렸다. 그러나 이내 머릿속이 하얗게 변했다.

'달려라 달려 로보트야, 날아라 날아 태권브이……' 만화영화 주제가에 불과했던 그 노래가 이리도 심금을 울릴 줄 누가 알았던가. 시킨 것도 아닌데 행사장에 모인 사람들이 노래를 힘차게 따라 불렀다. 누구라 할 것 없이 알고 있는 노래가 끝나자 카운트다운이 시작되었다. 사람들 모두가 카운트다운을 따라 외쳤다.

"10, 9, 8, 7……"

사람들이 카운트다운을 외치는 동안 국회의사당 지붕이 열렸다. 수복은 바다처럼 갈라지는 국회의사당 지붕을 보자 가슴이 찌릿했다.

"발사!"

카운트다운이 끝나고 '발사'를 외치는 순간 땅속에서 연기 기둥이 치솟았다. 그리고 굉음과 함께 지축이 흔들렸다. 사람들이 일제히 몸을 숙였다. 잠시 후 수복은 상체를 들어 전광판을 살폈다. 전광판에는 검은 연기만 가득할 뿐 아무것도 보이지 않았다. 수복은 자기도 모르게 손바람을 일으켰다. 부질없는 손바람 끝에 경찰서 화재 때가 떠올랐다. 어쩌면 그날처럼 화재가 발생한 것은 아닐까. 수복이 숙였던 몸을 일으켰다.

"형님, 출동합시다!"

칠곡 형님은 여전히 바닥에 엎드려 떨고 있었다.

"봐라, 동생! 가만히 있어라!"

칠곡 형님은 수복의 옷자락을 잡고 늘어졌다. 수복은 그런 칠곡 형님을 뿌리쳤다. 국회의사당이 있는 여의도 하늘에는 검은 연기가 구름처럼 피어올랐다. 수복은 경찰서로 진입했던 그때처럼 출구를 등지고 불길을 피하기만 한다면 승산이 있을 것 같았다.

"형님은 여기 계세요. 저는 가보겠습니다."

지금 이 순간에도 불길 속을 헤매는 사람들이 수복을 부르고 있는 것 같았다.

"야야, 정신 차리라! 여는 동네 경찰서가 아니고 국회의사당이란 말이다! 우리 같은 것들이 뭔 소용이겠노!"

칠곡 형님의 만류에도 수복은 국회의사당 쪽으로 방향을 잡았다. 연이어 들리는 굉음에 움찔했지만 이내 정신을 가다듬고 불길에 휩싸인 국회의사당을 향해 달렸다. 그 순간 의사당 지붕이 내려앉으며 주변은 아수라장으로 변했다.

"나 빨래 널러 가요."

아내가 빨래통을 들고 방을 나갔다. 수복은 해가 중천에 떴는데도 이부자리에 누워 꼼짝하지 않았다. 막차로 돌아온 피로 탓인지 머리가 욱신거리고 영 기운이 나질 않았다. 넬레비전은 새벽부터 로봇 태권브이 관련 뉴스로 도배를 하고 있었다. 텔레비전 화면은 안전모를 눌러쓴 야당 의원들의 모습과 현장을 기웃거리는 일반 시민들의 모습을 번갈아가며 비췄다. 그러나 사고 원인에 대한 보도는 나오지 않았다. 또 다른 채널에서는 어제 사고 현장 화면만 반복해 비추고 있었다. 화면에는 먼지를 뒤집어쓴 채 어디론가 뛰어가는 사람, 소방 호스를 끌고 사고 현장으로 달려가는 소방관, 호루라기를 불며 사람들을 대피시키는 경찰들로 어수선했다. 화면을 지켜보던 수복은 어제의 공포가 되살아나는 것 같아 몸서리를 쳤다.

'어제 사고 현장에서는 불길에 휩싸인 국회의사당으로 뛰어들겠다며 소란을 피운 시민으로 인해 소동이 벌어지기도 했습니다.'

수복은 소방대원에게 끌려 나오는 자신의 모습이 보이자 이내 눈을 감았다. 그러면서 의용소방대원 모자가 자신의 얼굴을 가려주는 것이 얼마나 다행인가 싶었다. 하지만 구조 작업에 참여하지 못하고 쫓겨난 것을 생각하면 못내 아쉬웠다. 수복은 위험하니 돌아가라고 등을 떠미는 소방관에게 자신은 경찰서 화재 때 사람을 구했다며 사고 현장으로 들어가게 해 달라고 떼를 쓰다 쫓겨난 거였다.

"내가 사고 현장에 들어갔으면 분명 누구 하나를 구해도 구했어! 이것들아!"

수복은 텔레비전 화면을 향해 삿대질을 하며 소리쳤다.

"아버지……"

언제 내려왔는지 영대가 수복을 불렀다. 수복은 혼잣말을 들킨 것 같아 멋쩍었지만 모르는 척 일어나 앉았다. 수복은 방으로 들어온 영대가 폭발한 국회의사당을 봤으니 그것 봐라, 내 말이 맞지 않느냐, 나라에서 하는 일은 무슨 개 풀 뜯어 먹는 소리냐는 따위 말이나 지껄이겠지 싶어 지그시 눈을 감았다.

"저…… 이번에도 안 된 것 같은데…… 죄송합니다."

어깨를 늘어뜨리고 밖으로 나가는 영대를 보고 있자니 수복도 속이 편치 않았다. 사실 큰 기대는 하지 않았다. 사람 머리라는 것이 세월이 지나면 더 나빠지는 법인데 영대 제깟 놈이 무슨 용빼는 재주가 있겠는가 싶었다. 지방의 전문대도 턱걸이로 붙은 놈이 그 어렵다는 공무원 시험에 붙는다는 게 쉬운 일이겠는가. 한편으로는 아들이 안쓰러웠다. 자신을 닮았으면 영민했을 텐데 아둔한 아내를 닮아 그런가 싶어 미안하기도 했다. 서운하지 않은 것은 아니지만 그래도 시험에서 떨어진 영대 마음만 하겠나 싶었다.

"아버지! 엄마, 엄마가 계단에서 떨어졌어요!"

영대의 다급한 고함이 들린 것은 수복이 다시 자리에 누우려는 순간이었다. 수복은 파자마 차림으로 뒤꼍으로 뛰어갔다. 계단이라야 열 칸도 안 되는 것이지만 육십 줄에 든 노인의 몸이니 다치자고 들면 크게 다칠 높이였다. 수복은 바닥에 엉덩이를 깔고 앉아 아픔을 호소하는 아내에게로 갔다.

"괜찮아?"

수복은 아내의 허리춤을 살폈다.

"아이고, 허리야. 영대 아니었으면 죽을 뻔했네. 아이고 다리야."

아내는 연신 아이고를 외치면서도 영대의 손에 이끌려 방으로 갔다. 영대가 베개를 꺼내 제 엄마를 눕히고 약통에서 파스를 꺼냈다.

"그러게, 옥상 계단이나 고치시라니까 서울까지 가서 창피나 당하고. 아버지도 참……"

영대가 말끝을 흐렸다. 아내는 계단이 흔들려 중심을 잃고 미끄러진 것이라고 했다. 수복은 엉덩이를 까고 엎드려 있는 아내에게 미안한 마음이 들었다.

"아니, 나는 그냥……"

수복이 얼버무렸다. 맨발로 달려 나간 탓인지 발바닥이 따끔거렸지만 내색할 형편이 아니다 싶어 군말 없이 앉아 있는데 전화가 왔다.

"응, 김 통장. 고맙네. 알았어. 그럼 다음 주부터 나가면 되는 거지?"

그 순간 공공근로사업에 참여할 수 있게 되었다는 김 통장의 전화가 얼마나 반가운지 수복은 자기도 모르게 소리를 높였다.

"영대 엄마 공공근로 됐다는군. 다음 주부터 공원 풀 뽑으러 가면 된다네."

수복이 어색하게 웃었다. 그러거나 말거나 영대는 제 엄마를 살피기에 바빴다.

"잘됐네, 잘 됐어! 안 그래도 손님 없어 걱정했는데 너무 잘됐네!"

아내는 궁둥짝에 파스를 붙이는 와중에도 돈벌이가 생겨 다행이라며 기뻐했다.

*

어둠이 가시지 않은 새벽이었지만 수복은 공원으로 나갈 채비를 했다. 오늘은 민방위 동원훈련 날이었다. 민방위복 안에 조끼 하나를 덧입었지만 새벽바람이 찼다. 수복은 계단에서 미끄러진 후로 신경통이 심해진 아내의 손을 빌리지 않고 민방위 완장과 모자를 찾아 들고 집을 나서는 길이었다.

새벽이지만 가로등이 있어 공원으로 가는 길은 수월했다. 산동네 꼭대기에 공원이 생기고 방문객이 많아지자 가로등이 생겼다. 공원 전망대에서 내려다보는 도심의 야경은 기가 막혔다. 덕분에 땅값이 오를 거라 생각하기도 했다. 그러나 산

아래 동네에 고층 빌딩이 들어서는 바람에 공원의 전망은 예전만 못했다. 산복도로 구도심권의 인기가 시들해지면서 사람들의 방문도 잦아들었다. 수복은 고층 건물 사이로 언뜻언뜻 보이는 바다를 바라보며 걸음을 옮겼다.

공원에 도착해 보니 김 통장이 먼저 나와 있었다. 민방위 비상소집 훈련 날 출석 확인을 하고 출석부를 민방위 대대에 넘겨주는 것 역시 통장이 해야 하는 일이었다. 수복은 자신에게 주어진 본분을 다하기 위해 마음을 다잡았다. 김 통장이 전해 준 메가폰을 들고 광장을 향해 소리쳤다.

"민방위 비상소집 훈련에 오신 분들은 통별로 줄을 서세요!"

수복의 목소리에 힘이 들어갔다. 눈곱도 안 떼고 달려온 젊은이부터 남편을 대신해 나온 아주머니들까지 오합지졸처럼 어수선한 사람들의 질서를 잡기 위해서는 어쩔 수 없었다.

"줄 서 있다가 이름을 부르면 차례대로 나와서 훈련 확인증을 받아 갑니다. 새치기하는 사람들 훈련 확인증은 공식 훈련 시간이 끝나고 줍니다. 알겠습니까! 그러니 질서를 지켜주십시오. 거기 아줌마 줄 서요, 줄!"

수복은 광장이 떠나가라 소리쳤다. 군기를 잡자고 들면 누구보다 무섭게 잡겠지만 추위에 떨고 있는 사람들을 보니 수복의 마음이 약해졌다. 호명되는 남편 이름을 듣고 앞으로 달려 나오는 여자들 뒤로 아침 해가 떠오르고 있었다.

닥스훈트 소시지 빵

비는 오후에 그쳤지만 벚나무 아래 의자는 빗물에 젖어 있
었다. 종일 걸었기 때문인지 발바닥이 아렸다. 어디든 앉고 싶
어 의자에 엉덩이를 걸쳤다. 의자 모서리에 꼬리뼈가 닿았다.
척추를 따라 이물감이 전해졌다. 허리를 비틀며 자세를 다시
잡으려는데 버려진 신문이 눈에 들어왔다. 골목 끝 핫도그 집
에서 사 들고 온 핫도그를 먹으며 신문의 글자를 읽었다.

기사는 백여 년 전의 납골함이 발견되었다는 내용이었다.
납골함은 보존 상태가 양호해 복원될 예정이라고 했다. 신문
기사는 납골함의 복원은 지역 경제에 도움이 될 것으로 예상
된다며 삼차원의 납골함 그림을 같이 실었다. 복원될 납골함
과 지역 경제 사이에 뼛가루에 대한 설명이 있어야 할 것 같

았다. 적어도 유골함이나 DNA 같은 단어라도 나와야 하는 것 아닌가 생각 하며 핫도그를 입으로 가져갔다. 감천항은 저녁 불빛들로 빛나고 있었다. 윗니와 아랫니로 핫도그를 무는데 버려진 장화가 보였다. 검은색 장화는 벚꽃 잎을 뒤집어쓴 채 벚나무 밑에 놓여 있었다.

"누가 이런 곳에 장화를 놓고 갔을까요?"

어디선가 목소리가 들렸다. 잠시 후 벚나무 언덕 맞은편 파란 대문이 열렸다. 남자는 언덕과 파란 대문 사이에 있는 널빤지를 건너 의자로 왔다.

"웃기죠, 널빤지 다리."

남자가 널빤지를 턱짓으로 가리켰다. 하지만 나는 널빤지 다리가 웃기지 않았다. 어부였던 아빠가 딛고 섰던 것은 바다와 장화 사이에 놓인 배였다. 그런데 그 배가 낡았다는 것이 문제였다. 멸치잡이를 나간 아빠는 부실한 배 때문에 돌아오지 않았다. 언덕과 파란 대문 사이에 놓인 널빤지는 아빠가 딛고 섰던 배처럼 위태로워 보였다.

"맛있어요?"

남자의 손가락이 핫도그를 가리켰다. 핫도그는 싸구려 소시지에 반죽을 입혀 기름에 튀겨낸 맛이었다. 나는 말없이 입 안의 핫도그를 씹었다.

"앗! 차가워."

남자가 나무를 올려다보며 소리쳤다. 순간 나도 모르게 웃음이 났다. 그는 머리의 물기를 털어내며 재밌느냐고 물었다. 나는 그런 것은 아니라고 대답했다. 하지만 나의 대답은 입안의 핫도그 때문에 입 밖으로 나오지 못했다. 그는 그런 나를 보며 웃었다. 항구를 바라보며 앉아 있던 그가 고개를 숙여 신문의 글자를 읽었다. 복원…… 경제…… 신문의 글자들이 남자의 음성을 타고 듬성듬성 들렸다. 그는 손가락으로 복원이라는 글자를 짚었다.

"어떻게 생각해요?"

그가 물었다.

"뼛가루는 어떻게 된 걸까요?"

내가 물었다.

"사라졌겠죠."

그는 오래된 유골의 경우 뼈 자체가 산화되기도 한다며 고개를 들었다.

"엄밀히 따지면 복원이 아니라 재생이에요."

그의 눈이 활처럼 휘었다. 다시 펴졌다. 남자의 눈이 펴지는 순간 핸드폰이 울렸다. 그는 고개를 돌려 전화를 받았다. 남자의 부드러운 목소리가 벚나무 주변을 감싸는 것 같았다.

"먼저 가봐야 할 것 같아요."

그가 자리에서 일어났다. 그러자 긴 그림자가 널빤지 위로 드리웠다.

"다음에 또 봐요."

그는 그림자를 밟고 대문으로 들어갔다. 나는 그가 던져놓고 간 재생이란 단어를 핫도그와 함께 우물거리며 집으로 돌아왔다.

비 오는 아침이면 가슴이 답답했다. 집 안을 떠도는 비린내와 옆구리 터진 운동화, 그리고 맨발에 슬리퍼를 끌고 집을 나서는 엄마까지 모두가 나를 억울하게 만들었다. 국어사전에는 억울함이란 모호하거나 불공정하여 마음이 불편하고 답답한 것이라 적혀 있었다. 그랬다. 맨발의 엄마에게 운동화를 사줘야 하는 것은 아닌지 모호했고, 집 안의 비린내와 나의 발가락은 여전히 적응되지 않아 불편했다. 이불속에서 발가락을 꼼지락거리며 억울함을 견뎌보려 했지만 허사였다.

결국, 옆구리 터진 운동화를 신고 마을버스를 기다렸다. 엄마는 맨발인 채 내 옆에 서 있었다. 갑자기 굵어진 빗방울이 사방으로 튀었다. 비는 봄비라기보다는 여름비에 가까웠다. 사람들이 우산을 몸 쪽으로 바투 잡았다. 버스를 기다리는 줄이 잠시 술렁였다. 사람들의 술렁임을 멈추게 한 것은 급브레이크를 밟으며 달려온 버스였다. 버스 안은 눅눅했다. 승객들이 물기를 토해내기라도 한 것처럼 버스 안은 물기로 가득했다. 곡각지대를 돌아 내려가는 버스 안에서 넘어지지 않으려 손잡이를 꼭 잡았다. 손잡이를 잡은 손이 얼얼해질 때쯤 버스에서 내렸다. 부윰한 창으로 엄마 얼굴이 보였다. 어딘가를 응시하고 있는 엄마의 눈빛이 창틈으로 새어 나왔다. 엄마는 대나무 냄새가 난다는 베트남의 스콜을 떠올리고 있을지도 몰랐다. 대나무 냄새를 모르는 나는 버스에 타고 있는 엄마와 반대 방향으로 걸음을 옮겼다.

선적장은 하선작업 중이었다. 비 오는 날의 하선 작업은 유난히 어수선했다. 돼지려고 환장했어! 지게차 기사는 습기에 흐릿해진 반사경을 노려보며 고함을 질렀다. 하지만 그의 목소리는 화물 엘리베이터의 굉음과 모터 소리에 묻혔다. 장화를 신은 작업자가 냉동 상자를 발로 찼다. 상자는 엘리베이터 앞에 멈췄다. 상자를 들어 올리던 반장이 입에 물고 있던 담배꽁초를 뱉었다. 러시아 글자가 적힌 상자 조각과 작업자들이 버린 담배꽁초의 물컹한 느낌이 발바닥으로 전해졌다. 발뒤꿈치를 들고 선적장에 도착해 반장에게 출고장을 건넸다. 반장은 내가 건넨 출고장과 나의 손을 동시에 쥐었다. 누런 이를 보이며 웃고 있는 반장의 손이 슬금슬금 내 팔목을 타고 올라왔다. 안나…… 더 예뻐…… 기계 소리에 섞인 반장의 목소리는 역겨웠다. 씨발…… 개새끼! 나는 손을 빼기 위해 몸을 기울였다. 그 순간 반장이 지랄한다며 내 손을 놓아버렸다. 순간 뒤로 나자빠지며 바닥에 주저앉고 말았다. 내 입에서 나온 씨발과 개새끼도 바닥에 떨어져 나뒹구는 것 같았다. 반장은 맨손으로 바닥을 딛고 일어서는 나에게 가운뎃손가락을 들어 보이고는 엘리베이터 안으로 사라졌다.

뒤이어 사무실 창 너머로 고함 소리가 들렸다. 김안나! 너 참치 어디로 보내라는 거야! 김 대리가 출고장을 흔들며 다가왔다. 야이 새끼야! 열성이 어디야. 출고 사고 나면 네가 책임질 거야! 김 대리가 내민 출고장에는 열성이라는 두 글자가 흐릿하게 쓰여 있었다. 이게 얼마짜리 참친 줄 알아! 우성이라는 글자를 적을 때마다 열성이란 글자가 떠올랐었다. 김 대리는 막 출발하려는 냉동차를 불러 세웠다. 운전기사는 창으로 고개를 내밀더니 침을 뱉었다. 젖은 엉덩이를 털어내는 손에 짓이겨진 담배꽁초와 냉동박스 찌꺼기가 올라붙었다. 손에 붙은 찌꺼기는 나를 노려보던 김 대리의 눈빛처럼 쉽게 떨어지지 않았다.

축축한 하루를 끝내고 벚나무가 있는 언덕으로 갔다. 벚나무 의자에 그가 앉아 있었다. 그는 나에게 앉으라며 자리를 내주었다. 나를 쏘아보던 김 대리와 달리 그는 나를 보며 웃었다. 그리고 이 동네 나무는 낯선 사람을 알아보는 것 같다며 벚나무를 올려다보았다. 나는 말없이 핫도그를 씹었다.

"이 동네 사세요?"

그의 굵은 목소리가 깊어지는 어둠으로 스몄다.

"저도 이런 동네서 살고 싶은데 쉽지 않더라고요…… 부럽습니다."

순간 삼키려던 핫도그 조각이 목구멍에 걸렸다. 그는 주민센터 외벽에 그림을 그리고 있다고 했다.

"그림이 완성되면 골목과 집들이 더 예뻐질 겁니다."

확신에 찬 그의 목소리가 벗나무 가지를 지나 하늘로 흩어졌다. 그는 공동묘지 위에 만들어진 우리 마을에 감탄하고 있었다.

"공동묘지 위에 만들어졌기 때문에 가치가 있는 겁니다. 흔하지 않으니까요."

일제강점기 일본인의 공동 봉안당이었던 이곳에 사람들이 살기 시작한 것은 한국전쟁 직후였다. 전쟁을 피해 몰려온 사람들이 봉안당을 집으로 사용하면서 마을이 형성된 것이라고 했다. 그래서인지 우리 동네 집들은 유난히 작았다. 집은 대부분 작은 방과 현관 겸용 부엌이 나란히 붙어 있는 구조였다. 엄마는 죽은 자가 머물기에는 넓지만 산 사람이 살기에는 턱없이 모자란 공간이라고 했다. 사람 살면 좁아. 그렇지만 죽은 사람 집 빌린 거니까…… 엄마는 쪽마루 먼지를 닦거나 신발장 청소를 하다가 읊조렸다.

정육면체의 방에 창을 낸 집은 그나마 사정이 나은 편이었다. 집들은 대부분 언덕 위에 있는 경우가 많았다. 축대 위의 집들은 손가락으로 밀면 굴러떨어질 것같이 위태로웠다. 이런 집들은 대부분 가파른 계단을 통해서만 이동할 수 있었다. 그리고 계단과 계단 사이에는 무덤에 사용하던 상석과 비석이 놓여 있었다. 이끼 긴 상석이나 비석에는 한자들이 새겨져 있었는데 빗물에 깎이거나 바람에 흐려진 글자들은 고장 난 시계처럼 시간을 품고 있는 것 같았다. 시간을 품고 계단이 되어 있는 그것들을 발로 디디면 낡은 시계 소리가 날 것 같아 자꾸 뒤돌아봐졌다.

몇 차례 마른침을 삼키자 목에 걸렸던 핫도그 조각이 식도 아래로 내려갔다. 명치가 먹먹했다.

"핫도그 좋아하세요?"

그가 물었다. 핫도그를 좋아하는지 생각해보지 않았다. 그래서 그냥이라고 짧게 대답했다. 그는 잠시 발아래 젖은 흙을 내려다보다가 손가락으로 핫도그를 가리켰다.

"닥스훈트 소시지 빵이랍니다. 핫도그가 아니라."

나는 울퉁불퉁하게 잘려 나간 핫도그 단면을 뚫어지게 쳐다봤다. 그는 독일인들이 빵 사이에 소시지를 끼워 먹었는데 그 모습이 닥스훈트라는 개와 비슷해 붙여진 이름이라고 했다. 하지만 내 머릿속엔 큰 눈망울을 깜빡이는 닥스훈트 개만 떠오를 뿐 빵 사이에 끼워진 닥스훈트 개는 떠오르지 않았다. 나는 독일어를 몰라 핫도그라 이름 붙인 미국 만화가를 생각하며 핫도그를 먹었다.

내가 입속에서 핫도그를 잘게 부수는 동안 그는 항구의 불빛을 보며 노래를 흥얼거렸다. 그리 크지 않은 눈과 적당한 높이의 코, 도톰한 입술이 어스름한 빛을 받아 흐릿하게 보였다. 그는 항구를 건너 이쪽으로 다가오는 등대 불빛을 보며 앉아 있었다. 나는 남은 핫도그를 입속에 넣고 핫도그 막대를 분질렀다.

"집이 멀어요?"

나는 멀지 않다고 대답했다.

"그렇군요."

혼자 말처럼 말끝을 흐린 그는 다음에 또 보자며 널빤지를 건너 파란 대문 안으로 갔다. 나는 비스듬히 박힌 비석을 딛고 언덕으로 내려섰다. 등 뒤에서 대문 닫히는 소리가 났다.

오줌이 마려웠다. 마당으로 떨어지는 빗물 소리가 들릴 때마다 오줌 줄기가 방광을 뚫고 튀어나올 것 같았다. 이불 속에서 발가락을 꼼지락거렸다. 왼쪽 발가락 두 개가 동시에 접혔다 펴졌다. 종일 신발 안에서 불어 터질 발가락을 생각하니 벌써부터 몸이 욱신거렸다. 이불 밖은 서늘했다. 아무렇게나 벗어놓은 카디건을 걸치고 화장실로 갔다. 화장실에서는 빗소리가 더욱 크게 들렸다. 비는 일주일째 내리다 그치기를 반복하고 있었다. 몸에서 빠져나온 오줌이 느슨하게 회오리치며 변기 속으로 빨려 들어갔다.

비는 종일 내렸다. 출고장은 쉬지 않고 발급되었고 선적장 바닥은 끈질기게 미끄러웠다. 해체된 참치가 '경동'과 '사조' 따위의 거래처로 실려 나가는 동안 김 대리의 욕설과 지게차 기사의 날카로운 눈빛이 내 등으로 날아왔다. 구멍 난 신발

바닥으로 물이 스몄다. 작업장 바닥의 이물질이 신발 안까지 파고들어 질척거렸다. 마지막 냉동차가 선적장을 빠져나갈 때까지 나의 발은 버려진 담배꽁초와 불어 터진 상자 조각을 밟고 서 있어야만 했다.

퇴근해 버스 정류장으로 가는 동안에도 젖은 발의 미끈거림은 가시지 않았다. 무거운 다리로 버스에 올랐다. 위로처럼 버스 안의 자리 하나가 비어 있었다. 종아리의 뻐근한 통증이 등으로 전해졌다. 등받이에 기대자 발가락이 욱신거렸다. 심장박동에 따라 욱신거리는 발가락은 나의 의지와 무관한 생명체 같았다. 내 발을 만져주던 아빠의 손과 운동화가 그리웠다. 아빠의 운동화에 두 발을 포개 넣으면 기분이 좋았다. 아빠의 신발에서 느꼈던 포근함을 떠올리려 노력했지만 쉽게 떠오르지 않았다. 아빠는 베트콩이었던 외할아버지가 앓았던 폐섬유종과 기형인 내 발가락은 모두 고엽제 때문일 거라며 내 발을 쓰다듬어주곤 했다. 나는 폐포가 돌처럼 굳어지는 폐섬유종이 어떻게 나의 발가락과 연결되는지 이해할 수 없었다. 하지만 친구들이 내 발가락에 관심을 가지기 시작하면서 이해는 중요한 것이 아니라는 것을 알게 되었다. 고등학생이 된 어느 날 친구들은 비에 젖은 나의 발가락을 발견했다. 삼선 슬리퍼 밖으로 삐져나온 나의 발가락은 군살이 박혀 어눌해 보였다. 누군가의 손톱이 내 발가락을 눌렀다. 얼마나 세게 눌렀던지 나도 모르게 친구의 머리통을 후려쳤다. 그러자 친구는 씨발, 발가락 존나 이상하다며 침을 뱉었다. 친구의 입에서 튀어나온 침이 슬리퍼 위로 떨어졌다. 영원히 함께할 것 같던 친구들은 나를 멀리하기 시작했다. 전염되면 어떡해! 이렇게 이상한 발가락으로 어떻게 살아. 친구들은 쉬지 않고 비아냥거렸다. 그날 이후 혼자 밥을 먹고 혼자 등교했다.

버스 안은 시간이 갈수록 눅눅해졌다. 창문 틈으로 빗물이 흘렀다. 눈을 감았다. 배가 고팠다. 설탕 묻힌 바삭한 핫도그가 먹고 싶었다. 핫도그를 사 먹게 된 것은 발가락 때문이었다. 누구도 가지 않으려는 냉동회사 사서가 된 것 역시 발가락 때문인 것 같았다.

버스에서 내려 핫도그를 사 들고 벚나무 언덕으로 갔다. 꽃으로 풍성했던 벚나무 가지는 어느새 여린 잎을 틔우며 연두색으로 변해갔다. 의자는 비에 젖어 있었다. 의자 모서리에 앉아 핫도그를 먹으며 항구를 내려다봤다. 항구는 안개에 싸여 흐릿했다. 등대 불빛이 안개를 뚫고 언덕으로 다가왔다.

"비 오는 날은 이 동네가 더 멋진 것 같아요."

대문이 열리더니 그가 의자로 왔다.

"의자 모서리 불편하지 않아요?"

나는 엉덩이가 아니라 발이 젖어 불편하다고 했다. 그러자 그는 그럼 자기 방으로 가서 발을 좀 말리자며 널빤지를 건넜다. 널빤지를 한걸음에 건넌 그가 대문을 열었다. 그와 달리 나는 좀 주춤거렸다.

"뭐 해요? 어서 건너와요."

그가 널빤지 건너편에서 고갯짓을 했다. 어쩔 수 없이 먹다 남은 핫도그를 손에 들고 널빤지를 건넜다. 널빤지는 발을 디딜 때 살짝 기울어지는가 싶더니 삐걱 소리를 내며 이내 제자리로 돌아갔다.

방문을 열자 창문이 먼저 눈에 들어왔다. 그의 방은 책상과 벽에 걸린 옷가지 몇 개, 그리고 이불이 쌓여 있는 서랍장이 전부였다. 몇 안 되는 짐에서는 쉽게 떠나는 사람에게서만 느낄 수 있는 단출함이 느껴졌다. 그가 들어오라며 책상에 커피잔을 내려놓았다. 나는 망설이다 신발을 벗었다. 하지만 방으로 들어가지 못하고 어정거렸다.

"발 닦아요."

그가 내민 하얀 수건에선 햇볕 냄새가 났다. 나는 양말을 벗고 발을 닦았다. 그러면서 그가 나의 발가락을 보지 않기를 바랐다.

"앉아요."

그는 내 발가락 따위는 관심 없다는 듯 커피를 마셨다. 의자는 창을 향해 놓여 있었다. 반듯한 창으로 항구를 보며 마시는 커피는 어딘지 모르게 특별했다. 커피의 적당한 온기 때문인지 종일 나를 괴롭혔던 억울한 마음도 조금 나아졌다. 그런데 먹다 남은 핫도그가 문제였다. 어쩔 수 없이 소시지가 남아 있는 핫도그를 입으로 가져갔다. 먹어야만 한다는 듯 단단하게 꽂혀 있는 나무 막대가 이에 부딪혔다. 입 안에서 둔탁한 소리가 나는 것만 같았다. 하지만 그는 창을 보며 커피를 마실 뿐이었다.

"안나 씨는 여기 얼마나 살았어요?"

나는 핫도그를 씹다 말고 입을 다물었다. 지금껏 나는 '안나'이거나 '김 양'이었다. 그의 입에서 나온 '안나 씨'가 나를 어른으로 만들어주는 것 같았다. 어른이 될 수 있도록 내 이름 뒤에 씨를 붙여준 그는 나의 대답을 기다리며 커피 잔을 기울였다. 나는 잠시 뜸을 들이다 태어나 보니 이 동네였다고 대답했다.

한동안 말이 없던 그가 의미 있는 동네에 살고 있는 것을 아느냐고 물었다. 나는 혹시 그 '의미'라는 것이 봉안당이나 비석 계단을 말하는 것이냐고 되물었다. 그러자 그는 우리 동네처럼 시간을 잡아둔 곳은 흔치 않다고 했다. 특히 죽은 자의 시간과 산 자의 시간이 공존하는 곳은 세계적으로도 드물다며 눈을 크게 떴다. 나는 핫도그 막대를 컵에 꽂았다. 등대 불빛처럼 반짝이는 그의 눈이 나를 봤다. 자신은 봉안당이 복원되는 것을 보고 싶다고 했다.

"봉안당 복원은 내가 그리는 벽화 따위와는 비교도 안 될 만큼 멋진 일일 겁니다."

그는 입술을 굳게 다문 채 종이컵 안을 들여다봤다.

"가치란 알아주는 이가 있을 때 의미를 가지는 것이니까요."

가치란 내가 올리는 것이 아니라 남이 올려주는 것이라는 그의 말에 심장이 떨렸다. 언덕에 위태롭게 매달린 자들의 가치는 누가 올려주는 걸까. 멀어졌던 등대 불빛이 창을 향해 쏟아져 들어왔다.

"복원된 납골함과 비석, 그리고 주민들의 삶이 담긴 벽화가 완벽하게 조화를 이루게 되면 세상에 없는 새로운 마을이 되는 겁니다."

그의 입술이 일정한 간격을 유지하며 움직였다. 속눈썹 그림자가 눈자위에 드리웠다. 그 그림자는 한여름의 벗나무 그늘처럼 시원하고 아늑해 보였다.

내가 가보겠다며 일어나자 그가 먼저 문을 열고 나갔다. 나는 마른 발을 젖은 신발에 밀어 넣지 못해 망설였다. 맨발에 닿을 축축함을 알기에 젖은 신발에 쉽게 발을 넣을 수 없었다. "이거 신고 가요."

그의 손에 하얀 운동화가 들려 있었다. 자신이 신던 것이지만 젖은 신발보다 나을 거라며 운동화를 내밀었다. 나는 머뭇거리다 그의 운동화에 발을 넣었다. 푹신했다. 나는 다음에 운동화를 돌려주겠다며 널빤지를 건넜다. 발에 맞지 않으니 조심하라며 그가 뒤따라왔다. 나는 널빤지 위에서 돌아섰다. 그의 얼굴이 내 눈앞에서 웃고 있었다. 나는 재빨리 몸을 돌렸다. 삐딱하게 걸쳐 있던 널빤지가 잠시 휘청하더니 멈췄다. 잠시 후 대문 닫히는 소리가 들렸다.

하얀 운동화를 신고 집으로 와보니 엄마가 보이지 않았다. 대문을 겸하는 현관문을 열자 텔레비전 소리만 들렸다. 나는 욕실로 가 그의 운동화를 닦았다. 젖은 솔로 흙탕물을 털어내고 신발 바닥의 먼지를 긁어냈다. 뒤축이 닳아 있었다. 느긋하게 주머니에 손을 꽂고 걷는 그의 여유가 신발을 통해 전해졌다. 말끔해진 신발을 들고 욕실을 나오니 엄마가 와 있었다.

엄마의 발은 여전히 맨발이었다. 젖은 손을 수건에 닦는데 엄마가 서류 봉투를 내밀었다. 구겨진 종이에는 자잘한 글자들이 적혀 있었다. 그러나 '봉안당 복원 공사'와 '이주 대상'이라는 글자는 진하게 인쇄되어 있었다. 특히 붉은 잉크로 인쇄된 '이주비'라는 글자는 날 선 바늘처럼 눈두덩을 찔렀다. 내가 서류를 살피는 동안 맨발의 엄마는 자꾸만 채널을 바꿨다. 우리 이사 간데. 엄마의 말이 텔레비전 소음에 묻혔다. 종이 한 장을 넘기자 '봉안당 복원 예정지'라는 글자와 함께 우리 집 담벼락과 폐가에 동그라미가 그려져 있었다. 일주일 전에 읽었던 신문의 그림과는 사뭇 달랐다. 이사 한 달 안에 가야 한대. 넘어가던 채널이 멈췄다. 바다에서 통발을 건지는 남자의 허탈한 얼굴이 엄마 등에 가려 잘 보이지 않았다. 내가 한 달 안에 이사를 하라는 내용은 없다고 하자 엄마가 서랍을 열었다. 서랍 속에는 구겨진 봉투들이 들어 있었다. 봉투에는 육 개월 전 소인이 찍혀 있었다. 보낸 측의 친절함이 받는 쪽의 무심함에 의미를 잃고 있었다. '이주 대상 통보'라는 글자가 적힌 우편 봉투를 엄마 앞에 내밀었다. 이렇게 중요한 걸 왜 말하지 않았느냐고 닦달할 셈이었다. 하지만 엄마는 통발을 바다에 던지는 남자의 뒷모습만 바라볼 뿐이었다. 그리고 봉투를 버리지 않고 보관해둔 것만 해도 어디냐는 듯 베개를 가져다 자리에 누웠다.

나도 엄마 옆에 누웠다. 엄마 몸에선 비린내가 났다. 비린내는 매일 수백 마리의 생선 대가리를 자르는 엄마의 체취였다. 처음부터 엄마의 체취가 비린내는 아니었을 것이다. 붉은색 아오자이에 치자꽃을 귀에 꽂은 엄마의 결혼사진은 사진첩 어딘가에서 향기를 잃어가고 있을 거였다. 향기가 사라져가는 동안 엄마는 엄마가 되고 아줌마가 되었다. 하지만 진짜 한국 아줌마가 될 수 없는 엄마의 여린 어깨가 숨소리와 함께 규칙적으로 들썩였다. 엄마의 숨소리와 어깨의 들썩임을 헤아리는 동안 날이 밝았다.

핫도그 두 개를 사 벚나무 언덕으로 갔다. 온종일 굶은 탓인지 허기가 졌다. 음식을 잘 먹지 못하는 것은 엄마를 닮았기 때문이었다. 아빠 닮았으면 먹는 것 하나는 끝내줬을 거야. 삐쩍 마른 내 발을 볼 때마다 아빠는 그렇게 말했다. 누구를 닮아서가 아니라 특별히 맛있는 것이 없기 때문이라 생각하며 핫도그를 먹었다. 노을이 물들기 시작했다. 하지만 쉽게 어둠이 내리지는 않았다. 태양이 하지를 향해 가고 있었다. 해는 시간을 결정할 수 있는 위대한 존재였다. 나는 쉽게 어두워지지 않는 것이 마음에 들었다. 곁눈으로 바라본 파란 대문은 굳게 닫혀 있었다. 그 역시 나처럼 배가 고플지 모른다는 생각으로 핫도그를 두 개 사 온 것인데 아무래도 나머지 하나는 무용지물이 될 것 같았다. 한 손에는 처음 그대로의 핫도그를, 다른 한 손에는 줄어들고 있는 핫도그를 들고 항구를 향해 앉았다.

어딘가에서 돌아왔거나 어딘가로 떠나야 할 배들이 제자리에 떠 있었다. 표지 없는 바다에도 제자리가 있다는 것은 선적장에서 알게 되었다. 떠나고 돌아오는 배도 제자리가 있는데 엄마와 나에게는 자리가 없었다. 잘못 쓰여진 철자로 인해 핫도그가 된 닥스훈트 소시지 빵이 부러웠다. 엄마와 나에게도 잘못 된 날짜가 주어졌으면, 그래서 새로운 집이 생겼으면 좋겠다는 엉뚱한 생각을 할 때 그가 의자로 왔다. 그의 눈은 여전히 활처럼 휘어졌다.

"어, 이거 제 거예요?"

그는 내 손에 들린 핫도그를 뺏어 크게 한입 물었다. 그에 게선 페인트 냄새가 났다. 그는 벚나무 그림의 마무리 작업을 하느라 늦었다고 했다. 비가 그친 뒤 부랴부랴 작업을 시작한 탓에 점심도 걸렀다며 허겁지겁 핫도그를 씹었다. 나는 그에 게 벚나무 그림의 꽃이 다 핀 거냐고 물었다.

"네. 오늘 다 피었어요."

그가 벚나무를 올려다보았다.

"진짜 벚나무에는 잎이 나는데 제가 그린 벚나무는 이제야 꽃을 피웠네요."

말을 끝낸 그가 나머지 핫도그를 베어 물었다. 그는 핫도그를 씹으며 동네에 버려진 장화가 왜 많은지 알았다고 했다.

"냉동회사가 많더군요. 어제는 버려진 빨간 장화 한 짝을 언덕 밑에서 주웠어요."

그가 언덕 아래를 가리켰다.

"그래서 종량제 봉투에 넣어서 버렸어요."

그는 다 먹고 난 핫도그 막대를 손가락 사이에 끼웠다.

"동네가 참 예뻐요."

핫도그를 씹느라 바쁜 입과 달리 그의 눈은 항구를 향했다. 한동안 항구를 바라보던 그가 등대 쪽으로 몸을 기울였다. 먼 바다로 갔던 등대 불빛이 이쪽으로 돌아오는 중이었다.

"벚나무 그림 볼 때, 나 기억해줘요."

나는 그에게 운동화가 든 종이 가방을 내밀었다. 가방을 열어본 그가 그냥 둬도 되는데 세탁까지 했냐고 했다. 운동화 뒤축이 닳았더라는 나의 말에 그가 머리를 긁었다.

"고치려고 해도 쉽게 고쳐지지 않네요."

그의 말은 고칠 수 있는 것을 고치지 않는 것과 고치고 싶어도 고칠 수 없는 것의 차이처럼 멀게 느껴졌다. 그가 운동화가 든 종이 가방을 들고 일어났다.

"먼저 가볼게요. 할 일이 좀 남아서……"

그는 두어 걸음 만에 널빤지를 건너 파란 대문 앞에 섰다.

"잘 가요. 핫도그 잘 먹었어요."

그가 대문 안에서 크게 손을 흔들었다. 바람 인형처럼 손을 흔들던 그가 파란 대문 안으로 사라지자 갑자기 주위가 어두워졌다. 집으로 돌아가 엄마와 이사 문제를 상의해야 했지만 쉽게 일어나지 못했다. 그가 사라진 파란 대문 안으로 눈길이 갔다. 내 눈길이 그러거나 말거나 등대 불빛은 더 먼 바다를 향해 멀어질 뿐이었다. 허공으로 어둠이 밀려들었다.

집에서는 고등어조림 냄새가 났다. 엄마는 고등어 두어 마리를 비닐에 담아 왔을 것이다. 밥 먹어. 문을 열자 엄마는 기다렸다는 듯 밥상 앞에 앉았다. 집에서는 비릿한 냄새가 났다. 창문을 열었다. 엄마는 반 짱(bánh tráng)만 한 창문이라고 했다. 창으로 들어온 공기에 비린내는 옅어졌지만 눅눅함은 그대로였다.

저녁을 먹으며 뉴스를 봤다. 뉴스는 봉안당 복원 대상지 건물 철거에 난항을 겪고 있다고 했다. 저거 맘대로다, 우리가 모른다! 엄마가 투덜거렸다. 뉴스 내용이 마음에 들지 않는지 엄마의 콧잔등에 주름이 앉았다. 나는 우거지를 씹으며 어디로 이사를 가야 할지 생각했다. 이주 대상자가 없는 이웃의

폐가가 부러웠다. 언덕에 붙어 늙어가는 폐가를 허물 듯 밥 위에 국물을 끼얹어 밥을 비볐다. 국물에 젖은 밥 한 숟가락을 입으로 가져가려는데 낯선 목소리가 엄마를 찾았다. 엄마는 밥을 먹다 말고 서둘러 문을 열었다. 골목으로 불빛이 쏟아졌다. 어귀에 서 있던 남자가 미간을 찌푸렸다. 반소매 차림의 남자 옆에 그가 서 있었다. 나를 발견한 그의 눈이 활처럼 휘었다. 엄마는 밥상을 밀쳤고 나는 화장실 앞에 벗어두었던 양말을 신었다.

그는 망설임 없이 내 옆으로 와 앉았다. 맞은편에 앉은 복원 담당자가 명함을 내밀더니 이사 계획을 물었다. 곧 가야 하는데, 시간 너무 없어요. 엄마는 명함 모서리로 손톱 밑을 쑤셨다. 담당자는 무허가 건물이라 이주비를 지원하지 않지만 마을 자치위원회에서 위로금을 지급할 예정이라며 서류를 내밀었다. 서류의 글자들은 언제나 나를 혼란스럽게 했다. 글자를 읽고 뜻을 이해하는 것은 복원과 재생이라는 낱말의 의미를 이해하는 것만큼이나 어려웠다. 엄마는 죽은 사람 땅인데 산 사람이 살았으니 떠나야 한다는 것을 아는데 한 달은 너무 짧다고 했다. 담당자는 난처한 낯빛으로 서류를 뒤졌다. 그리고 서류 한 귀퉁이에 적힌 육이라는 숫자를 손가락으로 가리켰다. 육 개월은 서랍 속에서 사라졌고 되돌릴 수 없었다. 담당자는 육 개월이라는 시간이 사라진 것은 자신의 잘못이 아님을 강조했다. 그러더니 곧 복원 작업이 시작될 것임을 알렸다.

　내 옆에 앉은 그는 손등에 묻은 페인트 자국을 손톱으로 긁고 있었다. 무거운 낯빛의 담당자가 서류를 주섬주섬 정리할 때 그가 말했다.

　"안나 씨, 복원 작업, 도와줄 거죠?"

　신념에 찬 그의 눈이 빛났다. 벽화를 그리거나 기념품 가게가 생긴다고 가로등이 늘어나거나 공중화장실이 많아지는 건 아닐 것이다. 납골함이 복원된다고 널빤지가 튼튼한 계단으로 바뀌거나 가파른 경사로가 완만하게 변하지도 않을 것이다. 하지만 신념에 찬 그의 눈빛이 서류 봉투에 적힌 마을 재생 프로젝트라는 글자 위로 날아가 박혔다. 엄마와 나는 복원과 재생 사이에 걸쳐 있는 널빤지처럼 기우뚱한 자세로 앉아 있었다. 서류 뭉치를 챙긴 담당자가 일어나자 그도 자리에서 일어났다. 이사 가요, 걱정 마요. 엄마의 목소리가 그들의 어깨를 다독였다. 그는 나에게 부탁한다며 돌아갔다. 그가 나에게 부탁한 것이 복원인지 재생인지 혼란스러웠다. 다시 마주한 밥상에는 고등어 비린내만 가득했다.

　집 흔들리는 소리에 이불을 박차고 일어났다. 무슨 일이야! 입에 칫솔을 문 엄마 얼굴이 붉어졌다. 창을 내다보니 굴착기가 폐가를 허물고 있었다. 봉안당 복원 담당자는 우리가 이사를 끝내면 작업을 하겠다고 약속했었다. 하지만 굴착기 기사는 우리 집을 허물 기세로 언덕을 팠다. 여기 사람 있어! 아직 이사 아니야! 다급해진 엄마가 소리쳤다. 하지만 굴착기는 멈추지 않았다. 나는 맨발로 달려 나갔다. 언덕에 묻혀 있던 붉은 흙이 골목으로 쏟아졌다. 슬리퍼 앞으로 삐져나온 발가락이 붉은 흙더미에 꽂혔다. 흙에선 물 냄새가 났다. 아저씨! 사람 있어요! 나는 굴착기를 향해 소리쳤다. 기사는 굴착기를 멈추더니 나가라는 손짓을 했다. 하지만 나는 꼼짝하지 않았다. 운전석에 앉아 있던 기사가 땅으로 내려섰다. 기사는 작업하는 게 안 보이냐며 화를 냈다. 나는 이사를 할 것이니 작업을 멈추라고 했다. 그러자 기사는 우리 집을 허무는 게 아니라 폐가를 허무는 거라고 했다. 공사 자재를 들이기 위해 길 트기를 하는 것이니 걱정 말라는 거였다.

그의 말과 달리 집은 왼쪽으로 기울어져 있었다. 나는 기울어진 집이 보이지 않느냐고 소리쳤다. 하지만 그는 괜찮다며 다시 운전석으로 돌아갔다. 나는 엄마가 매달려 있는 창문을 올려다보았다. 내다보고 있는 엄마마저 왼쪽으로 기울어져 보였다. 어떻게 해. 뭐라는 거야! 엄마의 얼굴이 하얗게 변했다. 굴착기가 다시 움직였다. 나는 이끼 긴 벽체와 허물어진 언덕 사이에 섰다. 선글라스 안으로 기사의 눈이 보였다. 남자는 잠시 머뭇거리더니 이내 굴착기를 쳐들었다. 5월 아침 햇살이 굴착기에 반사되어 눈이 부셨다. 나는 눈을 찡그렸다. 허공에 떠 있는 굴착기가 내게 다가왔다. 사내의 눈이 가늘어지고 입술이 삐뚤어졌다. 골목에는 굴착기가 멈추기를 기다리는 사람들이 서 있었다. 그들 중 누군가는 위험하다며 호통을 쳤다. 하지만 나는 흙더미 쪽으로 몸을 돌렸다.

흙더미에는 식물 뿌리부터 다양한 크기의 돌이 박혀 있었다. 시멘트 속에서 살아 있는 흙이 신기했다. 아직 이사 아니에요. 그런데 왜 그래요? 언제 내려왔는지 맨발의 엄마가 굴착기 앞을 가로막았다. 약속했어요. 그런데 왜 집 파요? 엄마의 흐릿한 말들이 골목으로 쏟아졌다. 굴착기 기사는 골목을 빠져나가지 못한 사람에게 지나가도 좋다는 손짓을 했다. 안나야! 엄마가 내가 있는 곳으로 달려왔다. 누군가는 혀를 차고 누군가는 굴착기 기사를 노려보았지만 엄마와 나에게 다가오는 사람은 없었다. 안나, 괜찮아! 엄마의 큰 눈이 방향을 잃고 흔들렸다. 피 나! 엄마가 나에게 달려들었다. 나도 모르게 흙더미 위에 무릎을 꿇었다. 발뒤꿈치가 붉은 피로 덮였다. 안나, 움직이지 마! 엄마는 내 발뒤꿈치를 두 손으로 감쌌다. 흙 속에 묻혀 있던 유리 조각의 뭉툭한 모서리가 발바닥 깊이 박혀 있었다. 그러니까…… 위험하다니까…… 기사가 선글라스를 벗으며 다가왔다. 다친 것 안 보여요! 나는 기사를 노려보았다. 아가씨 집을 허문 게 아니라니까…… 기사가 말끝을 흐렸다. 언덕 위에 있는 집인데 언덕을 허물면 그 안에 있는 사람은 어쩌라는 거예요! 봐요. 결국 사람이 다쳤잖아요! 흙더미 위에 쪼그려 앉은 채 기사를 올려다보며 소리쳤지만, 기사는 먼 산만 볼 뿐이었다. 그러게 왜 맨발로 다녀요. 아무튼 약속된 날짜에 이사나 잘해요. 기사는 선글라스를 들고 운전석으로 갔다. 이봐요 아저씨! 나는 기사를 향해 소리쳤다. 하지만 나의 말소리는 굴착기 엔진 소리에 묻혔다. 안나야, 어서 집에 가. 엄마가 내 손을 잡았다. 엄마의 눈동자는 계속해서 떨리고 있었다.

나는 신고 있던 슬리퍼를 벗어 엄마에게 건넸다. 아니야, 너 해. 엄마는 내 발가락을 살폈다. 나는 결국 슬리퍼를 다시 신을 수밖에 없었다. 엄마와 나는 서로를 의지하며 언덕을 올랐다. 흙더미 위로 발자국이 생겨났다. 다섯 개의 발가락이 선명한 발자국과 슬리퍼 자국이 앞서거니 뒤서거니 우리 뒤를 따라왔다.

방은 비어 있었다. 버려진 쓰레기가 사람이 살았던 흔적의 전부였다. 화장실에 작은 창문이 달려 있었다. 반 쌍 창문이네. 양손으로 출입문 가장자리를 짚고 서서 집을 살피는 엄마의 콧등에 주름이 잡혔다. 둘이 살기엔 안성맞춤일 거요. 주인 할아버지가 멋쩍은 듯 웃었다. 미닫이문과 마주한 창으로 항구가 보였다. 엄마는 방바닥에 흩어져있는 쓰레기를 주웠다. 주인 할아버지와 계약서를 작성하는 것은 내 몫이었다. 나는 보증금 오백만 원에 월세 이십만 원을 지급하기로 한다는 부동산 계약서에 사인했다. 김안나. 세 개의 글자는 종이 끝에 매달려 있었다. 굴러떨어지지 않을 만큼의 간격을 남겨 놓은 것은 그곳에 도장을 찍어야 했기 때문이었다. 할아버지는 집을 달래가며 살라고 했다. 늙으면 애가 되는 것은 집이나 사람이나 마찬가지라며 보증금으로 건넨 지폐를 셌다. 주인 할아버지가 돌아가고 얼마 지나지 않아 이삿짐이 들어왔다. 모서리가 떨어진 이불장을 방안에 넣고 서랍장에 텔레비전을 올려놓으니 방은 말 그대로 두 사람 누우면 가득할 것 같았다. 거울을 걸고 있는 엄마 뒤로 항구가 보였다. 등대는 여전히 그 자리에 있었다.

등대를 방 안에서 볼 수 있다는 것이 이 집에서 누릴 수 있는 최고의 호사 같았다. 변기에 앉아 창문을 열었다. 컨테이너를 실은 배들이 멀어지고 있었다. 갈 곳이 있는 배를 보며 오줌을 누자 아랫배가 찌릿했다. 오줌을 다 누고도 한동안 변기에 앉아 있었다. 멀리 화력발전소 불이 켜졌다. 항구의 화사한 밤빛에 취할 때쯤 변기 옆 보일러가 드르릉 소리를 내며 돌았다. 기름 냄새가 났다. 엄마는 보일러가 화장실에 있어 좋다고 했다. 겨울에 안 춥게 목욕할 수 있으니까. 엄마의 콧등에 잡힌 주름 사이로 물 흐르는 소리가 들렸다. 겨울의 더운 공기를 상상하며 마루로 나와 보니 엄마가 마루 아래 쪼그리고 앉아 있었다. 이거 너 알아? 엄마가 마루 밑에서 꺼낸 것은 하얀 운동화였다. 세탁해 돌려준 그의 운동화는 먼지를 뒤집어쓴 채 마루 밑에 포개져 있었다. 나는 마루 밑 구석에서 종이 가방을 찾았다. 귀퉁이가 찢어진 종이 가방에 운동화를 넣어 벚나무 아래로 갔다.

　벚나무는 가로등 불빛을 가릴 만큼 풍성하게 자랐다. 의자는 어두웠다. 찢어진 종이 가방을 의자 옆에 올려놓았다. 항구 쪽에서 시작된 바람이 벚나무 언덕으로 불어왔다. 바람은 내 몸을 훑고 지나갔다. 이사를 하느라 힘들었던 몸 여기저기가 욱신거렸다. 엄마는 파란 대문 안에서 분주하게 먼지를 털어냈다. 파란 대문 앞에 놓인 널빤지는 여전히 삐딱했다. 아무래도 새 널빤지를 구해 와야겠다고 생각하며 의자에서 일어났다. 라면 먹으라는 엄마의 말이 아니었어도 집으로 들어갈 참이었다. 널빤지 위로 내려서는데 언덕 옆 계단에 버려진 장화 한 짝이 보였다. 昭和(소화)라 쓰여 있는 비석 계단에 버려진 장화는 알록달록한 꽃무늬였다. 나는 한 손에는 운동화가 담긴 종이 가방을, 한 손에는 꽃무늬 장화 한 짝을 들고 널빤지를 지나 집으로 갔다. 종이 가방은 마루 밑에 넣어두고 장화 한 짝은 마루 위에 올려놓았다. 그걸 본 엄마가 한 짝 장화 뭐 하게, 라며 이마를 찌푸렸다. 나는 라면을 건져 올리며 대답했다. 그냥.

　이러다 늦어. 엄마의 목소리가 등대 불빛처럼 가까워졌다. 반 짱만 한 창으로 들어온 햇볕이 방바닥에 길게 누웠다. 눈을 감은 채 욕실로 갔다. 변기와 나란히 놓아둔 세탁기 때문에 바지를 벗을 때 팔이 세탁기에 부딪혔다. 순간 팔꿈치가 찌릿했다. 수평선에서 만들어진 구름이 항구의 하늘을 덮을 즈음 출근 준비를 끝냈다.

널빤지를 건널 때 엄마가 내 손을 잡았다. 삐딱하게 걸쳐진 널빤지는 여전히 휘청였다. 엄마는 벚나무 언덕으로 올라서고서야 내 손을 놓았다. 골목을 지나자 복원된 봉안당이 보였다. 집이 사라진 자리에는 육각형의 납골함이 반듯하게 놓였다. 봉안함은 우리 동네에서 가장 신선한 새것이었다. 복원과 재생을 한데 묶어 완벽한 모습을 갖추게 된 봉안당 옆에 안내판이 세워졌다. 안내판에는 우리 동네의 유래와 납골함 발견 당시 모습 그리고 재생과 복원의 의미와 가치에 대해 적어놓았다. 외국인 관광객이 찾아올 것을 대비해 영어와 중국어, 일본어가 순서대로 쓰여 있었다. 반짝이는 안내판 뒤로 장화가 보였다. 아직도 누가 이래! 엄마가 혀를 찼다. 안내판은 엄마의 걱정과 상관없이 열심히 반짝였다.

우성이 추가 주문을 넣었다. 열성이 되지 않도록 발주자 이름을 확인하며 선적장으로 갔다. 반장에게 출고장을 건넸다. 개새끼들, 한꺼번에 안 시키고, 캭, 퉤! 반장이 뱉은 가래침 위로 지게차가 지나갔다. 지게차와 작업자들을 태운 엘리베이터가 육중한 소리를 내며 작업장으로 올라갔다. 나는 서둘러 사무실로 갔다. 바다에서 시작된 바람이 내 뒤를 따라왔다. 바람은 점점 더 푹신해지고 있었다.

쓸모 있다는 것

도시 한가운데 우뚝 솟은 장기매매센터는 거대한 성전처럼 빛나고 있었다. 해를 받아 반짝이는 센터 안은 장기 적출 대기자들로 북적였다. 사람들 틈에 끼어 장기매매 신청서를 작성하고 '1386'이라 적힌 번호표를 받았다. 담당자는 서류 뭉치 사이에 신청서를 밀어 넣으며 더 궁금한 점이 있느냐고 물었다. 사무적이지 않은 말투였다. 하지만 담당자의 눈은 다음 사람을 향했다. 신청서는 서류 더미 맨 밑에 깔렸다. 나는 조금 더 빨리 간을 적출할 수 없겠냐고 물으려다 센터를 나왔다. 부질없는 짓일 것 같아서였다.

장기매매센터는 한때 장기 매매자가 없어 적출자를 위한 VIP 병실을 운영하기도 했지만 최근에는 공급이 늘었다고 했다. 그 때문인지 장기 적출자가 입원하는 병실은 언제나 만원이었다. 뉴스에서는 신체조직 매매가 합법화되고 경기가 나빠지면서 장기매매 희망자가 늘면서 장기매매 사업이 호황을 이어가고 있다고 전했다.

엄마가 입원해 있는 병원으로 가기 위해 버스에 올랐다. 엄마는 신장이식 수술을 받기 위해 입원해 있었다. 의사는 환자가 이 지경이 될 때까지 가족들은 무엇을 한 거냐며 한숨지었다. 나는 그날 엄마의 병명이 '사구체신염에 의한 말기 신부전'이라는 것을 처음 알았다. 엄마가 쓰러지지 않았다면 병명도 모른 채 엄마를 잃을 뻔한 거였다.

엄마는 나를 낳은 후부터 몸이 붓기 시작했다고 했다. 산후조리를 못해 몸이 붓는 줄 알았다는 엄마는 옥수수수염을 달여 먹거나 호박 물을 마시며 나를 키웠다. 아빠는 자신을 돌보느라 엄마를 보살필 시간이 없었다. 자신의 불행한 삶과 서글픈 인생을 어루만지기에 바빴던 아빠는 당뇨와 고혈압을 앓는 자신이 안쓰러워 불행했다. 간 한쪽도 팔지 못하는 몸을 가졌으면서 자신을 인정해주지 않는 세상에 분노하느라 엄마를 돌보지 않았다.

나 역시 엄마를 돌볼 수 없었다. 나는 엄마의 몸을 빌려 태어나야 했고 성장해야 했다. 내가 할 수 있는 것이라곤 엄마 곁에 있어 주는 것뿐이었다. 나는 엄마와 함께 밥을 먹고 잠을 잤다. 나를 보며 기뻐하는 엄마를 위해 그림을 그리거나 책을 읽는 동안 스무 살이 되고 대학생이 된 거였다. 이제 겨우 엄마를 위해 무엇인가 할 수 있는 나이가 되었는데 엄마의 신장은 더 이상 사용할 수 없게 되어버렸다.

수액 주사 바늘을 꽂은 엄마의 팔뚝은 오래된 버섯처럼 꾸덕꾸덕 말라 있었다. 쉬지 않고 떨어지는 수액도 시들어버린 엄마의 팔뚝을 원래의 모습으로 돌려놓지 못했다.

—언제 왔어?

인기척을 느낀 엄마가 눈을 떴다.

—방금, 더 자.

나는 이불을 끌어다 엄마 몸을 덮었다. 엄마의 몸은 늘 그렇게 부어 있는 줄 알았다. 아이들이 핫도그를 씹던 입으로 너네 엄마 하마 같다며 놀려댔다. 그때마다 나는 울면서 엄마 귀를 막았다. 아이들이 떠드는 소리를 엄마가 듣지 못하게 하고 싶어서였다. 그럴 때마다 엄마는 나를 안아 달랬다. 그치지 않을 것 같던 울음도 엄마가 몇 번 토닥여주면 잦아들었다.

—어디 가는 길이야?

엄마가 나의 입성을 살폈다.

—가게 가야지.

—네가 팔면 얼마나 판다고……

—걱정 마. 핫도그 튀기는 거 하루 이틀 봐.

엄마가 핫도그 가게를 차린 것은 내가 초등학교 3학년이 되던 때였다. 가게는 내가 다니던 초등학교 뒷골목에 있었다. 인적 뜸한 후미진 장소였지만 엄마는 매일 손님을 기다렸다.

—나 갈게.

—가서 공부해.

말을 끝낸 엄마가 잠시 숨을 골랐다.

—중간고사 기간 아냐?

—내가 알아서 해! 엄마는 엄마 몸만 신경 써.

목소리가 도드라지려는 것을 간신히 참았다.

—알았어.

입이 쓴지 엄마가 마른침을 삼켰다.

—쉬고 있어. 나, 간다.

나는 잠시 머뭇거리다 병실을 나왔다.

밀가루 반죽에 소시지를 넣었다 뺐다. 반죽이 눅진하게 늘어지더니 소시지에 올라붙었다. 예열한 튀김 통에 반죽 입힌 소시지를 꽂았다. 서서히 거품이 오르는가 싶더니 순식간에 기름이 끓어올랐다. 초등학생들이 하교하기 전에 핫도그를 만들어두어야 했다. 삼 분이 지났다. 꽂은 순서대로 튀겨진 핫도그를 꺼냈다.

—나는 설탕, 너는?

—나도 설탕.

여자아이 둘은 나란히 서서 설탕이 핫도그에 묻기를 기다렸다. 그러더니 아줌마는 이제 장사를 하지 않느냐며 엄마의 안부를 물었다. 나는 설탕 통을 흔들었다. 핫도그 표면에 더 많은 설탕이 묻었다. 핫도그를 받아 든 아이들이 재잘거리며 멀어졌다.

가게로 스미는 봄볕이 따뜻했다. 문득 엄마가 누워 있는 병실에도 햇볕이 들면 좋을 텐데 하는 생각이 들었다. 병실은 다인실이었는데 앞 건물에 가려 낮에도 어둑했다. 더군다나 엄마가 누워 있는 침대는 병실 입구에 있어 외풍이 심했다. 추위를 많이 타는 엄마에게 봄볕을 좀 쐬게 해주고 싶다 생각할 때 주인 여자가 찾아왔다.

—딸인가?

—네.

—가게를 뺄 건지 말 건지 이번 달 말까지 결정해달라고 했는데……

기름이 끓어올랐다. 나는 다급하게 핫도그를 건졌다.

—엄마는 좀 어떠셔? 한번 가본다는 게 영 시간이 없네.

검게 탄 핫도그를 쓰레기통에 던졌다. 주인 여자는 힘들겠지만 엄마와 가게 문제를 좀 상의해줄 수 없겠냐고 물었다. 나는 고개를 끄덕이며 그러겠다고 답했다. 주인 여자는 어린 내가 고생이 많다는 인사를 남기고 큰길 쪽으로 사라졌다.

장기매매센터를 알게 된 것은 등굣길 지하철역에서였다. 지하철역 광고판에는 장기매매센터 사진과 함께 신체조직을 사고팔 수 있다는 문구가 걸려 있었다. 학교까지 가는 내내 내가 팔 수 있는 장기에 대해 생각했다. 그러면서 간이든 폐든 팔 수만 있다면 엄마에게 새 신장을 사주고 싶었다. 학교에 도착해 시간표에 적힌 강의실을 찾아갔다. 학생들은 저희끼리 이야기를 나누고 있었다. 나는 강의실 구석 자리로 가 앉았다. 힐끔거리는 눈길이 느껴졌지만 핸드폰만 들여다봤다.

얼마 지나지 않아 담당 교수가 들어오고 수업이 시작됐다. 교수는 학생들에게 팀을 구성할 수 있는 자율권을 주었다. 학생들은 친분 있는 이들끼리 어울려 팀을 짰다. 그러나 나와 한 팀이 되겠다고 나서는 학생은 없었다. 신입생 오리엔테이션과 입학식에 참석하지 못한 나는 어떤 팀에 속해야 하는지 막막했다. 개강 수업을 듣지 못한 것은 첫 수업이 있던 날 엄마가 쓰러졌기 때문이었다. 쓰러진 엄마를 간호하며 핫도그를 튀기는 동안 오리엔테이션과 수강 신청이 끝나 있었다. 결국 나는 수강 인원이 남아도는 '세계문학 감상'이라는 강좌를 선택해야 했다. 팀을 구성하지 못한 학생은 나를 포함해 아홉 명이었다. 교수는 팀을 구성하지 못한 아홉 명은 자신이 임의대로 조를 구성해주겠다고 했다. 팀을 결정하지 못한 아홉 명의 학생들이 돌아가며 자신의 이름을 불렀다. 나 역시 목소리를 높여 내 이름을 말했지만 교수는 잘 알아듣지 못했다.

—다시, 민서? 진서.

몇 번의 반문 끝에 내 이름을 받아 적었다.

—지금부터 팀별 회의를 진행하세요.

교수는 우리 팀이 베트남 문학을 발표해야 한다며 팀원들에게 작품을 배정했다. 빠르게 팀을 결정한 아이들에게는 비교적 알려진 작품들이 배정된 것 같았다. 회의를 하는 학생들 사이에서 '이방인'이나 '죄와 벌' 같은 제목들이 들려왔다. 나에게는 '도안 레'라는 익숙하지 않은 이름의 작가 작품이 주어졌다. 베트남 작가 도안 레의 소설 제목은 '츄아 마을의 묘지'였다. 베트남 어딘가에 있을 츄아 마을을 떠올려보려 했지만 쉽게 떠오르지 않았다. 얼떨결에 팀이 된 사람들의 낯선 눈빛이 강의실을 떠다녔다. 교수는 그런 눈빛 따위 안중에도 없다는 듯 소설이 복사된 용지를 학생들에게 건넸다. 소설은 한국어로 번역되어 있었지만 처음 보는 외국어처럼 낯설었다.

원래의 색을 잃은 채 쓰레기통에 처박힌 핫도그는 교수가 나눠준 용지만큼이나 낯설었다. 골목 끝으로 사라진 주인 여자는 '어린 왕자와 여우' 앞을 지나고 있을 것이다. 그곳은 우리 동네의 핫 플레이스였다. '어린 왕자와 여우'가 핫 플레이스가 된 것은 동네의 낡은 벽과 언덕에 그림이 그려지면서부터였다. 동네에 색을 입히고 조형물을 만든 것은 재개발을 막기 위해서라고 했다. 무허가 건물에 보상금을 주면 얼마나 주겠어. 있는 놈들 배만 불리는 거지. 돈 없고 못 배웠다고 개수

작질 하는 거 누가 모를 줄 알아! 재개발이란 단어가 동네 여기저기에 나붙을 때 분에 찬 아빠가 소리쳤다. 무허가 건물이나 진배없는 자격 미달의 아빠 입에서 나온 그 말들은 그냥 그렇게 사라졌을 뿐이었다.

예술가들이 모여 빈집에 그림을 그리고 골목에 가로등을 달기 시작하면서 사람들이 우리 마을을 찾아왔다. 동네를 찾아온 사람들은 골목을 돌아다니며 구경을 하거나 사진을 찍었다. 어느 순간부터 마을을 찾는 이들을 방문객이라 부르기 시작했다. 이웃을 방문하듯 마을을 찾은 이들을 방문객이라 불러야 한다는 거였다. 하지만 방문객들은 창문을 기웃거리고 닫힌 문을 열었다. 마을 주민들의 불만이 켜켜이 쌓이는 동안 방문객들은 항구를 향해 앉은 어린 왕자와 사진을 찍었다. 그들은 어린 왕자와 여우 옆에서 사진을 찍기 위해 긴 시간 줄을 서서 기다렸다. 어린 왕자와 여우는 마을을 등진 채 감천항을 바라보고 앉아 있을 뿐이었다. 마을 사람들은 어린 왕자와 여우 옆의 좁은 계단 아래나 어린 왕자와 여우가 등지고 있는 산자락 언덕에 살고 있었다. 그리고 그곳들은 이끼 낀 회색 담벼락에 가려 어둡고 눅눅했다. 그래서인지 찾는 사람이 드물었다. 간혹 길을 잃어 골목을 헤매는 사람이 있었지만 서둘러 그곳을 빠져나갔다. 곳곳에 커피숍이 생기고 기념품 가게가 들어섰다. 좁고 낡은 집들은 아이스크림 가게나 식당으로 변해갔다. 우리 가게가 세 들어 있는 건물의 주인도 두 번이나 바뀌었다. 주인이 바뀌는 동안 가겟세도 오르고 재료비도 올랐다. 동네 사람들은 지나치게 오른 가겟세를 거품이라 말했지만, 건물을 사려는 사람은 늘어만 갔다. 수십 년 동안 낡아가던 건물들은 낡은 채로 고가에 팔려나갔다.

　방문객이 떠나기 시작한 골목에 저녁이 시작됐다. 3월의 저녁 바람은 찼다. 예열되어 있는 튀김 통 앞에 앉아 있는데도 등이 시렸다. 엄마가 입던 조끼를 걸쳤다. 검정색 패딩 조끼는 반죽과 기름얼룩이 올라붙어 있었다. 조끼를 입자 엄마 냄새와 기름 냄새가 한꺼번에 끼쳤다. 엄마에게서는 늘 가지 냄새가 났다. 풀 냄새 같기도 하고 물 냄새 같기도 한 그 냄새는 언제나 엄마를 생각나게 했다. 나는 엄마와 나란히 누워 수다를 떨던 밤을 떠올리며 조끼 앞섶을 여몄다.

　―핫도그 주세요.

　한쪽 발에 붕대를 감은 여자가 지갑을 꺼냈다.

　―케첩은요?

　―그냥 주세요.

　여자가 천 원을 건넸다. 지폐를 받은 나는 그것을 반으로 접어 돈통에 넣었다. 반으로 접힌 지폐는 돈통 구석에 구겨진 채 내려앉았다. 핫도그를 받아 든 여자가 뒤뚱거리며 가파른 골목으로 접어들었다. 여자는 한쪽 다리에 핫도그를 매단 것처럼 부자연스럽게 걸음을 옮겼다. 내 또래로 보이는 여자는 우리 가게 단골이었다. 매일 똑같은 시간에 핫도그를 사 골목으로 사라졌다. 엄마는 여자가 냉동창고에서 일한다고 알려 줬다. 나는 직장에 다닌다는 여자가 부러웠다. 매월 일정 금액의 월급을 받는 여자는 당당하게 홀로 선 어른처럼 보였다. 아르바이트로 버는 돈은 핸드폰 요금과 교통카드 대금을 내기에도 빠듯했다. 엄마가 입원해 있는 요즘은 여자처럼 취직을 해보면 어떨까 하는 생각이 들었다. 무엇보다 도안 레나 츄아 마을 같은 알 수 없는 이름을 기억하지 않아 좋을 것 같았다. 어수선한 생각들을 반죽에 말아 소시지에 입혔다. 기름통의 반죽이 끓어오르자 무수한 기포들이 보글거렸다.

손님이 뜸해진 저녁 가게 문을 닫고 집으로 갔다. 아빠는 텔레비전을 켜 둔 채 잠들어 있었다. 비스듬히 누운 아빠는 잠결에도 미간을 찌푸렸다. 수많은 약봉지들이 머리맡에 가지런히 놓여 있었다. 가게 문을 닫기 전 엄마에게서 전화가 왔다. 아빠는 병원에서 엄마와 함께 저녁을 먹고 집으로 간 것이니 아빠 저녁밥 걱정은 하지 말라는 거였다. 엄마의 걱정과 달리 난 아빠의 밥을 걱정하지 않았다. 엄마는 내가 아빠의 밥걱정을 해주는 딸이길 바랐다. 오늘도 아빠는 엄마의 병원 밥을 자신이 먹고 돌아왔을 것이다. 엄마가 병원에 입원한 뒤부터 아빠는 라면과 즉석밥만을 먹어댔다. 엄마는 그런 아빠에게 병원에서 식사하기를 권했다. 아빠는 식사 때마다 엄마의 병실을 찾았다. 아빠를 위해 공깃밥을 추가했던 엄마는 병세가 심해지면서 자신의 밥까지 아빠에게 건넸다. 병실에 감도는 음식 냄새에 구역질이 난다는 엄마가 아빠를 위해 음식 냄새를 견뎠을 걸 생각하니 화가 치밀었다.

엄마에게 아빠를 소개한 사람은 엄마의 먼 친척이었다고 했다. 결혼 후 사업을 시작할 계획이라고 했다는 아빠는 지금까지 무직 상태였다. 엄마는 아빠의 유머 감각과 다정한 말투가 마음에 들었다고 했다. 하지만 아빠의 다정한 말투는 가족이 아닌 타인을 위한 것에 불과했다. 아빠는 언제나 불평불만을 늘어놓았고 그 어떤 고통도 견디려 들지 않았다. 가난이 견디기 힘들 때면 가게로 나와 엄마가 벌어놓은 천 원짜리 지폐를 집어 갔다. 그러면서 한 개 천 원짜리 핫도그는 팔아 뭐 하냐는 말을 잊지 않았다. 나는 그런 아빠를 볼 때마다 씨발이나 지랄 같은 욕설을 내뱉었다. 그럴 때면 엄마는 아빠가 자신의 남편이기만 하다면 버릴 수 있었을 텐데 나의 아빠여서 버릴 수 없다고 했다. 나는 아빠가 나의 아빠인 것이 싫었다. 할 수만 있다면 아빠를 버리고 싶었다. 미간을 찌푸린 채 잠든 아빠를 노려보다 방문을 닫았다.

자리에 눕자 창을 막고 있는 앞집 지붕이 보였다. 파란 지붕 위로 여러 가닥의 전선이 지나갔다. 내 방 창으로 볼 수 있는 풍경은 전선으로 쪼개진 하늘과 하늘을 쪼개고 있는 전선이 전부였다. 엄마는 우리 동네가 앞뒷집 창을 가리지 않도록 만들어진 동네라고 했다. 햇빛만큼은 고루 나누자는 뜻에서 그렇게 한 것인데, 지금은 앞이든 뒤든 높은 건물이 창을 가려 햇빛이 잘 들지 않았다.

전선 때문에 쪼개진 밤하늘을 올려보며 이불을 덮었다. 피로가 밀려왔다. 해가 잘 들지 않는 방에서는 언제나 곰팡이 냄새가 났다. 문득 엄마의 신장을 망가뜨린 건 곰팡이가 아닐까 하는 생각이 들었다. 허공을 떠돌던 곰팡이가 혈관을 타고 엄마의 신장으로 들어가 똬리를 튼 것은 아닌지…… 평생을 무직으로 빈둥거리는 아빠가 집 안의 곰팡이를 키우고 있는 것인지도 몰랐다. 곰팡이들이 아빠의 췌장까지 파고들어 혈당을 올리고 불만을 퍼 올리고 있는 것은 아닐까. 기름통의 기포처럼 생각들이 제멋대로 부풀어 올랐다 터졌다. 핫도그를 사 들고 가던 여자의 뒤뚱거리던 걸음과 츄아 마을이 뒤엉키더니 잠이 몰려왔다.

핸드폰 진동 소리에 잠이 깼다.

'장기매매 대기 시간이 연장됨을 알려드립니다.'

문자는 장기매매센터에서 온 거였다. 핸드폰 스크린숏을 내리고 다시 눈을 감았다. 캄캄한 머릿속에 대기 번호 '1386'이 떠올랐다. 눈앞이 아득했다. 얼마나 더 기다려야 하는 것인지 답답하기만 했다. 문틈으로 라면 냄새가 스몄다. 아빠에게 당뇨와 고혈압을 진단한 의사는 라면은 독약이니 먹어서는 안 된다고 했다. 하지만 아빠는 건강을 위해 라면을 끊지 않을 거였다. 거구의 몸을 거둘 이가 엄마뿐이라 하더라도 엄마를 걱정해 참으려고 노력할 리 만무한 인간이었다. 나는 이불을 걷어차고 거실로 나왔다. 무엇도 참고 견디는 법이 없는 아빠가 라면 국물을 냄비째 퍼마시고 있었다. 늘어진 러닝셔츠 위로 김치 얼룩이 번져 있었다. 무릎으로 아빠의 등을 밀치고 욕실로 갔다. 저년이 미쳤나! 아빠의 고함 소리와 함께 냄비 구르는 소리가 요란하게 났다.

엄마는 호스를 낀 채 누워 있었다.
―학교서 오는 길이야?
―오후 수업 휴강이래.
―무슨 휴강이 이리 잦아?
학생들은 무단결석을 자체 휴강이라 불렀다. 그들 말대로라면 나는 자체 휴강 중이었다. 누구도 관심 없는 나의 휴강은 그래서 특별한 의미가 없었다. 강의실 구석 자리는 그들 눈엔 보이지 않는 세계 같았다. 아무도 다가오지 않았고 누구도 고개 돌려 바라보지 않았다. 무인도 같은 구석 자리에 앉아 수업이 끝나기를 기다리는 것보다 핫도그를 튀기거나 엄마 곁에 있는 것이 마음 편했다. 과 잠바를 맞춰야 한다며 금액을 입금하라는 단체문자가 온 뒤로 학교에서는 그 어떤 연락도 오지 않았다. 나와 유일하게 연결되어 있던 단체문자마저도 끊어진 셈이었다.
―몸은 좀 어때……

엄마의 몸은 나날이 수척해졌다. 무의미한 물음인 걸 알기에 말끝에 힘이 빠졌다. 엄마는 대답 대신 음료수 병을 내밀었다. 무슨 봉사 단첸가에서 다녀갔다며 사탕이며 과자들을 침대 위에 늘어놓았다. 장기매매센터와 협약이 되어 있다는 무슨무슨 단체들은 벌떼처럼 몰려와 일사불란하게 사진을 찍고 썰물처럼 빠져나갔다.

—네가 좋아하는 사탕이야.

엄마가 사탕 껍질을 까서 내 입에 넣어주었다. 짙은 바닐라 향이 입안을 감쌌다. 나는 엄마가 좋아하는 커피 맛 사탕을 엄마에게 건넸다. 하지만 엄마는 입이 쓰다며 손사래를 쳤다.

—주인 왔었지?

엄마 눈꺼풀이 떨렸다.

—걱정하지 마. 내가 알아서 할게.

나는 엄마의 눈두덩을 쓰다듬었다.

—달세가 너무 올라서……

—엄마…… 걱정 마……

—그럴까?

—응.

—우리 진서 말대로 걱정하지 말까?

엄마가 웃으며 내 볼을 살짝 꼬집었다. 나는 내가 「토끼전」에 나오는 토끼였으면 했다. 그랬다면 나의 간을 용왕에게 주고 엄마를 위해 신장을 사 올 수 있었을 테니 말이다.

—엄마가 퇴원하고 만나러 간다고 주인한테 전해. 말이라
도 해봐야지⋯⋯

엄마는 인자하게 웃으며 내 이마를 어루만졌다. 손을 움직
일 때마다 팔뚝에 박힌 화상 자국이 별처럼 흔들렸다. 쉬지
않고 핫도그를 튀겨도 별수 없다는 것을 엄마도 알 거였다.
한 개 천 원짜리 핫도그로는 상승하는 집세를 감당할 수 없다
는 것을 알지만 엄마는 주인을 만나보자며 나를 다독였다.

처음 장기매매센터를 알게 된 날 밤 어린 왕자와 여우가 있
는 골목으로 갔다. 평일 밤시간이어서 그런지 어린 왕자의 옆
자리는 비어 있었다. 나는 어린 왕자 옆에 앉아 통화 버튼을
눌렀다. 통화대기음이 끝나고 상담사가 전화를 받았다.

—장기를 팔고 싶은데요⋯⋯

—네, 고객님. 건강검진 결과에 따라 장기매매 여부가 결정
됩니다. 건강검진 예약을 하시겠습니까?

—예약할게요⋯⋯

—네네 고객님, 예약 가능 날짜 확인해보겠습니다. 잠시만
기다려주십시오.

늦은 시간이었지만 상담사의 목소리는 밝았다. 몇 개의 날
짜를 언급한 상담사가 언제를 선택하겠냐고 물었다. 나는 가
장 빠른 검진 날짜를 선택했다.

—네, 고객님. 그럼 예약 당일 오전 아홉시까지 금식한 상

태로 센터로 방문해주시면 됩니다.

전화기 너머로 자판 두드리는 소리가 경쾌하게 들렸다.

—예약 완료되었습니다, 감사합니다 고객님.

무엇이 감사한 걸까. 느닷없이 든 생각이었다. 장기를 팔고 싶다는 고객의 전화에 감사하다는 말을 남겨야 하는 상담사는 장기를 팔지 않아도 되는 자신의 처지에 안도하는 걸까. 통화를 끝낸 뒤 어린 왕자 옆에 앉아 항구를 내려다봤다. 등대의 불빛이 언덕을 넘어오고 있었다. 선착장 끝에서 시작된 불빛은 바다를 건너와 어린 왕자와 나를 비추고 천마산 자락으로 사라졌다. 어린 왕자에게 살짝 몸을 기댔다. 작고 동그란 어린 왕자의 어깨는 금이 가고 칠이 벗겨져 있었다. 사람들은 어린 왕자의 어깨에 기댄 자신의 뒷모습을 찍길 원했다. 어린 왕자의 어깨에 기대 사진을 찍은 사람들은 사진 속 자신의 뒷모습만 들여다볼 뿐 금이 가고 칠이 벗겨진 어린 왕자의 어깨에는 관심이 없는 듯했다. 어린 왕자의 금 간 어깨를 손바닥으로 감쌌다. 어린 왕자의 어깨는 거칠고 차가웠다. 수평선 너머 달이 떠오르고 있었다. 여리고 흐린 달빛을 받으며 앉아 있자니 어린 왕자의 어깨가 조금씩 따뜻해졌다. 나의 체온이 어린왕자에게 더 전해질 수 있도록 한참을 앉아 있다 집으로 돌아갔다.

그날 이후 밤마다 어린 왕자 옆에 앉아 발표 준비를 했다. 자정이 가까워지면 골목은 가로등 불빛만 반짝일 뿐 오가는 이는 없었다. 나는 어린 왕자 옆에 앉아 「츄아 마을의 묘지」를 읽었다. 츄아와 도안 레를 발음하는 것은 쉽지 않았다. 단어들이 입에 길들여질 수 있도록 소리 내 또박또박 글을 읽었다. 소설은 츄아 마을의 공동묘지에 모여 사는 유령들에 관한 이야기였다. 혀끝에서만 맴돌던 '츄아'와 '도안 레'라는 이름이 익숙해질 즈음 발표 날짜가 다가왔다.

발표가 있던 날 아침 아껴두었던 원피스를 꺼내 입었다. 긴장을 풀기 위해 어린 왕자 곁에 앉았다 학교로 갔다. 강의실 뒷자리에서 차례를 기다렸다. 지루함에 지쳐갈 때쯤 우리 팀 순서가 돌아왔다.

첫번째 발표자가 베트남 문학의 역사에 대해 설명했지만 귀담아듣는 학생은 없었다. 앞선 조원의 발표가 끝난 뒤 나는 '츄아'와 '도안 레'를 곱씹으며 강의실 앞으로 나갔다. 발표를 시작하자 손이 떨리고 목소리가 굳어졌다. 하지만 준비한 자료를 넘기며 발표를 이어갔다. 아무도 「츄아 마을의 묘지」라는 소설에 대해 궁금해하지 않는 것 같았다. 학생들은 저희끼리 떠들었고 담당 교수는 핸드폰 액정만 바라보았다.

나는 이 소설이 공산당 고위 공직 출신자만 묻힐 수 있는 공동묘지에 잘못 매장된 인물을 통해 죽어서도 평등하지 못한 현실을 그리고 있는 것 같다는 말로 발표를 마쳤다. 웅성거리던 강의실이 조용해졌다. 발표를 끝낸 뒤 질문을 기다렸다. 그러나 아무도 질문하지 않았다. 나는 무표정하게 앉아 있는 학생들을 지나 자리로 돌아갔다. 학생들은 서둘러 소지품을 정리했다. 그 모습을 지켜보던 교수는 무료한 표정으로 수업이 끝났음을 알렸다. 발표 자료 화면은 여전히 열려 있었다. 도드라진 글자들이 스크린을 비췄다. 교수와 학생들이 강의실을 나간 뒤 프로젝터를 껐다. 그리고 며칠 동안 준비한 발표 자료를 삭제했다. 스크린 위로 빔프로젝터의 푸른 화면이 뻐끔하게 드러났다. 그 순간 칠이 벗겨지고 금이 간 어린 왕자의 어깨가 생각났다. 밤마다 내 이야기를 들어준 어린 왕자의 어깨에 기대 쉬고 싶었다. 수평선 너머로 달이 떠준다면 위로가 될 것도 같았다. 빈 강의실을 나와 버스 정류장으로 갔다. 벚꽃이 흐드러진 캠퍼스에 노을이 묻어났다. 나는 벚꽃보다 짙은 분홍빛 구름을 보며 다시는 학교에 오지 않겠다고 다짐했다.

엄마는 2학기 학자금 융자를 알아보라며 자리에 누웠다.
— 우리 진서 대학 졸업은 시켜야 할 텐데……
길어진 나의 자체 휴강은 자퇴로 이어질 테지만 엄마에게 말하지 않을 생각이었다.
— 반창고가 자꾸 떨어지네.
엄마 코에 호스를 고정해놓은 반창고가 떨어졌다. 나는 떨어진 반창고를 조심히 눌렀다. 하지만 엄마의 볼살은 힘없이 푹 파였다. 찰흙을 뭉치다 생긴 손가락 자국처럼 눌린 살이 돌아오지 않았다. 엄마의 모든 살이 찰흙처럼 굳어지면 어쩌나 겁이 났다.

—쉬어, 나 갈게…… 사랑해 엄마.

나는 푸르스름하게 변해가는 엄마 볼에 입을 맞췄다.

—그래 우리 딸, 엄마도 사랑해.

엄마가 나를 안았다. 코끝이 찡했다. 나는 엄마를 힘껏 안아주고는 병실을 나왔다. 복도 가득 햇살이 쏟아지고 있었다. 후미진 병실 구석까지 햇볕이 들 수 있도록 병실 문을 열어둔 채 외래진료실로 갔다. 언제나처럼 외래진료실 앞은 만원이었다. 나는 진료를 기다리는 사람들 틈에 끼어 앉았다.

한 시간의 기다림 끝에 보호자 면담을 요청한 의사 앞에 앉을 수 있었다. 엄마를 왜 저 모양이 되도록 방치해두었냐며 나무랐던 의사는 무료한 얼굴로 엄마의 상태에 대해 다시 한번 설명했다. 의사의 설명은 더 이상 버티기 힘들 것 같다, 최대한 빨리 이식 수술을 해야 한다, 가족들이 합심해 엄마에게 맞는 신장을 구해 오라는 거였다. 얼마나 남았는지는 자신도 알 수 없지만 길어야 한 달일 것 같다며 마른세수를 했다. 나는 더 노력해보겠다는 말을 남기고 진료실을 나왔다. 의사는 내가 신장을 안 구하는 것이 아니라 못 구한다는 것을 알 거였다. 그럼에도 신장을 구하지 않고 있는 것은 아닌지 의심하는 것 같았다. 가난을 의심당한 것 같아 마음이 헛헛했다. 버스 정류장으로 가는 내내 핸드폰 문자 창을 여닫았다. 그러나 장기매매센터에서 온 문자는 없었다.

낮 공기가 따뜻해지면서 골목을 찾는 사람들이 많아졌다. 후미진 뒷골목에 위치한 가게였지만 찾는 이가 있어 다행이었다. 튀김 통의 핫도그를 건져 진열대에 올렸다. 골목 가득 핫도그 냄새가 번졌다. 냄새를 맡은 손님들이 더 많이 몰려오기를 바라며 반죽 입힌 소시지를 튀김 통에 꽂았다. 의사의 경고가 머릿속을 맴돌았다. 엄마가 신장을 구할 때까지 기다려주지 않으면 어쩌나 하는 생각이 들어 가슴이 떨렸다.

오후가 되자 핫도그 주문이 늘었다. 누구는 설탕 바른 핫도그를, 또 누군가는 케첩 바른 핫도그를 주문했다. 사람들은 핫도그를 먹으며 골목을 기웃거렸다. 언젠가 '볼거리로 전락한 가난'이라는 제목의 기사를 본 적이 있었다. 신문을 뒤적이던 아빠는 가난이든 볼거리든 돈만 벌 수 있으면 되는 것 아니냐며 지역 신문의 기사를 비난했다. 그러면서 불어난 사람들 덕에 집값도 오르고 핫도그 값도 오르면 부자가 될 텐데 무슨 걱정이냐며 중얼거렸다.

─호객도 정도껏 해야지!

─뭘 정도껏 해. 우리 손님이야!

골목에 나란히 붙어 있는 호떡집 앞이 소란했다. 두 가게는 자주 다투었는데 다툼은 언제나 줄을 잘못 선 손님 때문에 일어났다. 천 원짜리 호떡은 인기가 많았다. 사람들은 호떡을 사기 위해 오른쪽과 왼쪽으로 나뉘어 줄을 섰는데 간혹 어정

쩡한 위치에 서 있는 손님이 문제였다. 호떡집 주인들은 손님을 사이에 두고 네 손님이네 내 손님이네 다퉜다. 천 원을 놓고 사생결단으로 싸우는 주인들과 달리 사람들은 재미있다는 표정으로 호떡을 씹었다. 나날이 벌어지는 신경전은 언제나 그들만의 리그에 불과했고, 건물주들은 너도나도 가겟세를 올리기에 바빴다. 나는 핫도그를 기다리는 손님에게 잔돈을 건넸다. 그러면서 골목에 또 다른 핫도그 가게가 없다는 사실에 감사했다.

아침 여덟 시가 못 된 시간이었지만 장기매매센터는 상담 대기자로 붐볐다. 나의 예상 상담 시간은 아홉시 삼십분이었다. 의자에 앉아 핸드폰을 열었다. 벚꽃 축제가 한창이라는 뉴스와 살인 사건 뉴스가 동시에 보도되고 있었다. 벚꽃이 피고 개나리가 지는 동안에도 누군가는 살해당했고 누군가는 아파서 죽어갔다. 포털 화면의 각종 기사를 무심히 읽고 넘길 때 안내 방송이 김진서를 찾았다.

상담원은 나에게 중복 장기 판매자로 등록하게 되면 대기 순번을 앞당길 수 있다고 했다. 그러면서 최근 각막과 신장 수요가 급증해 공급이 달린다고 했다. 각막의 경우 매매 신청과 동시에 팔려 나갈 정도로 수요가 폭발적이라는 설명을 덧붙였다. 상담원은 중복 장기 판매 등록은 본인이 처리해줄 수 있다며 신청서를 내밀었다. 신청서를 받아 든 채 잠시 머뭇거리다 신장 매매를 선택했다. 내 신장은 엄마에게 맞지 않아 쓸모없다고 생각했는데 이렇게라도 쓸모 있게 되어 다행이었다. 공급이 달린다는 각막을 선택하지 않은 것은 엄마를 생각했기 때문이었다. 만약 엄마가 한쪽 눈을 잃은 나를 본다면 너무 슬퍼할 것 같아서였다. 상담원은 돌아가 기다리면 빠른 시일 안에 연락이 갈 거라며 나를 안심시켰다.

버스에서 내려 언덕길을 올랐다. 발걸음이 무거웠다. 신장이나 간을 떼내고 나면 몸이 가벼워질까. 엉뚱한 생각 끝에 나도 모르게 웃음이 났다. 그러면서 주먹만 하다는 신장을 떼낸다고 얼마나 가벼워질까 싶었다. 하지만 그 작은 신장 하나 때문에 엄마는 죽어가고 있었다. 콧줄을 낀 채 잠만 자는 엄마를 위해 간이든 신장이든 팔아야만 했다. 엄마를 위해 내가 할 수 있는 것은 그것뿐이었다.

골목을 기웃거리는 사람들을 지나 가게로 갔다. 주인 여자가 와 있었다. 서둘러 가게 문을 열고 주인 여자에게 자리를 권했다. 여자는 새 세입자와 이사 날짜를 결정하라며 가게 입구에 서 있는 여자를 불렀다.

—리모델링을 해야 하니까, 최대한 빨리 비워주세요.

머리가 긴 여자는 이곳에 커피숍을 낼 거라고 했다. 나는 여자를 보며 대기번호 '1386'을 떠올렸다. 중복 장기매매를 신청해두었으니 조금만 더 기다려달라고 말하려다 입을 닫았다. 주인 여자의 독촉을 묵묵히 견디던 엄마가 가게를 빼겠노라 결정한 것은 더 이상 구역질을 견딜 수 없게 되면서였다. 먼 산을 바라보던 주인 여자가 엄마의 안부를 물었다.

—엄마가 신장 이식 수술을 해야 해요. 그리고…… 아직 제 장기는 팔리지 않았어요.

—어쩜 좋아……

주인 여자가 안타깝다는 듯 미간을 찌푸렸다.

—잘돼야 할 텐데. 걱정 말아요, 잘될 거야.

새 세입자의 어쭙잖은 위로보다 주인 여자의 동정 어린 눈빛이 싫었다. 다음 말을 찾지 못한 채 어색한 표정을 짓던 여자들이 가게를 나갔다. 서둘러 걸음을 옮기던 새 세입자는 이사 날짜를 확정해 알려달라는 말을 잊지 않았다.

선잠 속의 꿈은 현실인지 아닌지 헛갈렸다. 잠결에 아빠가 화장실 다녀오는 소리를 들었고, 라면 냄새를 맡았다. 그리고 머리가 긴 여자의 겨드랑이에 끼어 있는 엄마를 꺼내려 안간힘을 썼다. 막대풍선처럼 부푼 엄마의 발목이 자꾸만 손아귀에서 빠졌다. 손바닥은 땀인지 기름인지 모를 것이 묻어 미끄덩거렸다. 나는 엄마의 발목을 힘껏 잡아당기다 뒤로 넘어졌다. 일어나 보니 엄마 얼굴이 튀김 통에 튀겨지고 있었다. 푸석한 엄마의 낯빛이 노르스름하게 변하더니 이내 검게 타버렸다. 머리 긴 여자가 엄마 머리를 튀김 통에서 꺼내 쓰레기통으로 던졌다. 엄마 얼굴이 쓰레기통 바닥으로 툭 소리를 내며 떨어졌다. 엄마 얼굴을 꺼내려 쓰레기통 속으로 손을 넣었지만 잡히지 않았다. 나의 팔은 점점 짧아졌고 검게 탄 엄마의 얼굴은 쓰레기통 바닥 아래로 가라앉고 있었다.

문자 알림 소리에 눈을 떴다. 눈언저리에 검게 탄 엄마의 얼굴이 잔영처럼 남아 있었다. 몇 번인가 눈을 깜빡인 후 핸드폰을 열었다. 문자는 장기매매센터에서 온 거였다.

'간 적출 수술을 시행할 예정이니 금일 14시까지 장기매매센터를 방문해 입원 수속을 밟아주시기 바랍니다.'

남아 있던 잠이 달아났다. 서둘러 자리에서 일어나 앉았지만 머리가 하얘졌다. 핸드폰 전원 케이블을 챙기다 말고 서랍 속 양말을 꺼냈다. 아니, 가방부터 꺼낼까. 이럴 게 아니라 머리부터 감아야 했다. 아니, 샤워를 해야 하나. 서둘러 이부자리를 걷었다. 손이 떨려 이불귀가 맞지 않았다. 이불과 베개를 이불장에 쑤셔 넣고 욕실로 갔다. 샤워기에서 찬물이 쏟아졌다. 순간 온몸이 떨렸다. 한참을 기다린 끝에 뜨거운 물이 몸을 적셨다. 그제야 엄마에게 새 신장을 줄 수 있게 되었다는 사실이 현실이라는 것을 깨달았다.

환자복을 입고 수액을 꽂았다. 검사 결과가 좋았기에 가능한 옷차림이었다. 신체조직 적출 대상자 이십 명이 각자의 침대에 누워 있었다. 그 모습은 마치 SF영화의 한 장면 같았다. 똑같은 옷차림의 사람들은 자신의 장기 적출 시간을 기다리고 있는 복제인간처럼 무표정했다. 나 역시 그중 한 명에 불과한 것 같았다. 타인의 생명 연장을 위해 희생당해야 하는 복제인간들은 자신의 권리를 찾기 위해 거대한 조직과 싸웠다. 나는 영화 속 복제인간처럼 권리를 찾기 위해 싸우지 않아도 되었다. 어쩌면 간을 팔기로 한 나의 선택이 내가 누릴 수 있는 유일한 권리인지도 모른다는 생각이 들었다. 그저 엄마에게 신장을 줄 수 있게 되어 다행이라 생각하며 내 차례를 기다렸다. 내 옆에 있던 침대가 수술실로 들어갔다. 잠시 후면 내 침대도 수술실로 이동할 거였다. 소지품 통에서 핸드폰을 꺼냈다. 엄마는 내가 MT에 간 것으로 알고 있었다. 평소의 아침처럼 엄마에게 문자를 보냈다.

'좋은 아침. 여긴 추워. 잘 지내다 갈게. 엄마도 잘 지내고 있어. 불편한 곳 있으면 꼭 간호사 부르고. 내가 없는 동안 아빠가 갈 거야. 기다려 엄마. 사랑해.'

문자를 보낸 뒤 핸드폰을 닫았다. 곧이어 침대가 수술실로 옮겨졌다. 수술실은 서늘했다. 수술용 침대에 올라가 누웠다. 철제 침대는 진저리 쳐질 정도로 차가웠다. 장기매매센터의 집도의는 내 건강 상태가 좋아 퇴원이 빨라질 수 있다고 했다. 그리고 간 적출이 끝나면 엄마에게 이식될 신장이 결정될 거라는 말을 덧붙였다. 나는 빨리 마취가 됐으면 하고 바랐다. 조금이라도 빨리 내 간을 적출해야 엄마에게 줄 신장도 결정될 것이기 때문이었다. 간호사가 호흡기를 입에 연결하며 숨을 크게 쉬라고 했다. 있는 힘껏 들숨을 빨아당겼다. 그리고 건강해진 엄마를 상상하며 잠이 들었다.

　누군가 나를 흔들어 깨웠다. 엄마의 검게 탄 얼굴을 쓰레기통에서 건지려는 순간이었다. 눈물이 희뿌윰한 안개처럼 눈가를 적시고 있었다. 간호사는 연신 금붕어처럼 입을 뻐끔거렸다. 소리가 들리지 않는 탓인지 검게 탄 엄마 얼굴이 자꾸만 생각났다. 가슴 한복판이 당기면서 아팠다. 참았던 울음이 터질 때처럼 목젖이 따갑고 가슴이 미어졌다.

　어깨를 흔들며 연신 입을 뻐끔거리던 간호사는 나와 눈이 마주치자 뻐끔거리던 입술을 닫았다. 간호사의 얼굴은 단단하게 굳어 있었다. 나를 내려다보며 머뭇거리던 간호사가 입을 열었다. 그녀는 안타까운 소식을 전하게 되어 유감이라며 입을 뗐다. 그리고 신장이식 대상자가 사망해 신장 매입은 진행하지 않게 되었다고 했다. 흐린 정신에도 신장이식 대상자가 사망했다는 말만은 또렷하게 들렸다. 엄마가 돌아가셨다는 뜻이었다. 맑아지려던 정신이 다시 흐려졌다.

　장기매매센터에서 구급차와 휠체어를 내주었다. 구급차에 실려 장례식장에 도착하자 장례지도사는 나를 분향소로 데려갔다. 분향소에는 아무것도 준비되어 있지 않았다. 간을 적출하는 동안 꺼뒀던 핸드폰 전원을 켰다. 수십 개의 부재중 전화와 문자가 와 있었다. 전화와 문자는 대부분 엄마가 입원해 있던 병원에서 온 거였다.

　'보호자 분, 환자 상태가 좋지 않습니다. 급히 병원으로 와

주세요.'

'진서 양, 엄마가 위독해요. 빨리 병원으로 와주세요.'

핸드폰 액정에는 문자들이 어수선하게 놓여 있었다.

'이은경 환자 보호자 분. 이은경 환자, 금일 12시 사망하셨습니다. 보호자는 원무과로 와주시기 바랍니다.'

장기매매센터 대표 번호로 전송된 문자는 원무과를 찾아가는 방법을 추가로 안내했다.

'엄마가돌아가셨다어서병원으로오너라'

띄어쓰기도 마침표도 없는 문자는 아빠가 보내온 거였다. 핸드폰 액정이 눈물로 얼룩졌다. 한쪽 눈을 잃더라도 각막 매매를 선택해야 했을까? 엄마를 먼저 살려야 했다는 후회가 밀려왔다.

—네 엄마 불쌍해서 어떡하냐!

뒤늦게 달려온 아빠가 바닥에 주저앉더니 분향소가 떠나가라 울부짖었다. 아빠의 눈물을 보자 온몸이 무섭게 떨렸다. 엄마를 위해 아무것도 하지 않은 아빠의 가증스러운 울음을 멈춰야 했다. 온 힘을 다해 휠체어 바퀴를 밀었다. 아빠를 향해 굴러간 휠체어는 아빠의 상체와 그대로 충돌했다. 내 몸이 아빠 위로 고꾸라졌다. 심장을 후벼 파는 것 같은 통증이 몰려왔다. 희미해지려는 의식을 붙들며 아빠의 목덜미와 팔뚝을 할퀴다 바닥으로 쓰러졌다. 푸석한 낯빛의 엄마가 국화꽃에 파묻혀 웃고 있었다.

가게 앞에 각종 자재들이 쌓여 있었다. 엄마의 장례식을 기다려준 새 세입자는 이틀 후 공사를 시작하겠다는 문자를 보내왔다. 핫도그 가게 안의 집기들을 정리하다 말고 창을 향해 앉았다. 작은 창으로 감천항이 내려다보였다. 지난 팔 년 동안 엄마는 저 창을 몇 번이나 봤을까. 언제나 창을 등진 채 기름통에서 핫도그를 튀긴 엄마가 저곳에 창이 있다는 것을 알기는 했을까. 가족 여행은 꼭 바다로 가자던 엄마였으니 창으로 바다를 봤으리라 믿고 싶었다. 구름이 걷히면서 햇살이 쏟아졌다. 집기들을 정리하느라 풀썩여서 그런지 먼지들이 부유했다. 허공을 부유하는 먼지 알갱이에서도 핫도그 냄새가 나는 것 같았다.

—핫도그 하나요.

—장사…… 안 해요……

퇴근길에 핫도그를 사 가던 여자였다. 여자는 집기들이 널브러진 어수선한 가게를 바라보더니 아쉬운 듯 발길을 돌렸다.

기름얼룩이 밴 튀김 통과 밀가루 반죽이 말라붙은 반죽 그릇을 문밖에 내놓았다. 튀겨진 핫도그를 올려놓던 진열대는 다리가 부러진 책상이었다. 내가 초등학교 때까지 쓰던 책상을 가게로 옮기던 날, 아빠는 번잡스럽게 부산을 떤다며 잔소리를 늘어놓았다. 더 이상 쓸모없게 된 책상은 폐기물 처리장으로 갈 거였다. 하지만 엄마는 쓸모없는 것을 쓸모 있게 사용할 줄 알았다. 빈 케첩 통이 돈통이 되고 소시지 박스가 휴지통이 될 수 있었던 것 역시 쓸모 있게 물건을 사용할 줄 아는 엄마가 있었기에 가능했다. 엄마의 손길이 사라진 때문인지 쓸모없게 된 물건들이 많아진 것 같았다.

나머지 집기들을 모두 가게 밖으로 내놓고 돌아서는데 꽃비가 내리기 시작했다. 바람에 실린 꽃비는 골목 곳곳으로 흩날렸다. 바람은 언덕에서 시작해 벚나무 숲을 지나 골목으로 불어왔다. 봄 한철 꽃을 피웠던 벚나무 가지마다 연두색 새순이 돋고 있었다.

그들만의 리그

"왜?"

크림을 바르던 용식 엄마가 미자 곁으로 다가왔다.

"안 맞다, 돈이! 오늘 네 탕 했는데."

미자가 고개를 갸웃거리며 지폐 몇 장을 지갑에 쑤셔 넣었다.

"아까 오이 값 줬잖아."

용식 엄마가 고함을 치듯 쏘아붙였다.

"맞네! 미쳤다, 와 이리 까맣노!"

미자는 그제야 생각난다는 듯 놀란 눈으로 용식 엄마를 올려다봤다.

"니, 어데 돈 쓸 거라 안 했나?"

거울에 눈을 박은 채 용식 엄마가 물었다.

"이번 달 청약부금 넣는다는 게 오이 값부터 줬네!"

미자가 혀를 차며 자리에서 일어났다.

"새파랗게 젊은 기 그래가 우짤라고 그라노. 정신 챙기고 살아라."

미자와 동갑인 용식 엄마의 가슴은 유난히 봉긋했다.

"니는 좋겠다, 젊어서."

미자는 농담을 흘려놓고 탕 문을 밀었다. 옅은 편백나무 냄새가 수증기와 함께 문턱을 넘어왔다. 손님을 더 받아서라도 모자란 돈을 맞추고 싶었지만 쉽지 않을 것임을 알고 있었다. 산복도로변 목욕탕을 드나드는 손님은 언제나 뻔했기 때문이었다.

세신 침대에는 현빈 할머니가 누워 있었다. 구순이 넘은 할머니의 몸은 쓰러져가는 초가집처럼 위태로워 보였다. 미자는 아이를 여섯이나 낳았다는 배며 피란길에 총알이 스쳐 갔다는 허벅지, 새마을운동 당시 지붕을 올리다 못에 찔렸다는 정강이까지 세월의 흔적이 담긴 할머니의 몸 이곳저곳을 문질렀다. 미자의 손길이 지날 때마다 할머니의 세월이 묵은 때가 되어 밀려 나왔다.

"그 세월을 어찌 살았어요, 그래. 참 대단타 어무이도."

엄마 얼굴이 떠올랐다. 반듯한 이마와 움푹 팬 볼, 생기 잃은 입술까지 눈앞에 있는 듯 엄마의 얼굴이 선명하게 그려졌다. 미자는 자신도 모르게 짧은 숨을 뱉었다. 엄마는 초점 없는 눈으로 텔레비전 앞에 앉아 있을 거였다. 엄마 얼굴을 털어내듯 할머니 몸에 물을 끼얹었다.

"나가서 끝났으니 한증막에 좀 앉았다 갈란다. 내 좀 델다주라."

현빈 할머니가 갈퀴 같은 손을 내밀었다. 사우나 안은 벗은 몸들로 가득했다. 미자는 할머니를 사우나 입구에 앉혀드렸다. 할머니가 자리를 잡고 앉자 여자들 사이에서 끊어졌던 이야기가 이어졌다. 여자들 눈에서 떨어진 호기심이 사우나 바닥을 흥건하게 적셨다. 용식 엄마는 홍시 같은 낯빛을 한 채 쉬지 않고 주절거렸다. 준영 엄마가 문제인 모양이었다.

"젊은 기 새침하게 눈을 내려깔드만, 모자란대요. 이란다아이가!"

"진짜로!"

"가시나, 어린기 어데 하늘같은 언니한테!"

용식 엄마의 말이 끝나기 무섭게 여자들이 호들갑을 떨었다. 용식 엄마는 준영 엄마의 마사지 크림을 얻어 쓰지 못해 화가 난 듯 보였다. 목욕탕 물건을 제 것처럼 여기는 용식 엄마가 문제였지만, 세신사가 목욕탕 달목 여자들의 입방아에 올라 좋을 것은 없었다. 그런데 준영 엄마가 그 입에 올라앉은 모양이었다. 미자 역시 준영 엄마 같은 시절이 있었다. 세신 일을 시작했던 십여 년 전, 달목 여자들의 텃세를 이기지 못해 목욕탕을 옮겨야 했다. 동료 세신사였던 영순은 미자를 달목 여자들 입에 앉혀놓더니 급기야 벗은 몸으로 미자의 머리채를 잡아챘다. 이년아! 내 손님 다 감아 갔다 아이가! 그래 놓고 어디서 음흉이고! 욕설과 함께 미자의 머리채를 휘어잡았던 영순은 지금도 어느 목욕탕에서 달목 여자들과 어울리고 있다고 했다. 풍문 속 영순은 주식으로 진 빚을 갚느라 허덕인다는 것 같았다.

"여가 어디라고 젊은 게, 기를 세우노 말이다!"

용식 엄마의 날카로운 눈이 탈의실에 있는 준영 엄마에게 날아갔다. 아마도 준영 엄마는 입이 쓰도록 긴 시간을 견뎌야 할 것이다. 하지만 미자는 용식 엄마의 입방아가 싫지 않았다. 밀린 보험료와 청약부금 만기일이 눈에 박힌 가시처럼 떠올랐다. 그러면서 누군가는 때를 밀고 누군가는 돈을 벌어야 하지 않겠나 싶었다. 남의 고통 앞에 이득을 먼저 떠올리는 냉정한 현실이 싫었지만, 욕심이 뭉글뭉글 피어올랐다. 미자는 그런 자신이 싫어 진저리를 쳤다. 그러나 어쩔 수 없는 일이라고 혼잣말을 되뇌며 사우나를 나왔다. 사우나 출입문이 거세게 닫혔다. 순간 등골이 오싹했다.

굳은 표정의 준영 엄마가 세신실로 들어섰다. 세신 침대에 누워 있던 꼬마가 준영 엄마를 보자 울음을 터트렸다. 네다섯 살 정도로 보이는 여자아이는 준영 엄마가 내민 음료수를 받아 들며 남은 울음을 훌쩍였다. 그러나 준영 엄마가 바가지에 물을 받기 시작하자 아이는 극악스럽게 울어댔다. 탕에 들어

앉은 여자들의 불만에 찬 눈빛이 세신실로 향했다. 아마도 여자들은 준영 엄마에 대한 불만을 기억해내기 위해 지나간 일들을 짜내고 있을 거였다. 여자들은 손톱만 한 일을 바위만 한 일로 만드는 용식 엄마의 제주에 감탄하며 맞장구를 칠 것이다. 돈 안 되는 꼬마 손님만 상대해야 하는 준영 엄마의 한숨이 아이의 울음에 막혀 허공으로 흩어졌다. 미자는 세신 도구를 정리해두고 탈의실로 나왔다. 오후 다섯시가 지나고 있었다. 찌는 더위에 목욕탕을 찾는 이가 몇이나 될까 싶으면서도 손님이 더 들기를 기대하며 퇴근을 미뤘다.

마을버스에서 내린 미자가 골목으로 접어들며 걸음을 재촉했다. 온종일 집 안에 갇혀 있었을 엄마가 걱정되었기 때문이었다. '평화의 집'에서 흐린 불빛이 새어 나왔다. '평화의 집'은 마을 미술 프로젝트의 재생 프로그램으로 만들어진 설치 미술품이었다. 버려진 집을 허물지 않고 원래 모습으로 보존하기 위해 복원한 것이라고 했다. 미자는 '평화의 집' 앞을 지날 때마다 마을 미술 프로젝트처럼 엄마의 기억을 복원해주는 곳이 있었으면 좋겠다는 생각을 하곤 했다. 골목 사이의 집마다 불을 밝혔다. 저녁 어스름이 서서히 물러갔다. 미자의 걸음이 빨라졌다. 현관문을 열자 엄마의 등이 보였다.

"엄마, 내 왔다."

집 안에서 시큼한 냄새가 풍겼다. 엄마는 평생 고등어 냄새를 지우기 위해 식초 물로 몸을 씻었다. 별짓을 다 해봤는데, 식초가 제일이더라. 식초 물로 종아리며 목덜미를 씻어대던 엄마는 결국 시큼한 쉰내를 품고 살게 된 것 같아 냄새를 맡을 때마다 서글펐다.

서둘러 밥을 안치고 찌개를 끓였다. 엄마가 좋아하는 고등 어조림을 불에 올리고 김치를 썰었다. 눅눅하고 더운 바람이 좁은 창으로 스며들었다. 땀이 목덜미를 타고 흘렀다. 팔뚝으로 땀을 씻으며 뜸 든 밥을 펐다. 식탁 위에 올려둔 찌개 솥에서 김이 올랐다. 선풍기 모가지를 식탁 높이까지 끌어올렸다. 민소매 원피스 자락이 자꾸만 종아리에 감겨들었다. 지랄 맞게 더운 날씨였다.

"엄마, 밥 묵자."

수저를 놓고 돌아보니 텔레비전 앞에 앉아 있어야 할 엄마가 보이지 않았다. 집 안은 찜솥만큼 후끈거렸다. 그래서 현관문을 열어둔 것인데 그새 엄마가 밖으로 나간 모양이었다. 미자가 서둘러 찾아간 곳은 골목 입구에 있는 '평화의 집'이었다. 아니나 다를까 엄마는 밥사발 그림 앞에 넋을 놓고 앉아 있었다. '평화의 집' 벽면에 걸어둔 칠판에는 하얀 밥사발하나가 그려져 있었다.

"엄마! 밥때마다 이게 뭔 난리고. 집에 가자."

미자가 원피스 자락으로 땀을 훔치며 엄마 손을 잡았다.

"여기 밥그릇 있네."

엄마의 손가락이 밥사발 그림을 가리켰다. 미자는 엄마의 손목을 잡아끌었다. 손목을 덮고 있는 살가죽이 밀가루 반죽처럼 밀렸다. 엄마는 하루가 다르게 말라가는 중이었다. 미자 손에 이끌려 '평화의 집'을 나오면서도 엄마는 아쉬운 듯 뒤를 돌아봤다. 어릴 적 밥을 담아 먹었다는 밥사발은 왜 그리 잊지 못하는지 알다가도 모를 일이었다. 밥사발 그림은 쪽창으로 스민 가로등 빛을 받아 둔탁하게 빛나고 있었다.

더위가 가시지 않았지만, 현관문을 닫아걸었다. 새벽이면 어김없이 밖으로 나가려는 엄마 때문이었다. 치매는 기억이 사라지는 병이라고 했다. 하지만 엄마를 보면 그런 것만은 아닌 것 같았다. 사라지는 것은 머릿속의 기억일 뿐 몸의 기억은 사라지지 않고 엄마를 괴롭혔다. 경매도 뭐가 있어야 하는 거지, 어디 아무나 하나? 엄마는 새벽 경매가 끝난 뒤 상품 가치가 없는 생선을 긁어모아 난전에서 팔았다. 그것이 공짜 생선을 떼다가 팔 수 있는 유일한 방법이었다고 했다. 텃세가 얼마나 심한지 어지간해서는 버티지도 못해. 공판장에 나선 여자들은 머리채를 한 움큼씩 뽑혀도 눈 하나 깜짝 않고 씨알 좋은 고등어를 쓸어 담아 가더라. 엄마는 정신이 돌아올 때마다 그때를 떠올렸다. 징글징글해. 고개를 흔들면서도 고등어 살을 발라 미자의 숟가락에 얹어주었다. 고등어로 남매를 키운 엄마의 몸은, 고등어조림을 기억하고 어시장 공판장을 기억했다. 징글징글한 그것들이 기억에서 사라지지 않아 속상

해했지만, 매번 맨발로 현관을 뛰쳐나가 맨손으로 바닥을 긁어댔다. 얼마 전 엄마는 감천항 냉동창고 앞에서 젖은 상자를 긁어모으다 경찰차에 실려 집으로 왔다. 이러다가 큰일 납니다. 엄마를 태워 온 경찰은 걱정을 늘어놓았다. 그날 이후 엄마 모습이 보이지 않으면 가슴부터 후들거렸다. 혹여나 모르는 곳에서 큰일을 당하는 것은 아닌지 겁이 났다. 연락처가 적힌 목줄을 걸어드렸지만 마음이 놓이지 않았다.

엄마는 집으로 돌아와서도 밥사발을 찾으며 밥 먹기를 거부했다. 미자는 그런 엄마를 어르고 달래가며 몇 숟가락의 밥을 먹였다. 아기에게 이유식을 먹이듯 이런저런 말들로 엄마의 시선을 끌었다. 고등어 살을 밥숟가락에 올리며 공판장 이야기를 하고 김치 조각을 젓가락으로 집으며 감천고개 이야기를 하는 식이었다. 엄마에게 밥 반 공기를 먹이고 나니 저녁 아홉시가 지나 있었다. 미자는 엄마가 남긴 밥을 꺼끌거리는 입안으로 밀어 넣었다. 밥상을 정리하고 자리에 눕자 피로가 몰려왔다. 하루를 살아낸다는 것은 그리 만만한 일이 아니었다.

어둠이 깊어가는 골목으로 요란한 사이렌 소리가 지나갔다. 누군가 위급해진 모양이었다. 미자는 선풍기 바람에 몸을 맡기고 잠을 청했다. 내일은 출근 당번이었다. 아침 다섯시에 문을 여는 목욕탕은 손님이 있건 없건 불을 켜고 물을 받았다. 그 시간에 때를 밀거나 마사지를 하는 손님은 없었지만,

가끔 예상치 않은 손님이 들 수 있기에 준영 엄마와 미자가 돌아가며 아침 출근을 하는 거였다. 미자는 내일 아침 마수걸이로 오만 원짜리 전신 마사지 손님이 들면 좋겠다고 생각하며 잠을 청했다.

*

주말의 목욕탕은 맨몸뚱이들로 어지러웠다. 에어컨을 켜두었지만, 탈의실은 열기로 가득했다.

"미자야, 문자 왔다."

용식 엄마가 탕 안의 미자를 불렀다. 핸드폰 문자는 민이 엄마에게서 온 거였다. 미자는 목욕탕에 지불하는 수도세 대신 민이와 민이 엄마 마사지를 해주고 있었다. 목욕탕 딸인 민이 엄마는 매주 잊지 않고 마사지를 받기 위해 목욕탕을 찾았다.

"꼭 이럴 때!"

오만 원짜리 마사지 손님을 받아둔 미자의 미간이 일그러졌다.

"준영아, 손님 없제."

준영 엄마는 냉장고 앞에 앉아 오이를 갈고 있었다.

"민이 엄마 좀 밀어주라."

말을 끝낸 미자가 빠르게 탕으로 돌아갔다. 주말이었지만 손님은 드문드문했다. 오후 두시가 넘어가자 그나마 들던 손님도 끊어져 목욕탕은 잠잠했다. 허기가 몰려왔다. 눈앞의 손님을 놓칠 수 없어 점심도 거른 채 때를 민 때문이었다. 냉장고에서 반찬 그릇을 꺼내 주섬주섬 상을 차렸다. 마른입을 물 한 모금으로 적시고 김치 가닥을 입으로 가져갔다. 세신 침대 정리를 끝낸 준영 엄마가 탈의실로 나왔다. 미자가 반찬 그릇을 준영 엄마 앞으로 밀었다.

"힘들제? 그래도 주말이라 손님이 좀 있다, 그자?"

미자가 이를 보이며 웃었다. '24시 사우나'가 생겨나면서 동네 목욕탕이 사양길로 접어든 것은 오래전 일이었다. 이러저런 이유로 목욕탕을 옮기지 못하는 토박이 달목들과 노인들이 아니었다면 지금의 목욕탕도 문을 닫았을 거였다. 가끔 대형 사우나의 세신 요금이 부담스러워 동네 목욕탕을 찾는 알뜰족도 있지만, 그것도 가뭄에 콩 나는 수준이라 수입에 도움이 되는 것은 아니었다. 며느리를 따라 시내 사우나를 다녀온 용식 엄마 말에 따르면 몸뚱이에 몇 만 원을 처바르는 미친년들이 넘쳐난다고 했다. 미자하고 준영이보다 못하더라. 뭔 지랄 났다고 처발라 쌌는가, 집에 오는 내내 오바이트 쏠려가 고생 안 했나. 십만 원짜리 마사지를 받았다는 용식 엄마는 자랑인지 욕인지 모를 경험담을 털어놓으며 달목 여자들의 이목을 끓었다. 사우나의 벗은 몸들은 자신들이 다니는 목욕탕이 최고라며 미자와 준영 엄마의 세신 가격에 찬사를 보냈다. 하지만 산복도로 여자들의 알뜰한 지갑은 쉽게 열리지 않았다.

식사를 끝낸 뒤 두 사람은 탈의실 바닥에 누웠다. 준영 엄마가 핸드폰을 들여다보며 옅은 미소를 지었다. 준영이 손가락으로 V자를 그리며 수족관 앞에 서 있었다. 준영 아버지가 준영과 함께 수족관에 간 거라고 했다. 사진 속 준영을 보자 현수 어릴 때가 생각났다. 현수와 놀이공원에 갔던 것이 언제였는지 가물가물했다. 몇 년 전 애 아빠가 되었다는 현수는 더 이상 소식이 없었다. 현수를 생각하면 마음이 늘 서걱거렸다. 이혼 후 혼자된 몸이라 걸릴 것 없어 홀가분하고 편했다. 덕분에 치매를 앓는 엄마도 모실 수 있게 된 거라 생각했다. 그러나 준영을 돌보는 준영 아빠를 볼 때면 준영 엄마가 부러웠다. 미자는 연락 끊긴 언니와 오빠 그리고 현수가 새삼 그리웠다. 모두 그럭저럭 살아가고 있겠지 싶으면서 한편으로는 별일 없이 사는 것인지 걱정이 밀려왔다.

이런저런 생각에 엉켜 선잠이 들려는데 전화가 울렸다. 경찰서였다. 경찰은 김복녀 씨 보호자를 찾았다. 눈꺼풀에 들러붙었던 잠이 달아났다. 미자는 서둘러 옷을 입고 경찰서로 갔다.

"보호자 분, 자꾸 이러시면 곤란합니다."

경찰관이 굳은 얼굴로 미자를 나무랐다. 감천항 냉동창고 바닥에 주저앉아 있는 엄마를 지게차 기사가 발견해 신고한 거라고 했다. 미자는 의자에 앉은 엄마에게로 다가갔다. 짝짝이로 꿰어 신은 슬리퍼 사이로 발가락이 빠져나와 있었다.

"엄마, 거는 자갈치가 아니라는데 와 가는데. 큰일 난다니까!"

미자는 자기도 모르게 울음 섞인 하소연을 토했다. 치매는 엄마의 기억 속 자갈치를 왜 못 걸어 가는지 원망스러웠다. 그러나 엄마는 초점 잃은 눈으로 미자를 바라볼 뿐이었다.

"다행히 부상은 없는 것 같은데, 뭔 일이라도 나면 우짤라고 이랍니까."

종이컵을 내미는 경찰관이 근심스럽다는 듯 한숨을 쉬었다. 미자는 종이컵을 받아 엄마의 입으로 가져갔다. 물은 보풀이 일고 갈라진 입술을 적신 뒤 엄마 입속으로 사라졌다. 하지만 엄마는 사레가 걸려 힘겨운 기침을 토했다. 결국 입속의 한 모금 물마저 뱉어내고 말았다. 땀으로 범벅이 된 엄마 몸에서 비린내가 끼쳤다. 손이며 옷가지에 짓이겨진 종이가 덕지덕지 붙어 있었다. 냉동 생선을 담았던 종이 상자에서는 악취가 풍겼다. 항구에는 젖은 종이 상자가 제 모습을 잃고 짓이겨진 채 버려져 있었다. 미자는 엄마 손에 붙은 종이를 털어냈다. 지켜보던 경찰관이 조심히 돌아가라며 인사를 건넸다.

"꼼짝 말고 있으라니까, 와 자꾸 나가가지고…… 속상해서 진짜……"

오후 해를 받은 언덕길은 사우나만큼이나 후끈거렸다. 홍건하게 땀이 묻어났지만 미자는 엄마 팔목을 붙들고 언덕을 올랐다. 좁은 골목길로 접어들자 기울어진 해가 등판으로 내리쪼이었다. 누군가 등판을 후려치는 것처럼 등가죽이 따끔거렸다. 산언저리에 자리한 집까지는 한참을 더 걸어야만 도착할 수 있었다. 미자는 비 오듯 흐르는 땀을 걷어내며 엄마의 걸음을 살폈다. 택시가 들어갈 수 없는 좁은 길을 지나 집 앞에 도착했다. 현관문을 열자 더운 기운이 얼굴로 달려들었다. 몸은 온탕에 들어앉은 것처럼 땀으로 젖어 있었다. 서둘러 엄마를 씻기고 옷을 갈아입혔다.

"선풍기 앞에 가만히 앉아 있으소."

선풍기 버튼을 누르자 더운 바람이 얼굴로 끼쳤다. 미자는 현관문을 열어 둔 채, 앞집 영석이를 불렀다. 맞은편 집 문이 열리고 영석이 얼굴을 내밀었다.

"이모 가게 좀 다녀오게, 할매 좀 지키라."

영석이 알겠다는 듯 현관문을 붙들고 섰다. 추락사고로 아버지가 죽고, 그 사고로 식물인간이 된 엄마를 돌보며 혼자 살아가는 영석은 나날이 말수가 줄어갔다. 핸드폰을 내려다보며 서 있는 영석의 마른 몸이 지는 해를 받아 그림자를 늘어뜨렸다. 미자는 코 울음을 끌어 삼켰다. 마른 몸으로 제 몫의 시간을 버티고 있는 영석이나 기억의 끝을 붙잡고 말라가는 엄마나 안쓰럽기는 매한가지였다. 미자는 명치부터 밀려오는 한숨을 몰아쉬고는 골목 끝 부식가게로 달려갔다. 햇살은 인절미처럼 눅진하게 따라붙었다.

자갈치시장은 여전히 사람들로 붐볐다. 공판장 근처에 몰려 있는 난전은 들고나는 손님으로 활기찼다. 시장 입구로 접어들자 엄마의 어깨가 펴지고 흐릿했던 눈빛이 또렷해졌다.

"충주 언니, 안즉 있다니?"

맑은 정신으로 돌아온 엄마가 반가워 걸음이 빨라졌다.

"저 계시네. 이모!"

미자가 충주 이모를 향해 손을 흔들었다.

"어찌 나왔데?"

엄마보다 두어 살 위인 충주 이모는 여전히 고등어를 팔고 있었다. 이모는 토막 낸 고등어를 비닐봉지에 담아 손님에게 건넸다.

"이년이, 또 내 손님 감아 가네!"

엄마의 손이 이모의 머리채를 잡았다.

"엄마 와 이라노!"

뜯어말렸지만 엄마의 손은 충주 이모의 목덜미를 그러잡았다. 그러나 충주 이모는 아무렇지 않은 듯 머리채며 목덜미를 엄마에게 내주었다. 이모를 잡아먹을 듯 으르렁거리던 엄마는 얼마 지나지 않아 제자리에 주저앉았다. 손님 놓고 하는 싸움이야 날마다라도 하지. 그게 뭐 어때서. 내가 도둑질을 했냐, 화냥질을 했냐. 그런 눈으로 보지마 이년아! 언니가 상처투성이로 돌아온 엄마를 노려볼 때마다 엄마는 욕바가지를 퍼부었다. 그리고 닭볶음탕을 끓여 토막 낸 뼈들을 작신작신 씹었다. 턱 언저리며 목덜미에 돋아난 손톱자국에 연고를 바르던 엄마의 눈빛은 언제나 날이 서 있었다. 그러나 시장 바닥에 주저앉은 채 충주 이모를 올려다보고 있는 엄마의 눈은 허공 어딘가를 헤매고 있을 뿐이었다. 충주 이모는 흐트러진 매무새를 다듬는 것도 잊은 채 엄마를 부축해 일으켰다.

"밥집에 가자."

이모는 헝클어진 머리를 대충 여미고는 앞장서 걸었다. 지켜보던 구경꾼들의 아쉬운 얼굴이 제 갈 길로 사라졌다. 충주 이모가 앞장서 도착한 곳은 보리밥집이었다. 보리밥집 앞 진열대에는 여전히 무채나물과 콩나물무침이 산처럼 쌓여 있었다.

"더한겨?"

된장에 밥을 비비다 말고 충주 이모가 물었다. 엄마는 충주 이모와 함께 난전에 앉아 장사를 한 지 오십 년이라고 했다. 죽일 듯 싸웠어도 어느 하나가 손님 등쌀에 시달린다 싶으면 한걸음에 달려가는 게 이 바닥 인심이라고도 했다. 손님 때문에 머리채를 잡기 일쑤지만, 장사 이웃 오십 년이면 제 속 내 속 할 것 없이 다 알게 되는 곳이 자갈치시장이라며 시장을 그리워했다. 충주 이모는 혀를 차면서도 비빈 밥을 엄마 그릇에 덜었다. 그러나 엄마는 희멀건 콩나물국만 수저로 휘저었다. 미자는 충주 이모가 비벼준 밥을 엄마 입에 떠 넣었다.

"네가 고생이다. 그래도 어쩔겨, 엄만데. 빌어먹을 인태 놈은 여직 연락 읎어?"

충주 이모의 눈썹이 일그러졌다. 오빠는 미자가 엄마를 모시기 시작하면서 연락이 뜸해지더니 결국 연락을 끊고 말았다. 충주 이모는 아들놈들 다 헛것이라며 고개를 저었다. 이모는 막내아들을 곁에 두고 살면서도 헛헛한 모양이었다. 마파람에 게 눈 감추듯 밥그릇을 비운 이모가 앞치마에서 지폐 몇 장을 꺼냈다.

"네 엄마 좋아하는 닭이나 한 마리 고아 먹여. 제 성질에 못 이겨 치매 온겨. 이제 그 성질 좀 죽여 이년아! 미자 말 잘 듣고……!"

이모가 내려놓은 지폐가 선풍기 바람에 이리저리 날렸다. 그러거나 말거나 이모는 뒤도 돌아보지 않고 식당을 나갔다. 팔순을 넘긴 충주 이모의 몸은 재빨랐다. 충주 이모가 보리밥집을 떠나고도 한동안 엄마는 입안의 밥알을 씹었다.

엄마에게 도움이 될까 해 나선 길이었다. 자갈치시장의 바람을 맞고 공판장 냄새를 맡으면 기억에 도움이 될 거라 생각했다. 그래서 목욕탕을 쉬며 짬을 낸 걸음이었지만 괜히 나섰나 싶었다. 엄마는 충주 이모와 보리밥집을 잊을 리 없다고 했다. 내가 충주 언니를 어찌 잊어. 그럼, 사람도 아녀. 그렇게 다짐하듯 되뇌곤 했었지만, 초점 없는 엄마의 눈 그 어디에도 충주 이모 흔적은 느껴지지 않았다. 느릿느릿 밥알을 씹던 엄마가 하품을 했다. 잠이 담긴 엄마의 눈을 보자 맥이 풀렸다. 엄마의 기억은 누구도 어쩌지 못할 만큼 단단한 것 같았다. 치매마저 걷어 가지 못하는 엄마의 기억을 고스란히 품은 채 택시에 올랐다.

택시가 도로를 벗어나 산복도로로 접어들었다. 넋을 놓고 창밖을 보던 엄마의 오열이 시작된 것은 택시가 감천고개 곡각지점을 넘어설 때였다.

"네 아버지 불쌍해서 어떡하니!"

평생 남편이란 말을 입에 올리지 않았던 엄마가 아버지를 찾으며 울기 시작했다. 네 아버지 그 어처구니없는 인간이 어디로 갔는지 내 어찌 알아. 새끼를 셋이나 달고 갈 곳이 있어야지. 아버지가 사라진 뒤 엄마는 내몰리듯 감천동으로 찾아들었다고 했다. 자갈치시장도 가깝고 집값도 싸다 하니 이리로 올밖에. 엄마는 감천동에 자리를 잡고 몇 년이 지난 어느 날 아버지가 돌아가셨다는 사실을 알게 되었다고 했다. 처자식 버리고 나갔으면 곱게 살다 갈 것이지…… 엄마가 아버지를 떠올리며 말끝을 흐린 것은 미자가 엄마와 살림을 합치던 밤이었다. 남들처럼 결혼을 하고 현수를 낳았지만 현수가 초등학교 6학년이 되던 해에 이혼을 했다. 현수 양육권을 포기하고 몇 푼 안 되는 위자료를 받아 감천동으로 돌아온 그날 밤, 엄마는 아버지를 떠올렸다. 잘했다. 못 믿을 인간 같으면 일찍 헤어지는 게 나아. 그랬던 엄마가 돌아가신 아버지를 찾으며 울음을 터트린 거였다. 당황한 택시 기사가 뒷좌석을 흘끔거렸다. 미자와 엄마는 서둘러 택시에서 내렸다. 그러나 도로변에 주저앉은 엄마는 언제 울었냐는 듯 긴 하품을 했다.

"집에 한번 가보고 싶어."

골목으로 들어설 때였다. 엄마의 흐린 눈이 미자를 졸랐다.

"다 와 간다 아이요."

"이 집 말고, 우리 집."

"여가 우리 집인데, 엄마가 인자 집도 잊어버렸는갑네."

"우리 엄마랑 살던 우리 집."

충청도에 있다는 엄마의 고향은 충주댐에 수몰된 지 오래였다. 엄마는 전쟁이 끝난 후에도 고향으로 돌아가지 않았다. 고향도 들여다볼 때 고향이지, 먹고살기 힘들어 거들떠도 안 본 고향이 무슨 고향이야. 난 고향 안 간다. 기를 쓰고 고향에 가지 않겠다던 엄마가 고향 집을 찾으며 멈춰 섰다. 미자가 엄마에게 등을 내밀었다. 버티고 섰던 엄마가 미자 등에 업혔다. 이웃들은 자식 셋을 혼자 길렀으니 속에 악다구니가 들어차 치매가 온 거라고 했다.

"가보자, 엄마 고향."

미자는 아이를 달래듯 엄마를 달랬다. 하지만 엄마는 등판에 얼굴을 묻으며 다시 울음을 터트렸다. 평생 참았던 울음을 모두 쏟아내려는 듯 미자 등에 업힌 채 꺼이꺼이 울어젖혔다.

출근하는 걸음이 가벼웠다. 엄마의 정신이 맑은 때문이었다. 충주 이모를 만난 덕인지 요 며칠 엄마는 정신도 맑고 기분이 좋았다. 복더위 헛심 쓰지 말자 싶어 한 사흘 목욕탕을 쉰 때문인지 몸도 가벼웠다. 부지런을 떨면 좀 나아지리란 기대가 뭉게구름처럼 부풀기도 했다. 일 년만 더 청약적금을 부으면 임대아파트라도 신청해볼 수 있을 것이다. 버텨보자 싶었다. 콧노래를 흥얼거리며 언덕길을 올랐다. 산복도로 경치가 유난히 선명했다. 영도 옆으로 대마도가 드러나 있었다. 천마산 자락이 햇살을 받아 싱그러웠다. 등에 땀이 베는 날씨였지만 가끔 부는 바람은 시원했다. 고작 사흘 쉰 것뿐인데 몇 년이 지난 듯 길들이 새로웠다.

목욕탕 탈의실 문을 열자 익숙한 냄새가 끼쳤다. 편백나무 잔향과 비누 냄새가 상쾌했다. 사물함 안에는 각종 집기가 가지런히 놓여 있었다. 때 타월과 거품 수건, 마사지용 지압기를 챙겨 세신실로 갔다. 준영 엄마가 민이 엄마의 등을 밀고 있었다. 미자는 민이 엄마가 올 때가 아니라는 생각을 하며 몸에 물을 끼얹었다. 세신 준비를 끝낸 뒤 탈의실로 나오자 용식 엄마가 미자를 불렀다.

"민이가 와 준영이한테 나가시 받노?"

용식 엄마의 말소리는 은밀했다.

"내가 없어서 그렇겠지 뭐……"

말끝을 접었지만 민이에게 섭섭한 마음이 들었다. 그런 미자의 마음을 아는지 모르는지 용식 엄마가 눈을 흘겼다. 용식 엄마의 눈은 일이 어찌 돌아가는지 알고 있기는 하냐고 되묻는 것 같았다. 미자는 용식 엄마의 눈을 피해 탈의실 바닥에 몸을 뉘었다. 그러면서 하루이틀 인연도 아닌데 그 며칠을 못 기다려주나 싶은 생각이 들었다.

미자는 몇 시간째 탈의실 바닥을 뒹굴며 손님을 기다려야 했다. 하루 두세 명의 손님만 받아도 생활은 이어갈 수 있었다. 그러나 감천동을 떠나고 싶었다. 동네가 관광지가 되면서 외지인이 끝없이 몰려들었다. 골목을 누비던 관광객들은 시도 때도 없이 집 안을 기웃거렸다. 젊은이들의 눈은 언제나 부담스러웠다. 태어난 순간부터 아파트에서 자란 젊은이들에게 감천동은 새롭고 신기한 곳일 터였다. 그들은 감천동에 사는 사람을 호기심 어린 눈으로 바라봤고 이런 곳에 사람이 살고 있다며 놀라워했다. 그런가 하면 중년으로 접어든 사람들은 어린 날 추억을 기억하려 감천동을 찾았다. 추억에 빠진 그들의 눈은 미자를 향해 여전히 좁아터진 집에서 벗어나지 못한 거냐고 채근하는 것 같았다. 간혹 자식들 손에 이끌려 감천동을 찾은 노인들은 여전히 남아 있는 가난을 보며 진저리를 쳤다. 감천동에 사는 사람들은 그들의 시선을 온몸으로 받아내고 있는 것인지도 몰랐다.

어지러운 생각 때문인지 입이 썼다. 탈의실에 모여 앉아 점심을 먹고 있는 오전반 여자들에게 현빈 할머니가 다녀가셨냐고 물었다.

"어제 다녀갔지. 준영이가 때 밀어드리던데."

용식 엄마가 미자를 올려다봤다. 가슴 한구석이 쓰렸다. 세신실의 준영 엄마를 바라보던 미자가 세신 도구를 밀어 넣고 사물함 문을 닫아걸었다. 찌는 더위에 손님이 들 것 같지 않아서였다. 용식 엄마의 입방아를 반가워했던 미자는 자기도 모르게 눈을 질끈 감았다. 사람 입장 바뀌는 거 한순간이다 그러니 남의 말 쉽게 말어. 엄마가 언니에게 뱉은 말이었다. 언니는 엄마와 살림을 합친 미자에게 엄마 집 탐내지 말라고 악다구니를 했다. 감천고개 방 한 칸짜리 무허가 집 몇 푼이나 한다고 네가 입을 대니. 너나 잘살아라, 미자 걱정 말고. 엄마는 단박에 미자 편이 되어주었다. 엄마 말처럼 사람 입장 바뀌는 것은 한순간인 것 같았다. 미자는 긴 팔로 머리채를 그러잡던 영순을 떠올리며 세신실의 준영 엄마를 바라볼 뿐이었다.

"민이 엄마가 전화를 했더라고요. 언니 안 계시니까……
그래서……"

준영 엄마가 탈의실 거울을 통해 미자를 바라보며 말끝을 흐렸다. 그랬으니 자신이 민이 엄마를 가로챈 것은 아니라는 뜻인 듯했다. 미자는 선풍기 풍량을 강으로 올리고 그 앞에 가 앉았다. 몇 안 남은 손님마저 돌아간 탈의실은 더운 공기로 가득했다.

"그래도, 오이 마사지는 반칙 아이가?"

미자 입에서 오이 마사지란 말이 튀어나왔다. 민이 엄마 얼굴에 얹혀 있던 퍼런 오이가 떠올랐기 때문이었다. 민이 엄마는 이만 원짜리 등밀이 손님이었다. 삼만 원 이상 마사지 손님에게만 오이 마사지를 얹자고 했던 약속을 어겼으니 반칙이라는 뜻이었다. 하지만 미자는 제 입으로 오이 마사지를 읊어대는 자신이 한심스러웠다. 준영 엄마의 얼굴이 빠르게 굳어지더니 이내 사물함 문을 잠갔다.

"사장 딸이라니까, 서비스를 좀 해줘야 하는 거 아닌가 싶어서…… 언니도 해주시는 것 같아서…… 다음부터는 안 할게요……"

가방을 들고 탈의실을 나서는 준영 엄마의 눈꼬리가 떨렸다. 미자는 말없이 탈의실을 빠져나가는 준영 엄마 뒷모습을 한동안 바라보았다. 미자 역시 민이 엄마가 사장 딸이라 서비스를 해줘가며 단골을 만든 터였다. 그러니 준영 엄마의 행동을 문제 삼으면 안 된다 싶으면서도 서운한 마음이 쉽게 가라앉지 않았다.

집으로 돌아가는 버스 안은 서늘했다. 미자는 차창을 보며 어수선한 마음을 달래는 중이었다. 준영 엄마에게로 갈아탄 민이 엄마와 기억 속을 헤매는 엄마가 뒤엉켜 머릿속은 답답하기만 했다. 목욕탕과 엄마의 치매를 생각하는 동안 버스는 집 앞 정류소에 멈췄다. 언덕을 지나 골목으로 접어들었다.

'평화의 집'을 비추고 있는 가로등은 여전히 흐릿했다.

"엄마!"

엄마가 앉아 있어야 할 텔레비전 앞은 텅 비어 있었다. 아침까지만 해도 엄마는 걱정 말고 출근하라며 기분 좋게 웃었다. 하지만 미자는 요양보호사에게 문자를 보냈다. 자갈치로의 외출 끝이니 엄마를 더 잘 살펴달라 부탁했던 거였다. 문제없이 하루를 잘 보냈다는 엄마는 아마도 보호사가 퇴근한 뒤 집을 나간 것 같았다. 미자는 실종 신고를 한 뒤 혹시나 하는 마음에 '평화의 집'으로 갔다. 그러나 엄마는 보이지 않았다. 언덕 아래 우물가에도, 언덕 위 공동화장실에도 엄마는 없었다. 미자는 어린이놀이터가 있는 언덕에 올라 동네를 내려다보았다. 가로등불 아래로 골목들이 거미줄처럼 뻗어 있었다. 미자는 길목 어딘가에 엄마가 있기를 바라며 골목 구석구석을 살폈다. 사람들은 가로등을 조명 삼아 사진을 찍어댔다. 행복한 웃음들이 길을 채웠다. 입이 마르고 숨이 찼다. 기운이 빠져 걸음이 엉켰지만 경찰차가 기다리고 있는 큰길로 나섰다. 출동한 경찰이 미자를 발견하고는 이쪽으로 다가왔다.

"부두로 가보입시다."

몇 차례 엄마를 태워다 준 경찰은 미자와 함께 감천항으로 갔다. 감천항에 도착한 미자는 냉동창고 주변을 뒤지기 시작했다. 생선을 포장했던 종이 상자들이 여기저기 널브러져 있었다. 발에 밟히는 상자들은 마치 흘러내린 생선 창자처럼 흐물흐물했다. 대가리라도 붙어 있으면 다행인데 그도 아니면 내장이라도 긁어다 매운탕 거리로 팔아야지, 공칠 수 있어? 니들 밥은 어쩌고. 물에 젖은 종이 상자 조각을 긁어 담던 엄마의 뒷모습이 자꾸만 눈에 아른거렸다. 엄마의 몸은 생선 창자와 밥그릇만 기억하는 듯했다.

"엄마! 도대체 어디 갔노!"

항구를 뒤졌지만 엄마는 보이지 않았다. 머릿속 기억은 잊었으면서 몸의 기억을 잊지 못한 엄마가 어딘가를 헤매고 있을 것 같아 조바심이 났다. 경찰은 미자에게 집에서 기다려보라고 했다. 실종 신고가 접수되었으니 누군가 발견하면 연락이 올 거라며 미자를 안심시켰다. 하는 수 없이 미자는 택시에 올랐다. 감천동의 밤은 조금씩 깊어가고 있었다.

택시에서 내린 미자는 아미동 고개로 발길을 돌렸다. 충주 이모를 만나고 돌아오던 날 엄마가 아버지를 찾으며 오열했던 때가 생각나서였다. 최근 엄마의 기억은 널을 뛰었다. 스무 살의 엄마였다가 마흔의 엄마가 되었나 싶으면 또 어느새 팔순의 엄마로 돌아와 있었다. 아미동 언덕은 감천동 언덕보다 어둡고 거칠었다. 골목은 좁았고 계단참은 불규칙했다. 좁은 길을 지나 내리막길로 접어들자 납골당에 사용되었던 상석이며 비석들이 계단 곳곳에 박혀 있었다. 빈 납골당에 몸을 뉘어야 했을 누군가의 간절함이 발아래 밟혔다. 미자는 뜻을 알 수 없는 글자들을 딛고 올라섰다. 땀이 비 오듯 쏟아졌다. 거친 숨을 몰아쉬며 벚나무가 있는 언덕을 향해 걸음을 옮겼다.

남포동이 한눈에 내려다보였다. 도심의 불빛이 자갈치 바다에 어렸다. 미자는 나무 주변을 살폈다. 그러나 엄마 모습은 보이지 않았다. 온갖 상념들이 머릿속을 어지럽혔다. 충주 이모의 멱살을 그러잡던 엄마 얼굴에 아버지를 찾으며 오열하던 엄마 얼굴이 덧씌워졌다. 감천항의 비린내와 목욕탕의 물 내가 섞여 코밑을 파고들었다. 감천동을 기웃거리는 사람들의 말소리가 귓등에 맴돌았다. 가슴이 답답했다. 순간 암흑 같은 그림자가 눈앞을 덮쳤다. 한동안 어둠을 응시하던 그때 벚나무 아래 웅크린 엄마가 보였다.

"여기 어디야, 왜 이제 와."

미자를 발견한 엄마가 아이처럼 울어댔다.

"안 되겠다. 인자, 병원 들어갑시다."

팽팽하게 당긴 끈을 놓은 것처럼 사지의 힘이 빠졌다. 엄마를 등에 업은 채 큰길로 내려섰다. 훌쩍이는 엄마의 작은 몸피가 온몸으로 느껴졌다. 미자는 자신을 위해 엄마를 붙들고 있었음을 깨달았다. 기억을 붙들지 못하는 엄마보다 그 모습을 지켜봐야 하는 자신이 더 불행해질 것 같아 두려웠다. 그러면서 엄마가 자신만은 잊지 않기를 바랐다. 어쩌면 엄마는 미자의 마음을 알고 있었는지도 모를 일이었다. 그래서 버텨주었던 것은 아닌지. 미자는 제 가슴 아프기 싫어 엄마를 붙들고 있었구나 싶어 눈물이 났다. 비뚤비뚤한 계단참이 눈물

때문에 일렁였다.

*

영석이 함께 가겠다며 미자와 엄마 뒤를 따라나섰다. 말만이라도 고맙다며 말렸지만 영석은 먼저 걸음을 내디뎠다. 그 뒤를 미자와 엄마가 나란히 걸었다. 세 사람이 햇살을 뚫고 나아가는 동안에도 감천동을 찾은 사람들은 사진을 찍고 골목을 기웃거렸다. 한복을 차려입은 아이들이 전망대로 몰려갔다. 옛날식 교복을 입은 한 무리의 여자들이 호들갑스럽게 미자 앞을 지나쳤다. 중년의 여자들은 여고생이 된 듯 수다스러웠지만 주름진 얼굴에는 애잔한 미소만 바글거렸다.

병원은 감천동 입구에 있었다. 수시로 들여다볼 생각에 집 근처 병원으로 결정한 것인데 시설이 나쁘지 않아 다행이었다. 엄마는 무표정한 얼굴로 병실에 들어섰다. 침대에 걸터앉는 엄마를 보자 목젖이 아렸다.

"이모, 병원 좋네요."

영석의 말에 울음이 차올랐다. 미자는 자신의 선택을 옳다고 말해주는 영석이 고마웠다. 밀려오는 울음을 붙들고 화장실로 갔다. 코끝이 빨갛게 변해 있었다. 휴지를 뜯어 눈물을 훔치고 코를 풀었다. 잠시 숨을 고른 뒤 병실로 돌아갔다. 환자복으로 갈아입은 엄마가 침대에 누워 있었다. 엄마 얼굴은 목욕을 끝낸 아기처럼 뽀앴다. 바닷바람에 그을려 검기만 했던 엄마 얼굴이 아기 피부처럼 뽀애진 것을 왜 몰랐을까. 식초 물로 세수를 하던 엄마는 고등어 비린내뿐 아니라 검게 그을린 얼굴도 닦아내고 싶었던 것은 아니었을까. 미자는 이제야 엄마 마음을 엿보게 된 것 같아 가슴 한 곳이 저렸다.

미자는 엄마가 몸의 기억을 잊고 편히 지내기를 바랐다. 공판장으로 나가야 했던 새벽과 난전을 지키기 위해 싸워야 했던 시간이 잊히길 바라며 엄마 손을 놓았다. 자주 들르겠다는 말은 하지 않았다. 어차피 스스로에게 하고 싶은 말이란 생각이 들어서였다. 허공을 바라보던 엄마가 눈을 감았다. 미자는 침상을 정리하고 병실을 나왔다. 마음 한구석이 후련하고 홀가분했다. 명치는 아리는데 마음은 자꾸만 빠닥빠닥 말라갔다. 젖은 수건처럼 무거웠던 마음이 마른 수건처럼 가벼워지는 것 같아 더 목이 메었다. 나란히 걷던 영석이 여행용 티슈를 건넸다. 기다렸다는 듯이 참았던 울음이 터졌다. 하지만 미자는 걸음을 멈추지 않았다. 눈물을 훔치며 감천동으로 이어진 언덕길을 천천히 걸었다.

"어떤 년이, 쳐……!"
용식 엄마가 목욕탕 화장실 바닥을 문지르며 악을 썼다.
"미자야!"
현빈 할머니가 탈의실로 들어서며 미자를 찾았다.

"어무이, 오셨어요. 탕에 들어가 계시소."

미자는 용식 엄마를 도와 화장실 청소를 하다 말고 현빈 할머니를 부축했다. 할머니는 며칠 새 더 야윈 듯 보였다. 말간 얼굴로 병실에 누워 있을 엄마 생각이 났다. 엄마를 입원시킨지 한 달이 다 되어가는데도 순간순간 가슴이 울컥거렸다. 바가지로 물을 퍼 화장실 바닥에 부었다. 힘찬 물살이 오물과 함께 쓸려 내려갔다.

"야가 와 이라노. 살살 부어라. 기운이 남아도는갑다."

용식 엄마의 핀잔에도 미자는 물 한 바가지를 더 퍼부었다. 속이 후련했다. 화장실에서 나온 미자가 가제 수건과 때 타월을 챙겼다. 그사이 마사지를 끝낸 준영 엄마가 탈의실로 나왔다. 땀에 젖은 얼굴로 냉수를 뽑아 마신 준영 엄마가 세면대 앞에서 머뭇거렸다.

"준영아, 내일 출근 당번 내가 하께. 준영이 학교 보내고 온나."

냉장고에서 오이를 꺼내던 미자가 준영 엄마를 보며 웃었다. 준영 엄마의 붉은 얼굴에 어색한 미소가 번졌다. 준영 엄마가 서둘러 탕으로 들어가고 미자 역시 세신 준비물들을 챙겨 탕 안으로 들어갔다.

강판에 오이 갈리는 소리가 경쾌했다. 싱그러운 오이 냄새에 기분이 맑아졌다. 미자는 현빈 할머니 얼굴에 오이를 올렸다. 오이 한 알로 오그라든 주름이 펴지지는 않겠지만 할머니의 아픈 기억만큼은 펴지길 바라며 오이 알갱이들을 펴 발랐다. 그리고 아이를 여섯이나 낳은 배와 피란길에 총알을 맞았다는 허벅지, 그리고 지붕을 얹다 못에 찔렸다는 정강이를 오랫동안 문질렀다.

물고기

물고기 모형의 빈자리를 발견한 것은 도로를 지나 골목으로 들어설 때였다. 물고기가 사라진 자리는 회색으로 얼룩져 있었다. 복지관이 있는 동네의 벽은 회색이었고, 지붕은 짙은 회색이었으며, 기울어진 계단은 거뭇거뭇한 회색이었다. 그런데 몇 년 전 몇몇 예술가들이 회색 동네를 무지개색으로 살려냈다. 그들은 포도나무나 민들레꽃 같은 작품을 담벼락에 내걸었고 버려진 집을 손질해 평화나 기억 같은 이름을 붙여주었다. 그리고 생선 상자로 만든 물고기 모형을 마을 입구에 설치했다. 회색 벽에 붙어 있는 물고기들은 금방이라도 꼬리를 흔들 것처럼 생생했다. 물고기 모형은 작은 나무 물고기 수백 마리를 모아 만든 것인데 그중 하나가 사라지면서 구멍이 생긴 거였다. 구멍 앞에 휠체어를 세웠다. 구멍 주변은 누군가 일부러 뜯어낸 것처럼 너덜너덜했다. 어쩌면 아이들 짓일지 모르겠다 생각하며 복지관으로 갔다.

"좋은 아침!"

김 선생이 기분 좋게 웃었다. 하지만 태수를 부축하고 있는 그의 모습은 힘겨워 보였다. 태수는 180센티에 130킬로에 달하는 거구였지만 지체장애를 앓고 있었다. 의사소통이 어려운 태수를 삼층 재활치료실로 데려가는 것은 복지관의 중요한 아침 일과였다. 늘 그랬듯 김 선생은 별 탈 없이 태수를 재활치료실로 데려갔다.

일과가 시작된 복지관은 조용했다. 휴게실에는 음악이 흐르고 달콤한 쿠키 향이 감돌았다. 수업이 진행되고 있는 도서관의 소리들이 벽을 타고 전해졌다. 나는 두런거리는 소리를 들으며 커피를 내렸다. 홀더를 그루브에 끼우고 추출 버튼을 눌렀다. 진한 에스프레소가 흘러내릴 때 복도를 울리는 요란한 소리가 들렸다.

돌아보니 태수가 휴게실로 달려오고 있었다. 커피숍 주방으로 뛰어든 태수는 쿠키가 담긴 바구니를 덮쳤다. 오븐의 쿠키를 바구니에 담고 있던 수진이 비명을 질렀다. 비명 소리에 놀란 사람들이 도서관에서 몰려나왔다. 하지만 그들 역시 공포에 사로잡혀 허둥댈 뿐이었다. 상황은 김 선생이 태수에게 쿠키를 쥐여주면서 끝이 났다. 그러나 놀란 수진은 계속해서

울고 있었다. 김 선생이 수진에게 주스를 권했지만 수진의 울음은 쉽게 가라앉지 않았다. 그는 어쩔 수 없다는 듯 수진을 활동실로 데려갔다. 활동실에서는 보치아 게임이 진행되고 있었다. 다운증후군을 앓고 있는 수진은 보치아 게임에 참여할 수 없겠지만, 게임을 지켜보며 즐거워할 거였다. 뒤뚱거리며 김 선생을 따라가는 수진의 엉덩이가 물고기 꼬리처럼 팔랑거렸다.

소란이 잦아든 휴게실은 고요했다. 음악을 켰다. 피아노 소리가 벽을 타고 흘렀다. 사람들은 느려진 화면 속을 걷듯 천천히 움직였다. 그 모습은 마치 물속을 헤엄치는 물고기 같았다. 승민의 전신 휠체어가 휴게실 입구로 들어섰다. 휠체어는 물속에서 솟아오른 돌고래처럼 재빠르게 계산대 앞으로 다가왔다.

"아이스아메리카노 한 잔요."

승민은 전신 휠체어에 누운 채 커피를 주문했다.

"시이러브은 너읏치마아알고?"

"네, 얼음은 많이요."

승민은 커피가 나오기를 기다리며 주방을 힐끔거렸다. 주방에선 수진을 대신해 은수가 커피를 뽑고 있었다. 은수는 수진처럼 다운증후군을 앓고 있었지만, 수진보다 커피를 잘 뽑았다. 휠체어에 누운 채 주방을 들여다보는 승민의 입꼬리가 올라갔다.

"수고하세요."

승민이 콧노래를 부르며 직업재활실로 갔다.

"일 잘했어?"

엄마는 식탁에 마주 앉아 멸치 똥을 땄다. 오늘은 수진에게 쿠키 포장법을 가르쳤고, 은수에게 과일 주스 가는 법을 알려 줬다. 승민은 아이스아메리카노를 마시며 그래픽 작업을 했고, 김 선생은 복지관 곳곳을 돌아다니며 벙글거렸다. 그리고 나는 사라진 나무 물고기를 생각한 하루였다.

"물고기가 직선으로 만들어졌다고?"

엄마가 고개를 갸웃했다. 작은 나무 물고기들은 바닷속을 헤엄치는 고기 떼를 닮아 있었다. 하지만 나무 물고기는 직사각형으로 생겼으며 입과 꼬리 부분만 V자 형태로 잘려 나간 모양이었다. 복지관이 있는 동네의 물고기 모형은 가끔 텔레비전에 소개되곤 했다. 엄마는 텔레비전 화면으로 본 물고기 모형은 분명 곡선이었다면서 직선이 모여 곡선이 될 수 있는 것인지, 그리고 그것이 수학적으로 가능한지 물었다. 그러나 나는 그 질문에 대답하기 전 세상은 수학으로 이루어졌다고 믿은 아버지와 세상은 색으로 이루어졌다고 믿는 엄마의 만남이 어떻게 가능했는지 그것부터 설명해야 할지 모른다고 생각했다.

고등학교 입학식 날 나와 엄마는 장애인 전용 택시를 타고 집으로 돌아왔다.

"나는 짜장면, 너는?"

집으로 돌아온 엄마가 물었다.

"아부으지느언?"

"알아서 먹겠지……"

아버지는 엄마와 자주 다퉜지만 나의 졸업식이나 입학식에는 언제나 함께했었다. 그런 아버지가 보이지 않았다. 하지만 엄마는 대답 대신 음식을 주문했다.

엄마는 나를 일반 학교에 입학시켰고 매일같이 함께 등교했다. 아버지는 그런 엄마를 이해하지 못해 자주 다퉜다. 술에 취해 돌아온 날이면 나의 장애를 받아들여야 한다며 엄마를 향해 소리쳤다. 아버지의 말소리는 끝내 울음으로 변했고 눈물은 새벽까지 이어졌다. 그런 날이면 나의 장애를 받아들이지 못하는 것은 엄마가 아니라 아버지일지 모르겠다고 생각했다.

"맛있겠다."

엄마는 거실 바닥에 앉아 짜장면을 비볐다.

"아들 맛있지?"

엄마의 입은 웃고 있었지만 눈은 허공을 헤맸다. 엄마의 눈길은 탕수육 접시에 담겼다가 단무지의 잘려 나간 단면에 머물렀다. 하지만 엄마의 손은 쉬지 않고 짜장면을 입으로 밀어 넣었다. 가슴팍을 두드리며 면발을 삼키던 엄마가 화장실로 가더니 토하기 시작했다. 화장실 문틈으로 엄마의 등이 보였다. 음식물이 넘어올 때마다 엄마의 마른 등이 들썩였다. 엄마는 변기 앞에 엎드려 오랫동안 일어나지 않았다.

그날 이후 아버지는 집으로 돌아오지 않았고 나를 침대에 눕히거나 휠체어에 앉히는 일은 엄마 몫이 되었다. 저녁 식사를 끝낸 엄마가 나를 침대에 눕혔다.

"잘 자, 아들."

엄마는 거실로 나갔다. 베란다 깊이 가로수 그림자가 드리웠다.

"달 좀 봤으면……"

엄마의 혼잣말이 내 방까지 전해졌다. 엄마는 식탁을 닦거나 설거지를 하던 손을 멈추고 혼잣말을 하곤 했는데 대부분 완성되지 않은 문장들이었다.

"호준아, 나 잠깐 나갔다 올게."

현관문 닫히는 소리가 났다. 일층으로 이사를 오고부터 휠체어 바퀴 소리에 항의하는 아래층이 없어 좋았다. 엄마는 가로수의 싱그러움이 좋다며 베란다에 자리를 펴고 앉아 그늘을 즐겼다. 하지만 최근 들어 엄마는 풍성하게 자란 가로수를 못 견뎌 했다. 가로수 잎이 풍성해지면서 그늘이 깊어지자 답답하다며 한숨을 쉬곤 했다.

엄마가 밤 산책을 시작한 것은 지난봄부터였다. 처음엔 아파트 화단 인근을 서성이다 돌아오는 눈치였다. 엄마가 산책에서 돌아오면 거실의 수반에 꽃잎들이 떠워졌다. 수반의 꽃은 개나리에서 진달래로, 그리고 벚꽃으로 바뀌었다. 그리고 얼마 전부터는 재활용 쓰레기 더미에서 집기들을 주워 오더니 다음 날이면 다시 재활용 쓰레기장에 내놓기도 했다. 오늘 밤에도 엄마는 쓰레기 수거장이나 큰길 어디쯤을 서성이다 돌아올 거였다.

엄마의 혼잣말과 뒤척이는 소리를 듣는 동안 날이 밝았다. 침대에서 나를 안아 올리는 엄마 얼굴이 푸석했다. 새벽녘이 되어서야 돌아온 엄마는 잠들지 못하고 뒤척이는 것 같았다. 재활용 쓰레기 더미에서 아무것도 주워 오지 않은 모양인지 현관 앞이 깨끗했다. 복지관으로 가기 위해 휠체어 전원을 켜자 엄마가 현관문을 열었다.

"시간 참 빠르다."

엄마가 내 뒤를 따라왔다. 그러고 보니 어느새 6월이었다. 은행잎의 색이 짙어지고 공기에서는 여름 냄새가 났다.

"아들 잘 다녀와."

엄마는 매일 아침 지하철 엘리베이터까지 나를 배웅했다. 그런 엄마를 말렸지만 엄마는 내가 출근하는 것을 확인해야 하루가 시작되는 것 같다며 고집을 부렸다. 엘리베이터 창으로 멀어지는 엄마가 보였다. 엄마는 슬리퍼를 끌며 느릿느릿 걸어가고 있었다.

지하철에서 내려 언덕길로 접어들었다. 복지관이 있는 동네에서는 바다가 보였다. 버스 정류장이 있는 언덕에서 바다를 보고 있으면 당장이라도 바닷속으로 뛰어들고 싶었다. 물속에 뛰어들어 굽은 팔을 뻗으면 앞으로 나아갈 수 있을 것 같았다. 뒤틀린 다리로 물장구를 쳐 바다 깊이 자맥질을 해보고도 싶었다. 그러나 그것은 언제나 상상에 불과했다.

햇살이 부서지는 바다를 뒤로하고 휠체어를 돌리는데 버스 정류장으로 오고 있는 여자와 나무 물고기가 보였다. 여자는 이어폰을 꽂은 채 걷고 있었다. 나무 물고기는 여자를 뒤따르며 촐랑거렸다. 꼬리를 흔들며 여자를 따라가고 있는 녀석은 마을 입구의 물고기 무리와 닮아 있었다. 직선의 몸피에 알록달록한 무늬가 있고 목에는 파란 줄이 그려져 있었다.

버스 정류장에 도착한 여자가 고개를 숙였다. 순간 머리카락이 바람에 날리며 여자의 눈이 드러났다. 여자의 작은 눈이 반짝였다. 얼마 지나지 않아 버스가 도착했고 여자가 버스에 올랐다. 나무 물고기 역시 꼬리를 흔들며 버스에 올랐다. 여자와 나무 물고기를 태운 버스는 파도에 일렁이는 배처럼 출렁거리며 앞으로 나아갔다.

골목에 들어서자 물고기 모형에 생긴 또 하나의 구멍이 눈에 떠었다. 구멍은 조금 전 여자를 따라간 녀석이 빠져나간 자리 같았다. 사람들은 나무 물고기가 사라지고 있다는 것을 모르는 듯했다. 그들은 물고기 모형 앞을 빠르게 지나쳐 갈 뿐이었다.

활동실은 활기로 가득했다. 보치아 게임이 있는 날이면 장애인 당사자는 물론 활동보조사까지 활동실에 모였다. 보치아 게임은 공을 굴려 표적구에 가깝게 공을 가져다 놓은 쪽이 이기는 게임이었다. 뇌성마비를 앓고 있는 사람이나 중증장애인 혹은 운동성 장애인들이 하는 경기였다. 김 선생은 보치아 게임 규칙을 설명하며 벙글거렸다. 매일 아침 게임의 규칙을 설명했지만 매번 처음이기라도 한 것처럼 즐거운 낯빛이었다. 그러나 치료사는 긴장한 눈빛으로 주위를 살폈다. 보치아는 재활치료 방법 중 하나이기도 해 언제나 치료사가 함께 해야 했다. 치료사의 날카로운 눈이 뇌병변 장애인의 재활 정도를 체크할 거였다.

두 개 그룹으로 나뉘어 보치아 게임이 시작됐다. 김 선생이 중앙선을 향해 표적구를 굴렸다. 표적구는 중앙선에서 조금 비켜난 자리에 멈췄다. 중앙에서 비켜난 표적구일지라도 게임이 진행되는 동안 모두의 목표가 될 거였다. 휠체어에 앉은 상대편 선수가 게임장으로 들어섰다. 그는 뒤틀린 발등으로 공을 찼다. 하지만 공은 몇 바퀴 구르지 못하고 맥없이 멈춰

섰다. 그러나 사람들은 그에게 아낌없는 박수를 보냈다. 우리 편의 첫번째 선수는 나였다. 나는 휠체어 고정 장치를 풀고 몸을 숙였다. 표적구와의 거리를 가늠하기 위해 한쪽 눈을 감은 채 공을 굴렸다. 손가락 사이를 빠져나간 공이 표적구를 향해 굴러갔다. 하지만 공은 표적구에 미치지 못한 곳에 멈춰서고 말았다.

쓰러져 있는 엄마를 발견한 것은 초등학교 졸업식 다음 날이었다. 거실에서 텔레비전을 보다가 문득 엄마가 보이지 않는다는 것을 깨달았다. 언제나 그림자처럼 곁을 지키던 엄마가 보이지 않았던 거였다. 나는 집 안 곳곳을 살피다 화장실로 갔다. 화장실 문은 잠겨 있었다. 엄마는 갑작스런 나의 경련에 대비하기 위해 화장실을 사용할 때에도 문을 잠그지 않았다. 그런 엄마가 화장실 문을 잠근 채 대답이 없자 덜컥 겁이 났다. 긴장한 때문인지 혀가 굳고 경련이 일었다. 휠체어 바퀴로 화장실 문을 두드렸지만 대답이 없었다. 끊어진 음절들이 입 밖으로 새어 나왔다. 알아들을 수 없는 소리들이 울음과 함께 집 안을 채울 때 아버지가 돌아왔다. 아버지는 나를 밀어내고는 화장실 문을 향해 발길질을 했다. 몇 번의 발길질 끝에 화장실 문이 부서졌고 쓰러져 있는 엄마가 보였다. 아버지가 내 눈을 가렸지만 나는 엄마의 손목을 보고 말았다. 엄마 손목에서 흘러나온 피는 하수구로 흘러들었다.

"나는…… 없어."

병원에서 돌아온 엄마 손목에는 하얀 붕대가 감겨 있었다.

"지난 십삼 년 동안 이 집에는 장애인 엄마만 있었어."

아버지는 나의 장애가 마치 자신 때문이기라도 한 것처럼 고개를 숙인 채 말이 없었다. 엄마는 그런 아버지를 향해 소리쳤다. 이기적, 무책임 같은 말들이 집 안의 집기들과 함께 아버지에게로 날아갔다. 자신을 향해 날아드는 집기들을 바라보던 아버지가 눈물을 삼키며 밖으로 나갔다. 아버지를 향해 날아간 유리컵이 현관문에 부딪혀 산산조각이 났다. 엄마가 흐느끼기 시작했다. 엄마의 울음은 밤이 깊도록 이어졌고, 새벽이 되어서야 돌아온 아버지는 서재로 들어가 문을 닫았다. 그날 밤 나는 엄마와 아버지가 나에게로부터 멀어지고 있음을 느꼈다. 표적구에 다가가지 못한 공처럼 엄마 아버지는 각자의 방향으로 멀어지고 있었다.

표적구에 못 미쳐 멈춰 선 공은 누군가 버리고 간 물건처럼 덩그랬다. 그러나 활동보조사는 엄지손가락을 치켜세우며 환호했다. 조금의 변화에도 응원을 보내는 사람들을 보면 금방 정상인이 될 것 같았다. 하지만 장애란 고칠 수 없는 상태를 의미했다.

"제 차렙니다. 한 방에 보내버리겠어!"

승민이 이동 보조장치에 거꾸로 매달려 게임장으로 들어섰다. 전신마비 장애를 앓고 있는 승민이 보치아 게임용 막대를 입에 물었다. 선명하게 드러난 턱 근육은 검투사의 그것처럼 울퉁불퉁했다. 승민이 물고 있던 막대로 공을 쳤다. 막대로 타격한 공은 빠르게 굴러 표적구 바로 옆에 멈췄다.

직업재활반에서 컴퓨터그래픽을 배우고 있는 승민은 야근 후 집으로 돌아가던 길에 교통사고를 당해 장애인이 되었다고 했다. 그는 장애를 받아들일 수 없어 죽고 싶었지만 스스로 죽을 수 없다는 사실에 절망했다. 재활치료 시간에 자신의 이야기를 들려주던 승민이 먹먹한 눈으로 하늘을 봤다. 가끔 태어날 때부터 장애를 앓고 있는 내가 승민보다 나은 것은 아닐까 생각했다. 삼십 년을 변함없이 뇌병변 상태에 있는 나는 하루아침에 장애인이 된 승민의 아픔을 짐작 해볼 뿐이었다.

"봤지!"

승민이 기뻐했다. 지켜보던 사람들 역시 환호와 함께 박수를 보냈다. 그러나 응원과 격려를 주고받는 시간은 그리 오래가지 못했다. 비상벨이 울렸기 때문이었다. 김 선생과 활동보조사가 활동실 밖으로 달려 나갔다. 활동실 입구를 지키고 섰던 사회복무원은 혼란스러운 표정으로 문밖을 오갔다. 휠체어나 이동 보조장치에 의지해야 하는 사람들은 영문을 몰라 두리번거렸다. 얼마 지나지 않아 굉음과 함께 검은 연기가 활동실로 번졌다. 활동보조사들이 사람들을 비상구로 대피시키기 시작했다. 하지만 이십여 명에 달하는 사람들을 빠르게 대피시킬 수는 없었다. 스스로 움직일 수 있는 사람이 그렇지 못한 사람을 거들었다.

"호준 씨! 태수 형!"

승민이 소리쳤다. 활동실로 달려오고 있는 사람은 태수였다. 태수는 뒤뚱거리며 활동실 중앙으로 다가오고 있었다. 나는 휠체어를 돌려 태수를 막아섰다.

"기다려요!"

휠체어와 태수가 부딪히려는 순간 김 선생이 외쳤다. 나는 안전장치를 당겨 휠체어를 세웠다. 태수는 달려오던 속도를 멈추고 활동실 중앙에 주저앉았다. 그러더니 표적구 옆에 놓인 공을 굴리며 웃었다. 김 선생이 태수 곁으로 다가가 그의 손에 들린 가위를 빼냈다. 태수는 가위를 빼앗긴 줄도 모르고 괴성을 지르며 공을 굴렸다.

사고는 태수 엄마가 태수의 손을 놓치면서 벌어졌다고 했다. 그녀의 작은 몸으로는 흥분한 태수를 제어하기 어려웠을 거였다. 엄마 손을 뿌리친 태수가 오븐 안의 쿠키를 꺼내려다 화상을 입었고, 놀란 그가 날뛰면서 합선이 일어나 휴게실에 화재가 발생하게 된 거라고 했다. 화재로 망가진 휴게실은 수리를 해야 할 것 같았다. 검게 그을린 주방과 오븐을 살피던 김 선생이 난감한 표정으로 이마를 짚었다. 영리를 목적으로 운영하는 것은 아니었지만 사람들이 들고날 수 있도록 수리는 해야 할 것 같았다.

직업재활 교육을 끝내고 얻은 직장은 장애인 복지관에 딸린 커피숍이었다. 바리스타를 직업으로 선택한 것은 따뜻한 커피를 마음껏 마셔보고 싶어서였다. 넘김 장애가 있는 나는 뜨거운 커피를 식혀 빨대로 마셔야 했다. 그러다 보니 자유롭게 뜨거운 커피를 마시는 사람들이 부러웠다. 언젠가는 뜨거운 커피를 마실 수 있기를 바라며 바리스타 교육을 받았던 거였다. 그런데 교육을 받으면서 뜨거운 커피를 바라보는 것만으로도 뱃속이 훈훈해지는 것을 느꼈다. 그때부터 매일 아침 아메리카노를 마시듯 커피를 추출했다. 그렇게 눈으로 커피를 마시는 동안 바리스타 교육이 끝났고 복지관 휴게실의 커피숍에서 일을 할 수 있게 된 거였다. 매일 같은 시간에 집을 나와 시간에 맞춰 갈 곳이 있어 행복했다. 바스켓을 통과한 커피 크림을 바라보면서 보드라운 시간을 누릴 수 있어 감사했다.

수리를 위해 휴게실 문을 닫기로 하고 퇴근길에 올랐다. 평일 늦은 오후의 골목은 한갓졌다. 언덕의 물고기 모형도 넘어가는 해를 받아 빛나고 있었다. 햇살을 받아 빛나고 있는 물고기 모형 앞을 지날 때 여자와 마주쳤다. 여자는 고개를 숙인 채 골목 안으로 사라졌다. 꼬리를 흔들며 여자 뒤를 따르던 나무 물고기는 보이지 않았다. 나는 멀어지는 여자의 뒷모습을 바라보다 지하철역으로 갔다.

복지관 휴게소가 문을 닫는 동안 장마가 시작됐다. 비는 내리다 그치기를 반복하며 눅눅한 습기를 뿜어댔다. 나는 침대에 누워 라디오를 듣거나 전자책을 읽었다. 가끔 쏟아지는 비를 보며 물고기 모형을 생각하기도 했다. 물에 젖은 나무 물고기들은 맑은 날보다 더 선명하게 빛날 것 같았다.

엄마는 집 안의 먼지를 쓸고 닦았다. 그리고 물김치를 담거나 부식을 사러 나가기도 했다. 언제나 텔레비전을 켜두었지만 집중해서 보는 것 같지는 않았다. 내가 라디오를 들어보라 권했지만 엄마는 DJ 혼자 진행하는 라디오를 듣고 있으면 왠지 모르게 쓸쓸해져 싫다고 했다. 비 내리는 오후의 집 안은 두런거리는 텔레비전 소리로 가득했다.

"호준아, 우리 술 마실까?"

부식거리를 사 오겠다며 슈퍼에 나갔던 엄마가 맥주를 사들고 왔다. 엄마는 마른 멸치와 땅콩을 접시에 담고 과일을 깎아 식탁에 앉았다.

"비 오는 날에는 막걸리에 파전인데 그지?"

뉴스는 밤부터 호우주의보가 내려질 거라고 했다.

"한잔하자."

엄마가 빨대 꽂은 잔을 내 앞에 내려놓았다.

"건배."

"거어은배에."

맥주 거품이 빨대를 타고 올라왔다. 서늘한 맥주가 기도로 넘어가자 밭은기침이 났다. 엄마는 티슈를 뽑아 내 입 주변을 닦아주고는 다시 자리에 앉았다.

"호준아…… 엄마, 갱년긴가 봐……"

엄마의 눈이 먼 산을 향했다.

"어으음마, 미이아느해. 나느은 그 새앵가그글 모옷해으었어요."

"미안은 무슨…… 아들 앞에서 엄마가 주책이지…… 근데 엄마는 딸이 없어서……"

먼 산을 보던 엄마가 살짝 웃었다. 엄마와 아버지는 동료 교사였다. 아버지는 노총각 수학 선생님이었고 엄마는 갓 부임한 미술 선생님이었다. 엄마는 아무런 도구 없이 직선과 곡선을 그리는 아버지에게 반했다. 아버지는 회색 원피스 차림의 엄마를 보며 회색의 우아함을 깨달았다. 두 사람은 선과 색에 관해 이야기를 나누다 사랑에 빠졌고 그 사랑은 결혼으로 이어졌다. 얼마지 않아 가족의 축복을 받으며 내가 태어났다. 하지만 엄마 아버지가 나를 통해 누린 기쁨은 거기까지였다. 나의 건강 문제를 발견한 것은 아버지였다. 아버지는 출산 휴가를 끝내고 학교로 돌아간 엄마에게 내가 앓는 장애가 '혼합형 뇌성마비'라는 사실을 알렸다. 나의 장애를 전해 들은 엄마는 이젤과 화구통 그리고 붓과 물감들을 미술실에 남겨놓고 학교를 나왔다. 이후 엄마의 세상에는 색이 사라졌고 아버지의 사랑도 사라졌다. 아버지는 이전보다 더 정교하게 곡선과 직선을 그리느라 밤늦어서야 집으로 돌아왔다.

"너라도 있어 다행이다……"

엄마는 접시에 담긴 멸치를 만지작거리다 잔을 비웠다.

"엄마 대학 때, 친한 선배가 있었거든? 그 선배랑 달을 보러 간 적이 있었어."

엄마가 잔을 채웠다.

"그것도 밤 열두시가 넘은 시간이었는데, 경주 보문단지까지 갔다는 것 아니니, 홋홋. 졸업 전시회를 준비하느라 학교에서 밤을 새우던 때였거든. 선배가 부모님 차를 가져왔다기에 내가 달 보러 가자고 막 졸랐어."

엄마의 눈이 빛났다.

"왜 하필 달이 보고 싶었나 몰라. 선배랑 호숫가에 앉아 달을 보다가 새벽이 되어서야 돌아왔어…… 그런데 요즘 그때 본 달이 보고 싶어…… 아무리 달을 봐도 그때 본 달만큼 좋지가 않아……"

엄마는 잔을 채우는 것도 잊은 채 창밖을 봤다. 나는 소파에 누워 달을 찾던 엄마의 쓸쓸한 등을 떠올렸다. 그리고 화장실 변기 앞에 엎드려 음식을 토하던 엄마의 마른 등도 떠올렸다. 비가 내리기 시작했다. 비는 세상의 모든 쓸쓸한 기억을 다독이듯 세차게 쏟아졌다.

비가 그친 틈을 타 출근길에 올랐다. 엄마의 배웅을 받으며 서둘러 지하철을 탔다. 지하철 에어컨도 습기를 걷어내지 못하는지 등과 엉덩이에 땀이 찼다. 서둘러 엘리베이터를 탔다. 그리고 지상으로 올라가는 짧은 순간, 허공에서 빛나고 있는 비늘을 발견했다. 나는 주위를 살피며 엘리베이터에서 내렸다. 건널목을 건너고 있는 여자와 나무 물고기가 보였다.

목에 노란 선을 두른 나무 물고기가 여자와 함께 선착장으로 가고 있었다. 녀석은 파도에 출렁이듯 앞으로 나아갔다. 나는 건널목 앞에 서서 신호가 바뀌기를 기다렸다. 여자를 따라가는 녀석의 몸통이 흔들릴 때마다 비늘이 반짝였다. 건널목을 건넌 뒤 휠체어 속도를 올려 여자를 따라갔다. 하지만 나무 물고기와 여자는 자꾸만 멀어졌다.

선착장에는 지게차와 트럭들이 쉴 없이 오갔다. 앞서 걷던 여자가 건물 안으로 들어가자 여자 주변에서 반짝이던 빛이 한순간에 사라졌다. 하지만 여자를 따라가던 물고기는 여전히 허공을 가르며 앞으로 나아갔다. 선착장 끝에 다다른 물고기는 망설임 없이 바다로 뛰어들었다. 나는 물고기를 놓치지 않기 위해 휠체어 속도를 높였다. 그리고 그 순간 후진하는 지게차와 추돌했다. 휠체어는 맥없이 쓰러졌다.

나는 나무 물고기가 자맥질하는 모습을 지켜보며 쓰러진 휠체어에 매달려 있었다. 바닷속을 헤엄치던 물고기가 물 밖으로 튀어 올랐다. 마침 구름 한쪽이 벗겨지면서 햇살이 드러났다. 물고기는 햇빛을 받아 반짝이더니 이내 물속으로 사라져버렸다. 얼마 지나지 않아 작업화를 신은 사람들이 내게로 다가왔다.

"이런, 재수가 없으려니까!"

남자가 침을 뱉었다. 휠체어는 바퀴가 휘고 등받이가 찌그러졌다. 안전장치 덕분에 다른 곳은 다치지 않았지만 머리에서 피가 흐르는 것이 문제였다. 지게차 운전자로 보이는 남자가 통화를 하며 머리를 쓸어 넘겼다.

"괜찮아요? 제 말 들리죠?"

남자는 흔들리고 있는 내 다리를 붙잡으며 소리쳤다. 다른 곳은 괜찮다고 말하려 했지만 입술과 혀가 뒤틀려 아무 말도 할 수 없었다. 남자는 금붕어처럼 입술만 뻐끔거리는 내 모습에 놀랐는지 두려운 눈으로 주위를 살폈다. 망가진 휠체어 주변으로 모여든 남자들이 하나같이 말을 뱉었다. 뭘 하러 여길 왔느냐, 위험한데 왜 나다니느냐, 보호자가 없느냐는 말들이 피가 흐르고 있는 머리 위로 쏟아졌다.

엄마는 뇌성마비 1급의 경련성 장애를 앓고 있는 나를 일반 학교에 보내기로 결정했다. 결정의 근거는 나에겐 지적장애가 없다는 거였다. 하지만 눈에 보이지 않는 정신보다 눈에 보이는 신체의 경련이 문제였다. 아이들은 수시로 일어나는 나의 경련을 무서워했다. 아이들의 불안한 눈빛과 학부모들의 경멸에 찬 눈빛이 매일 아침 내 머리 위로 쏟아졌다. 그러나 엄마는 그런 눈빛들을 무시하며 나와 함께 등교했다.

학부모들은 매일 아침 피켓을 들고 교문 앞에 서 있었다. '정상인 학교에 장애인이 웬 말이냐?' '장애인은 특수학교로!' 난 휠체어에 앉아 완강한 글자들을 올려다봐야만 했다. 그러던 어느 날 엄마가 눈물을 흘리며 피켓 앞에 무릎을 꿇었다. 이후 피켓 시위는 사라졌지만 그들의 혐오에 찬 눈빛은 계속해서 이어졌다. 엄마와 나는 그들의 눈빛을 견디며 학교와 집을 오갔다. 그렇게 시간을 견딘 덕에 졸업을 할 수 있었다. 초등학교 졸업식 날 엄마는 커터 칼을 움켜쥔 채 운동장에 서 있었다. 피켓을 들었던 학부모들이 괴성을 지르며 주저앉았다.

"정상인이 다니는 학교든, 장애인이 다니는 특수학교든 선택은 내가 해. 내 아이의 정상, 비정상은 내가 선택하는 거라고!"

엄마는 커터 칼을 움켜쥔 채 부들부들 떨며 소리쳤다. 손바닥에서 흘러나온 피가 운동장 모래를 적셨지만 엄마는 서늘하게 웃기만 할 뿐 움직이지 않았다. 엄마에게서 칼을 빼앗고 싶었지만 굳어버린 나의 팔은 펴지지 않았다. 나는 휠체어에 앉아 엄마를 외치며 울부짖었다. 뒤늦게 달려온 아버지가 엄마 손에 들린 칼을 억지로 빼앗았다. 엄마가 쓰러지고 구급차가 달려오는 동안에도 멸시에 찬 눈빛들이 나와 엄마 그리고 아버지를 향했다.

응급실로 달려온 엄마는 욕실 슬리퍼 차림이었다. 흙빛으로 변한 엄마의 얼굴은 눈물로 얼룩져 있었다. 커터 칼을 움켜쥔 채 운동장에 서 있던 엄마의 당당한 모습은 더 이상 찾아볼 수 없었다. 서늘한 눈빛으로 학부모들을 노려보던 엄마는 이제 장애인 아들의 안위에 놀라는 중년 여인이 되어 있었다. 의사는 몇 가지 검사와 처치를 끝내더니 돌아가도 좋다고 했다.

엄마와 나는 병원을 나와 택시에 올랐다. 집으로 돌아가는 내내 엄마는 구겨진 내 손가락을 만지작거렸다. 엄마 눈에서 눈물이 떨어졌다. 나는 엄마 어깨에 머리를 기댔다. 울고 있는 엄마를 달래주고 싶었지만 팔은 여전히 펴지지 않았다. 그런 내 마음을 아는지 엄마가 내 어깨를 토닥였다. 집에 도착하자 잠이 몰려왔다. 나를 침대에 눕힌 엄마가 침대 보호대를 밀어 올렸다. 그러고는 몸을 숙여 내 얼굴을 들여다봤다.

"호준아, 살아 있어줘서 고마워."

엄마가 나를 꼭 안았다. 엄마의 심장 소리가 전해졌다. 가슴 한쪽이 아리면서 내 심장도 쿵쾅거렸다.

비는 세상에 드리운 장막처럼 너울거리며 쏟아졌다. 복지관 활동실에서는 보치아 게임이 진행되고 있었다. 김 선생이 벙글거리며 게임 시작을 알렸다. 승민은 언제나처럼 표적구

가까이 공을 가져다 놓았다. 늘 그렇듯 사람들 사이에서 박수가 터졌다. 어떤 이는 굽은 발등으로, 또 어떤 이는 굳은 손가락으로 공을 굴렸다. 하지만 안타깝게도 공은 표적구에 닿지 않았다.

나는 활동실을 나와 휴게실로 갔다. 이마의 붕대는 풀었지만 보치아 게임에 참석하기는 무리인 것 같아서였다. 수진을 대신해 은수가 휴게실 보조를 맡았다. 나는 은수에게 커피를 부탁하고 음악을 틀었다. 피아노 선율이 스피커를 타고 흘러나왔다. 추출되어 나오는 커피를 볼 때처럼 마음이 훈훈해졌다. 음악 소리에 섞여 두런거리는 소리가 들렸다. 김 선생이 태수 엄마와 함께 휴게실로 들어섰다.

"우리 커피 두 잔하고 쿠키 주세요."

김 선생의 웃는 눈은 태수를 향해 있었다. 태수 엄마는 커피를 마시는 동안에도 태수의 손을 놓지 않았다. 깍지 낀 그녀의 손마디가 하얗게 변해 있었다.

"선생님, 고맙습니다. 복지관에 다시 올 수 있게 허락해주시고⋯⋯"

태수 엄마가 어깨를 조아렸다. 평생 누군가를 향해 조아렸을 그녀의 어깨는 심하게 굽어 있었다. 태수는 유전성 지체장애를 앓았다. 그의 아버지 역시 지체장애를 앓았다고 했다. 돈 몇 푼에 팔려 왔다는 태수 엄마는 태수와 태수 아버지 손을 잡고 다니느라 팔목이 비틀어져 힘을 쓸 수 없다고 했다.

"이놈은 그래도 좀 나으려나 싶어 복지관에 보내는 건데…… 아무래도 그른 모양입니다……"

장애를 병으로 이해하는 보호자들은 그래서 늘 자식에게 미안해했다. 몹쓸 병을 물려준 죄인이 되어 평생 자식의 병을 고쳐보려 안간힘을 썼지만 부질없는 짓이었다. 태수 엄마 역시 태수를 고칠 수 있을 거라 믿었을 것이다. 그리고 허무한 믿음에 지쳐가고 있는 것 같았다.

"내년이면 이 녀석이 마흔네 살이 됩니다. 우리 태수가 저보다 먼저 죽겠지요, 선생님?"

단명했다는 태수 아버지를 생각했기 때문이었을 것이다. 태수 엄마의 질문에 벙글거리던 김 선생이 어색한 미소를 지었다. 바랄 것이라곤 고작, 태수보다 하루 더 사는 것뿐이라는 태수 엄마의 얼굴이 서글프게 웃었다.

엄마 역시 나보다 하루만 더 살기를 기도한다고 했다. 하지만 엄마는 모를 것이다. 내가 엄마보다 일찍 죽기 위해 기도한다는 사실을 말이다. 초등학교 졸업식 날 운동장에서 보았던 엄마의 서늘한 웃음을 본 후 나는 꼭 엄마보다 먼저 죽어야겠다고 생각했다. 엄마의 보조개가 이를 앙다무는 습관 때문에 생겼다는 사실을 알고부터 숨을 멈춰보려 노력했지만 그럴 때마다 경련이 일었고 엄마의 보조개는 더 깊게 파였다. 점점 깊어져 가는 엄마의 보조개를 보면서 엄마보다 하루 일찍 죽게 해달라는 기도 외에는 할 수 있는 것이 없다는 걸 알았다.

"왜 그런 말씀을 하세요."

김 선생이 고개를 숙였다. 허무한 위로가 복지관을 떠다녔다. 김 선생과 태수 엄마가 자리에서 일어났다. 쿠키를 손에 쥔 태수가 만족스러운 표정으로 김 선생 뒤를 따랐다. 비가 그치자 사람들은 서둘러 집으로 돌아갔다. 휴게실 불을 껐다. 죽지 못하고 하루를 더 산 사람들을 위로하듯 옅은 어둠이 내렸다.

휠체어 바퀴가 젖은 아스팔트 위를 굴렀다. 바퀴 홈마다 물기가 붙었다 떨어졌다. 그 소리는 피아노 건반을 누를 때 들리는 소리와 닮아 있었다. 규칙적으로 굴러가는 바퀴 소리를 들으며 골목으로 들어설 때 이쪽으로 걸어오고 있는 여자가 보였다. 여자 손에 들린 핫도그가 걸음을 뗄 때마다 흔들렸다. 여자는 핸드폰을 들여다보며 물고기 모형 앞을 지나쳤다. 물고기 모형에는 여러 개의 구멍이 나 있었다. 여자를 따라 항구로 간 나무 물고기들은 바다 어딘가를 헤엄치며 돌아다니고 있을 거였다. 여자는 좁은 골목을 지나 공터로 갔다. 바다가 내려다보이는 공터에는 벚나무가 있고, 그 아래 긴 의자가 놓여 있었다. 여자는 의자에 앉아 핫도그를 먹기 시작했다. 나는 골목 입구에 휠체어를 세웠다. 흐린 하늘 탓인지 바다에는 이른 저녁이 시작되고 있었다. 배들이 하나둘 불을 켰다. 불빛이 파도에 따라 일렁였다. 어두운 바다가 환해지는가 싶더니 수면 아래에서 빛이 솟구쳤다. 빛을 내며 솟아오른 것은 나무 물고기들이었다. 녀석들은 제멋대로 헤엄치다 무리를 이루었다. 그리고 밤하늘로 솟아오르다 다시 물속으로 뛰어들었다. 여자는 남아 있는 핫도그를 베어 물더니 파란 대문 안으로 들어갔다.

　나무 물고기들은 푸른빛을 뿜어내며 물속을 헤엄치다 서서히 멀어졌다. 나는 멀어지고 있는 녀석들을 뒤로하고 물고기 모형이 있는 언덕으로 갔다. 바다를 찾아 떠난 물고기들의 빈자리는 작은 점처럼 잦아들었다. 점들은 처음부터 그곳에 그려놓은 무늬처럼 잘 어울렸다. 물고기 모형 위로 달이 떴다. 구름을 뚫고 나타난 보름달은 금빛으로 빛났다.

긍휼히 여기소서

"야, 김씨, 너 나와!"

이제는 숫제 반말이다. 판수의 삿대질이 허공을 가르거나 말거나 김씨는 라디오 주파수 맞추기에 여념이 없었다. 낡은 라디오에 매달려 주파수를 맞출 때마다 판수는 주인 닮은 골동품이라 비아냥거렸었다.

"어서 가서 고기나 팔아라."

김씨가 말꼬리를 늘이는 바람에 '팔아라'가 '파라라이'로 들렸다.

"얼씨구! 이리 까고 저리 더해도 나보다 겨우 한두 살 더 먹은 주제에 어디서…… 야……!"

도로변에서 악을 쓰는 판수 뒤로 버스가 지나갔다. 버스 소리에 판수의 뒷말이 먹혀버렸다.

"야가 와 이리 악을 쓰노. 가서 고기 팔아라 카니까."

김씨는 목 언저리까지 붉게 달아오른 판수를 지나쳐 가게 뒷문을 열었다.

"아 엄마야. 나와봐라."

김씨는 애먼 아내를 찾으며 가게 뒷마당으로 사라졌다. 버티고 섰던 판수의 표정이 뜨악해졌다. 삿대질이고 포악질이고 상대가 있어야 할 맛이 나는 법인데 혼자 남고 보니 꼴이 우스워졌다.

새벽부터 열이 올라 동네를 들쑤시기 시작한 것은 김씨였다. 김씨가 애지중지하며 불고 털던 커피자판기가 부서진 것이 화근이었다. 어젯밤 가게 문을 닫고 들어갈 때만 해도 별일 없었던 자판기가 아침에 일어나 보니 처참한 몰골이 되어 있었다.

"어떤 놈이고! 손모가지를 확 그냥!"

김씨는 플라스틱 손잡이가 떨어져 나간 커피자판기 앞에서 온몸을 떨었다. 커피가 담긴 종이컵을 꺼내기 위해 열어야 하는 플라스틱 문이 산산조각이 나 있었다. 고의로 잡아당기지 않고서는 이렇게 처참하게 부서질 리 없다는 생각이 들자, 여러 가지 생각이 떠올랐다.

누굴까? 한밤에 커피를 빼 마시려던 택시 기사? 인적이 드문 새벽 산복도로변에 차를 세우고 커피를 뽑아 마시는 택시 기사가 더러 있었다. 피곤에 지친 택시 기사가 실수로 문을 부수었을까? 아니면, 얼마 전에 문을 연 애경슈퍼? 그것도 아니면…… 순간 생각이 멈추고 눈에 불이 튀었다. 생각에 골몰하던 김씨 눈에 움푹 팬 자판기 옆구리가 커다랗게 와 박혔기 때문이었다. 찌그러진 위치로 봐서 누군가 작심하고 발길질을 한 것이 틀림없었다. 이쯤 되면 지나가던 택시 기사의 짓은 아니라고 봐야 했다. 김씨는 누군가 자신에게 앙심을 품지 않고서는 커피자판기를 이렇게 망가뜨릴 리 없다는 확신이 섰다. 그렇다면 누굴까? 김씨는 희뿌옇게 밝아오는 하늘을 등지고 주변을 살폈다. 그리고 분노와 의심의 눈초리로 애경슈퍼를 노려봤다.

커피자판기 한 대를 들여놓기 위해 얼마나 고심했던가. 중고였지만 김씨에게는 새 자판기보다 소중한 물건이었다. 중고 판매상을 이 잡듯 뒤져 겨우 골라 온 자판기였다. 그렇게 어렵게 건져다 놓은 물건이 요 모양 요 꼴이 나니 기가 차고 어이가 없었다.

가슴팍이 달아오르고 눈알이 튀어나올 만큼 화가 뻗친 김씨는 애경슈퍼로 발길을 옮겼다. 아침이 밝아오는데도 애경슈퍼 셔터는 닫혀 있었다. 김씨는 조금의 망설임도 없이 애경슈퍼 셔터를 걷어찼다. 셔터는 '쿠당탕탕' 소리를 내며 흔들리더니 이내 멈췄다. 셔터 소리가 잦아들자 산복도로는 새소리로 소란스러웠다. 김씨는 자신이 걸어찬 셔터를 살피다 울화통이 터졌다. 어디가 구겨지거나 금이라도 갈 줄 알았더니 소리만 요란할 뿐 셔터에는 아무 흔적도 남지 않았던 거였다. 김씨는 빌어먹을 셔터를 한 번 더 걸어차고 싶었지만 가게로 돌아왔다. 사실 애경슈퍼 짓이라는 증거는 없었다. 무엇보다 애경슈퍼가 자판기에 그런 짓을 할 이유를 찾지 못해 답답했다. 심증은 가나 물증이 없었다. 그러다 문득 애경슈퍼가 아니면 낭패다 싶었다. 범인을 특정할 수 없으니 이러지도 저러지도 못해 속이 타들어갔다.

여러 달 비어 있던 옆 건물의 공사가 끝나고 음료수용 냉장고와 아이스크림 냉장고가 들어온 것은 두 달 전이었다. 그리고 어느 날 애경슈퍼라는 간판이 내걸렸다. 무슨 가게가 들어오려고 저리 요란뻑적지근하게 공사를 하나 하는 마음으로 지켜보던 김씨 가슴이 내려앉은 것은 간판 끝에 붙은 슈퍼 때문이었다.

김씨는 애경슈퍼가 생기기 전까지 산복도로변에서 단독으로 슈퍼를 운영해왔다. 늘 운수 대통하자는 뜻으로 운수슈퍼라는 간판을 내건 것이 십 년 전이었다. 매출이 많은 편은 아니지만 두 아이 학교 보내고 방 두 칸짜리 집 한 채는 장만할 수 있었다. 작은놈 대학도 끝났고, 대출금도 끝나가고 있어 이제는 정말 돈을 좀 모으나 했다. 그런데 난데없이 애경슈퍼가 문을 연 거였다. 거기다 큰놈이 유학을 들먹이고 있었다. 가뜩이나 장사가 안돼 속에 천불이 나는데 아들까지 짐을 더하니 어처구니가 없었다. 그러니 애경슈퍼가 눈엣가시일밖에. 전문대를 졸업하고 직장 생활을 하던 큰아들이 난데없이 유학이 어쩌고 운운한 것은 애경슈퍼가 문을 열기 며칠 전이었다.

"무슨 소리고! 남들은 사 년제 대학 졸업하고 다시 전문대 들어간다는데. 인자 와서 무슨! 그냥 돈 벌어 장가가라. 유학은 무슨⋯⋯!"

저녁상을 물리고 졸고 있던 김씨는 유학을 들먹이는 아들을 피해 돌아누웠다.

"전문대 다시 들어오는 사람, 그건 몇 사람 이야깁니다. 요즘 같은 때 전문대 학벌만 가지고 직장 생활하기 쉬운 줄 아십니까? 구조조정이다 비정규직이다 하는 판국에 자기 개발 안 하면 밥줄도 끊깁니다, 아버지. 수도권 대학도 못 나왔으니 어디 외국에라도 좀 다녀와야 신입들한테 안 밀립니다."

김씨는 억지로 눈을 감았다. 아들의 앓는 소리를 귓등으로 들으며 잠을 청했다. 씨알도 안 먹힐 소리 그만하라고 소리치고 싶었다. 하지만 김씨도 뻔히 아는 터라 입을 다문 거였다. 사실 큰아들의 불안한 미래를 모르는 바 아니었다. 쥐꼬리만한 월급으로 버티다 보면 사십 줄에 들 테고, 어찌어찌 버티다 오십이 되면 직장 생활은 끝날 것이니 이리저리 전전하다 운 좋으면 운수슈퍼나 맡아 하겠지. 말 안 해도 다 아는 수순이었다.

"요즘은 골목 슈퍼도 대기업이 밀고 들어오는 마당에 구멍가게 운영해서 어찌 먹고 살겠습니까. 민수 장가도 보내야 할 거고, 아버지 어머니 노후도 걱정되고……"

자신의 미래와 동생까지 운운하는 아들이 말끝을 흐렸다. 그래 틀린 말은 아니다. 김씨가 아랫동네에서 슈퍼를 운영하다 산복도로로 올라오게 된 것도 다 그놈의 대기업인가 글로벌기업인가가 만들었다는 편의점 때문이었다. 24시간 쉬지 않고 돌아가는 편의점에는 안 파는 것도 못 파는 것도 없는 것 같았다. 그러니 산복도로변의 구멍가게들은 형편이 빤했다.

"그래, 배웠다고 네가 아버지보다 낫네."

그림자처럼 앉아 있던 아내가 입을 뗐다.

"그래, 미리 준비해서 나쁠 것 없다. 집안 생각하는 것 보니 네가 장남은 장남이네."

순간 김씨의 눈총이 아내 쪽으로 날아갔다.

"당신이 뭘 안다고 씨부리노, 씨부리기를!"

아들놈이 김씨 턱밑에 앉아 유학 타령을 하는 것은 분명 아내 때문일 거였다. 아내는 가끔 요모조모 따지고 드는 성미였다. 나앉아 있나 싶으면 어느새 들어앉아 제 속을 차리는 위인이었다. 아들들은 제 엄마의 그런 성격을 알아서인지 문제가 있을 때마다 제 엄마를 앞세웠다. 아내가 두둔하고 나서자 아들은 매일같이 유학 타령이었다. 김씨는 그런 큰아들 때문에 속이 다 울렁거렸다. 아들은 다른 나라는 안 되고 꼭 미국엘 가야겠다고 했다. 남의 집 아들들은 필리핀인가 어딘가로 유학을 다녀와도 취직만 잘하고 장가만 잘 가던데 이놈의 자식은 어찌 된 영문인지 죽어라 미국 타령이었다. 아들 녀석의 구슬림에 빠진 아내 역시 짬만 나면 김씨에게 떠들었다. 일 년만 미국에서 영어 공부를 하고 오면 그 토익인가 뭔가 점수가 높아져 더 좋은 회사에 갈 수 있다고, 그러면 자신들의 노후도 걱정 없지 않겠냐며 제법 앞뒤 맞는 소리를 늘어놓았다.

"뭘 안다고 나서노, 나서길!"

옆 건물에 냉장고가 들어오던 날 김씨는 결국 아침 밥상에 수저를 던지고 말았다. 밥상머리에 앉아 뭉그적거리는 아들 때문에 밥알이 넘어가지 않았다. 억지로 밥술을 뜨는데 눈치 없이 아내가 거들고 나서자 부아가 치민 김씨가 밥상 위로 수저를 날렸던 거였다. 화를 삭인 김씨가 가게로 나왔을 때 머리를 맞대고 앉은 아내와 아들이 보였다.

"아가 철없는 소리를 하면 타이를 것이지. 어디서 부화뇌동하고 있노!"

김씨의 호통 소리에 아들 녀석은 슬그머니 제 방으로 달아나고 아내는 먼 산을 봤다. 하지만 자식 이기는 부모 없다고 김씨 역시 마음이 불편했다. 부모 노릇 더럽다 싶으면서도 집

안의 장손인 아들이 산동네 슈퍼나 지키게 하고 싶지 않았다.

"거, 돈이 얼마나 든다드노."

며칠 뒤 김씨가 물은 것은 유학 경비가 얼마냐는 거였다. 유학이 무서운 것은 돈 때문이니 돈부터 물을 수밖에 없었다. 김씨는 그놈의 유학이란 것이 도대체 얼마나 드는 것인지 물어나 보자 싶었다. 주워 온 빈 병을 세던 아내가 뜨악한 표정으로 김씨를 올려다봤다.

"그거는 나도 잘 모르겠는데…… 아한테 전화해볼까요?"

아내가 아들과 통화하는 소리를 들으니 아무래도 잘못 생각한 것 같았다. 전화기 너머 삼천만 원이 어떻고 오천만 원이 어떻고 하는 소리가 들렸다. 김씨에게는 삼천이든 오천이든 뜬구름 같은 소리기는 마찬가지였다. 아들은 개나 소나 유학을 간다며 졸랐었다. 하지만 액수를 듣고 보니 자신은 개나 소 축에도 못 끼나 싶어 심사가 꼬였다. 김씨 수중에 돈이라고는 꼬불쳐놓은 오백이 전부였다.

그런 마당에 바로 옆에 또 다른 슈퍼가 생기니 하늘이 노랄 밖에. 애경슈퍼는 간판을 달고 이내 물건을 들이기 시작했다. 각종 과자에 음료수가 들어오고 휴지며 고무장갑이 들어오더니 파며 양파 같은 부식거리도 들여왔다. 그리고 전구에 철사까지 철물점과 전파사 물품까지 들여놓던 날 김씨는 말 그대로 억장이 무너졌다. 손님은 애경슈퍼로 몰릴 게 뻔했다. 판수 역시 애경슈퍼가 하는 양을 지켜보더니 안 봐도 비디오라며 애경슈퍼의 완승을 점쳤다.

애경슈퍼의 노란 간판에 비하면 운수슈퍼의 간판은 형편없었다. 신뢰와 믿음을 주는 색이라는 간판장이 말을 듣고 선택한 푸른색은 얼마 지나지 않아 우중충한 회색으로 변했다. 누구나 다 아는 대기업처럼 푸른색 바탕에 흰색 글씨로 간판을 달 때만 해도, 자신 역시 중형 승용차 한 대는 가지게 될 줄 알았다. 그러나 지금은 승용차는 고사하고 회색으로 변해버린 간판만이라도 바꿀 수 있었으면 싶었다.

애경슈퍼가 물건을 들이던 그때 아내는 똥 마려운 강아지처럼 집과 가게를 오갔다.

"아이고 정신없다. 할 일 없으면 들어가 자라!"

김씨는 부산한 아내의 모습에 신경이 곤두섰다.

"들어가라고!"

급기야 아내를 향해 소리쳤다. 그래도 머뭇거리던 아내가 어쩔 수 없다는 듯 입을 열었다.

"아가 사표를 냈다고……"

아내의 귀밑머리가 지나가는 바람에 일렁였다.

"썩을 놈. 애비 등골을 들고 빼라, 빼!"

아내 머리 뒤로 애경슈퍼 간판이 화사하게 빛났다. 김씨는 반짝이는 애경슈퍼 간판을 보자 명치가 당겼다. 부모 사랑은 고사하고 어린 나이에 밥벌이로 나선 자신의 지난날이 생각났다. 고픈 배를 안고 돌아가면 집은 비어 있었다. 엄마는 남의 집 허드렛일을 했다. 동생과 함께 엄마를 기다리던 냉방의 쓸쓸함이 떠오르자 속이 시렸다. 부모 복 없는 자신은 자식 복도 없나 싶어 찔끔 눈물이 났다. 남들은 병아리처럼 귀엽고 앙증맞은 어린 날을 기억하겠지만 김씨는 운수슈퍼 간판처럼 우중충한 어린 날만 떠올랐다. 아들은 어떤 어린 날을 떠올릴까? 김씨는 속 시린 기억을 털어내듯 주먹으로 코밑을 훔쳤다. 그날 밤 아들은 송별횐지 작별횐지를 했다며 새벽녘이 되어서야 돌아왔다.

아들이 사표를 낸 다음 날은 애경슈퍼의 개업일이었다. 화분이 도로가에 놓이고 '축 개업'이라 적힌 화환이 등불처럼 애경슈퍼를 밝혔다.

"형님, 이건 상도덕에 안 맞는 거 아니유?"

앞치마를 두른 판수가 어슬렁거리며 가게로 들어섰다.

"애경슈펀지, 강아지슈펀지 말유. 아니 한 집 건너 슈퍼가 있는데 간판을 내건 걸 보면 영 싹수가 없는 것 같단 말유."

판수는 냉장고에서 음료수 캔을 꺼내더니 단숨에 들이켰다.

"천 원이다."

날짜 지난 신문에 눈을 박고 있던 김씨가 판수 코밑으로 손바닥을 펴 보였다. 하지만 판수는 김씨의 손을 잡고 흔들더니 거들먹거렸다.

"내가 애경슈퍼로 가봐야겠네. 주인 양반 쌍판 구경은 좀 해야쥬?"

판수는 빈 깡통을 진열대 위에 내려놓고는 애경슈퍼로 발길을 돌렸다. 순간 바람이 운수슈퍼 진열대로 달려들었다.

"형님, 빈 박스만 내놓지 말고 돌이라도 넣어놔유. 저 봐라. 바람에 날리고 난리다, 난리."

판수 말이 끝나기 전에 달려 나온 김씨가 도로가에 나뒹구는 빈 상자를 주워 제자리에 세웠다. 빈 상자라도 길가에 내놓으면 사람들이 꼬여 매출이 오를 거라던 판수는 애경슈퍼 간판 아래에서 환하게 웃고 있었다.

산동네에 식육점을 낸 판수는 넉살이 좋았다. 식육점을 시작하고 한 달이 되기 전에 김씨를 형님으로 모시겠다며 돼지고기 두어 근을 썰어 왔다. 그렇게 앞면을 튼 판수는 김씨의 가게 운영 방식에 끼어들기 시작하더니 급기야 빈 상자 진열이라는 새로운 판매 전략을 들고 왔다.

"뭔 물건이 있는지 알아야 사러 올 것 아녀유! 창고처럼 쌓아놓기만 허니께 사람들이 알어유? 빈 상자라도 이리 늘어놔야 사람들이 요것조것 좀 사야긋다 싶어 들어올 것 아뉴."

장사가 안 돼 전전긍긍하던 김씨는 판수의 의견을 받아들여 슈퍼 앞 도로변에 빈 상자를 내놓았던 거였다. 하지만 바람이 복병이었다. 산복도로에 골바람이 불기 시작하면 길가에 내놓은 빈 상자들이 제멋대로 나뒹굴어 여간 성가신 게 아니었다. 그러나 김씨는 판수의 판매 전략을 꾸준히 실천하며 길 위로 흩어지는 빈 상자를 열심히 주워 날랐다.

"형님, 저쪽이 그래도 인사성은 밝아유."

거들먹거리며 가게로 들어오는 판수 손에 수건 두 개가 들려 있었다.

"축. 개. 업."

판수는 김씨 면전에 대고 개업 기념 수건의 글자를 또박또박 읽었다. 김씨는 그런 판수를 밀치며 비질을 했다.

"비키그라!"

뭐라고 한 소리 흘리고 와줄 줄 알았더니, 공짜 수건 두 개에 혹해서 돌아온 판수가 영 마뜩잖았다. 판수는 그런 김씨에게 좋은 이웃이 생겼으니 사이좋게 지내보자며 훈계까지 늘어놓았다. 김씨는 그런 판수를 한 대 걸어차고 싶었지만 참았다. 그렇지 않으면 속 좁은 인사니 어쩌니 하며 떠들어댈 것이 뻔했다. 그렇게 애먼 빗자루에 화풀이를 하고 있을 때 전화가 왔다.

"여보세요."

김씨는 목청을 돋우었다. 전화는 아들에게 온 것이었다. 머쓱해진 판수가 수건을 들고 식육점으로 돌아갔다. 아들은 입학허가서가 왔다며 호들갑을 떨었다. 미국에 있는 학교에서 공부를 허락했으니 비자를 받으러 대사관에 다녀와야 한다며 차비를 부탁했다. 유학을 기정사실로 알고 날뛰는 아들 때문에 김씨 입에서는 한숨이 쏟아졌다.

"내는 모른다!"

김씨의 말이 끝나기도 전에 아들이 먼저 전화를 끊었다. 김씨는 이러다가는 자신이 애경슈퍼와 미국 사이에 끼여 죽을지도 모르겠다 싶었다. 유학 경비가 얼마나 드는지 물어본 것뿐인데 아들은 비행기표를 알아보고 있었다. 사실 이렇게 일사천리로 일이 진행될 줄 몰랐던 김씨는 당황했다. 차라리 물건이나 열심히 팔자 싶다가도 허탈했다. 있는 돈 없는 돈 다털리고 빈털터리가 된 자신의 쓸쓸한 노후가 눈앞에 아른거렸다. 그 잘난 대학교에서 그것도 미국에 있다는 대학교에서 허가서가 왔다니 어찌할 바를 몰라 마음이 허둥댔다.

결국 김씨는 슈퍼 개점 시간을 한 시간 앞당기기로 했다. 김씨는 지난 십오 년 동안 새벽 다섯시면 문을 열고 밤 열두시에 문을 닫았다. 그러던 것을 새벽 네시로 당겼던 거였다. 열심히 물건을 팔 방법은 애경슈퍼보다 먼저 문을 여는 것뿐인 듯했다. 하지만 몸은 마음을 따르지 못했다. 새벽 네시에 문을 열고부터는 쏟아지는 졸음과 사투를 벌였다.

"형님, 애경에 자판기 들이네." 냉장고 모터 소리를 자장가 삼아 졸고 있을 때 판수가 음료수 냉장고 문을 열었다.

"형님도 봐바유, 완전 신형이쥬?"

판수는 애경슈퍼 쪽을 곁눈질하며 비타민 음료 뚜껑을 땄다.

"택시 기사들 쌈짓돈까지 벌어보겠다는 심산 같은디유?"

판수의 목소리가 은밀해졌다. 무심한 척 딴전 피우던 김씨가 애경슈퍼 쪽으로 몸을 내밀었다. 애경슈퍼 문 앞에 자리를 잡은 자판기는 그 자태만으로도 사람의 시선을 끌었다. 판수는 애경슈퍼의 자판기가 캔 커피부터 아메리카노까지 빼먹을 수 있는 최신형이라고 했다. 미스코리아처럼 네스카페라는 글자를 대각선으로 두르고 선 자판기는 눈부셨다.

"저거 팔아 얼마 남는다고."

하지만 김씨는 자판기에서 눈을 떼지 못했다.

"아이고, 모르는 소리 말어유, 형님. 자판기만 돌려서 먹고 사는 사람도 있슈. 형님도 하나 들여봐유."

하지만 언뜻 계산해도 전기세며 재료비까지 들어갈 게 뻔했다. 그리 수지맞는 장사는 아닌 듯싶었다.

"이 형님. 진짜 뭘 모르시네. 커피 원가? 그거 백 원도 안 해유. 전기세며 재료비 해봐야 얼마 들어유. 한 잔 팔아 팔백 원 남으면 그건 거저먹기쥬."

판수는 고기 한 근 팔아봐야 얼마 남지도 않는데 자기도 자판기나 들일까 혼잣말을 흘리고는 식육점으로 돌아갔다. 벌이가 시원찮은 것은 판수도 마찬가지였다. 돼지고기 한 근도 집 앞까지 배달해주는 세상이니 동네 식육점을 찾는 이는 신문지에 싼 고기가 진짜 고기라 믿는 늙은이들뿐이었다. 그런 판수가 흘리고 간 혼잣말이 허투루 들리지 않았다.

문득 이대로 있다가는 슈퍼 문을 닫고 말 것 같아 겁이 났다. 심심찮게 들리는 소상공인 폐업 소식이 남의 일 같지 않았다. 폐업에 대한 불안감은 아들 녀석에 대한 기대로 옮아갔다. 저를 위해 이 고생 하는 부모를 모른 척하겠나 싶은 생각이 드는가 하면 노후에 자신을 깍듯이 모시는 아들 모습이 떠오르기도 했다.

사실 김씨는 애경슈퍼 자판기에 마음이 흔들렸다. 솔직히 자판기 한 대를 들이나 마나 고민 중이었다. 그렇다고 남 따라 하듯 똑같은 브랜드를 들일 수는 없는 노릇이었다. 솔직히 무슨무슨 식품보다는 '네스카페'라는 말이 더 그럴싸해 보이기도 했다. 김씨는 자신이 보기에도 그런데 물정 빠른 세상이야 영어로 된 이름을 더 좋아하겠지 싶었다. 답답한 마음에 한숨을 몰아쉴 때 식육점 문이 열리더니 판수가 프라이팬을 들고 왔다.

"형님, 소주나 한잔해유."

김씨는 뜬금없다 싶으면서도 그런 판수가 반가웠다. 집에 들어가봐야 입학허가선가 뭔가를 들고 한숨이나 쉬는 아내 얼굴밖에 더 보겠는가.

"우리 형님, 소주 생각날 것 같아서유. 맞쥬?"

너스레를 떨며 소주잔을 기울이는 판수 어깨가 유난히 처졌다. 요즘 들어 판수 역시 고민이 많아 보였다. 가게를 접나 마나 고민이라더니 얼마 전에는 업종을 바꿔볼까 궁리 중이라고 했다. 평상에 퍼질러 앉은 판수가 한숨 끝에 잔을 비웠다.

"저 봐유. 택시 기사들 솔찬히 빼 먹쥬? 저게 저래서 남는 거유."

소주잔을 기울이는 그 잠깐 동안 못해도 네댓 잔은 팔린 것 같았다. 티끌 모아 태산이라는 말이 저런 것인가 싶어 김씨 눈이 휘둥그레졌다.

"형님, 중고도 쓸 만하대유. 내 말 듣고 하나 들유."

사실 꾸준히 일정 금액이 나온다면야 무슨 걱정이겠는가. 한 달에 이삼십만 원이라도 꾸준히만 나온다면야 아들 녀석 미국은 보낼 수 있겠다 싶었다.

"바쁜 사람 주머니에서 돈 천 원 그거 암것도 아뉴. 나도 잘나갈 땐 배춧잎 아니면 돈 취급도 안 했슈."

판수가 밤하늘을 올려다보았다. 충청도 어디선가 고기 도매업을 하던 판수는 사업을 확장하기 위해 서울로 올라갔다 한 번에 다 들어먹고 이곳에 식육점을 낸 거라고 했다. 이제 막 고등학교에 입학한 아들과 딸을 생각하면 백 원짜리 하나도 아깝다며 말끝을 흐렸다.

"고만 묵자. 문 닫을란다. 들어가라."

소주병이 바닥을 보이자 김씨가 자리를 털고 일어났다. 그러나 판수는 말라버린 삼겹살 조각을 뒤적이며 평상에 눌어붙었다.

"아이고, 돈은 다 어디 가고 나한테는 코빼기도 안 보이나 몰라유!"

판수가 내쉰 한숨이 허공 어딘가로 사라졌다. 몇 달째 가겟세를 내지 못하고 있는 판수의 무거운 마음이 김씨에게로 옮아오는 것 같았다. 그런 판수 사정을 아들 때문에 잊고 있었나 싶어 미안한 마음이 들었지만 그래도 어쩌겠는가, 당장 내 코가 석 자니. 김씨는 미적거리는 판수를 남겨두고 집으로 갔다. 밤늦도록 판수의 노랫소리가 김씨 집 문틈으로 새어들었다.

결국 김씨는 중고 자판기를 들여놓았다. 제 색이 무엇인지 알아보기 어려울 정도로 낡은 자판기였지만 따뜻한 커피를 입맛대로 뱉어내는 자판기가 신기하기만 했다. 오백 원짜리 동전을 넣자 커피잔이 톡 떨어지더니 '촤르륵' 커피 쏟아지는 소리가 났다.

"형님, 잘했어유. 이제 때깔 나쥬?"

판수는 제 것이라도 되는 양 자판기를 이리저리 살폈다. 달콤하고 구수한 커피가 목구멍을 타고 넘어가자 뱃속이 따뜻해지는 것이 여간 좋지 않았다. 자판기가 들어오기까지 십여 일 동안 수도 없이 중고상에 전화를 걸었다. 전기세는 얼만지 재료를 싸게 납품받는 방법은 무엇인지 묻고 또 물었다. 그런 수고 끝에 떡하니 배달되어 온 자판기를 보니 가슴이 뿌듯했다. 자판기를 둘러보던 판수가 김씨 금고에서 천 원을 꺼내더니 자판기에 밀어 넣었다.

"이기 니 금고가. 니 돈으로 빼 먹어라!"

김씨가 한마디 쏘아붙이자 판수의 눈이 커졌다.

"형님, 그렇게 옹졸하면 큰돈 못 벌어유!"

김씨는 판수의 면박이 못마땅했지만 커피 한 잔에 너무했나 싶어 입을 다물었다.

그렇게 중고 자판기는 운수슈퍼 앞에 자리를 잡은 거였다. 자판기는 잔 고장 없이 커피를 또박또박 뽑아냈다. 오가는 이가 적은 산복도로지만 그래도 서운치 않은 수입이었다. 운수슈퍼 앞에 커피자판기가 있다는 입소문만 난다면 한 달 오륙십은 거뜬히 벌 것 같았다. 김씨는 왜 진작 자판기를 들이지 않았나 후회가 되기도 했다. 왕벚나무의 꽃잎이 지고 장마가 시작될 무렵까지 자판기는 그렇게 제 몫을 해주고 있었다.

"저기는 자판기 처마도 만드나 봐유."

애경슈퍼 앞에서 공사하는 인부를 발견한 판수가 김씨에게 달려왔다. 새 건물이라 처마가 깊을 텐데도 애경슈퍼는 자판기용 처마를 만들고 있었다. 그 모습을 지켜보던 김씨는 아뿔싸 싶었다. 자판기라는 것이 전기가 들고 나는 것인데 빗물이 들기라도 하는 날이면 큰일이구나 싶었다. 연식이 오래된 중고라 애기 다루듯 다루어야 한다던 전기 기사의 말이 새삼스럽게 떠올랐다.

"저 물받이도 돈 좀 들 것 같쥬?"

아이스크림 냉장고 문을 열던 판수가 물었다. 그래 어쩌면 중고 자판기 값보다 물받이 처마 값이 비쌀지 모를 일이었다.

"아이고 형님, 여름인디 냉장고 좀 정상적으로 쓰셔유. 이게 뭐여요. 아이스크림 하나 꺼내려다 숨넘어가겠슈."

판수는 아예 냉장고 바닥까지 파고들 기세였다. 하긴 냉장고 위에 쌓아놓은 음료수를 꺼내고 신문지를 걷어야 아이스크림을 꺼낼 수 있으니 그럴 수밖에 없었다. 김 씨는 쥐새끼 고방 들 듯 냉장고를 뒤지는 판수 등짝을 냅다 후려쳤다.

"돈 내고 먹으라고, 이 인간아! 냉장고 문 그리 오래 열면 전기세 나간다. 식육점 사장이 그것도 모르나!"

김씨는 판수 손에 들린 아이스크림을 뺏어 냉장고에 넣고 문을 닫았다. 판수는 비를 피해 식육점으로 가면서 연신 뭐라고 궁싯거렸다.

판수가 사라지고 잠시 후 김씨는 맞은편 아파트 재활용 쓰레기장에서 다리 네 짝이 떨어져 나간 밥상 하나를 주워 왔다. 대여섯 명이 둘러앉아 밥을 먹었을 밥상을 자판기 위에 올려놓자 빗소리가 커졌다.

"형님, 벽돌 하나 올려둬유. 바람에 날아 사람 치면 새 처마 만든 것보다 돈 더 들것슈."

판수가 식육점에서 내다보며 배슬거렸다.

"니 고따우로 웃어라."

김씨는 판수를 노려보다가 차씨 할아버지 집 앞에 쌓여 있는 벽돌 두 장을 밥상 위에 올렸다. 판수 말처럼 산동네 바람에 밥상이 날아가기라도 하는 날이면 큰일이었다. 다리 네 개가 모두 달아난 밥상을 뒤집어쓴 자판기는 도롱이를 쓴 늙은 이처럼 궁상맞아 보였지만 어딘지 모르게 믿음이 가는 것 같기도 했다.

"우리 형님, 신경 많이 쓰시네유. 그거 최신형 처마유?"

김씨를 지켜보던 판수가 크게 웃었다. 그러나 김씨는 이게 얼마짜린데 우리 아들 미국 보내줄 자판긴데 싶어 내심 뿌듯했다.

그렇게 신줏단지 모시듯 애지중지하던 자판기가 이 모양이 되었으니 김씨는 화병이 날 지경이었다. 누구 짓인지 밝히지 않는다면 평생의 한이 될 것 같았다. 김씨의 의심은 애경슈퍼로만 흘렀다.

김씨의 의심이 애경슈퍼로 흐른 것은 며칠 전 전해 들은 석이 엄마 말이 영 개운치 않아서였다. 운수슈퍼 이층에 세 들어 사는 석이 엄마는 운수슈퍼 단골이었다. 큰 손님은 아니었지만 일주일에 몇 번씩 식빵과 우유를 사 가곤 했다. 석이 엄마는 옷가게 점원으로 일하랴 중학생 석이 건사하랴 옆에서 보기에도 바빠 보였다. 김씨는 그 와중에 아이들 아침까지 챙겨 먹이느라 애쓴다 싶어 석이 엄마에게 초코파이나 쿠키 같은 간식을 챙겨주곤 했다. 그런데 애경슈퍼가 문을 열고부터 석이 엄마의 발길이 뜸해졌다. 김씨는 석이 엄마가 두부나 파 같은 부식을 사기 위해 애경슈퍼에 드나든다는 것은 눈치로 알았다. 그러나 어느 순간부터 석이 엄마의 발길이 끊기니 서운했다. 하지만 내색하지 않았다. 그리고 인사성 밝은 석이에게 계속해서 군것질거리를 쥐여주었다.

그러다 며칠 전 김씨는 애경슈퍼에서 나오는 석이 엄마와 마주쳤다. 석이 엄마 손에는 두부 한 모가 들려 있었다. 김씨가 목례를 하며 돌아서는데 석이 엄마가 입을 열었다.

"안녕하세요? 하하하, 날이 꾸무리한 기 덥다 그지예?"

어색한 웃음이 둘 사이를 오갔다.

"장마가 끝나야 할 긴데…… 두부 사 가는가 베요……"

김씨 손이 석이 엄마 손을 가리켰다. 석이 엄마는 두부를 들어 보이더니 이층 출입문을 열었다. 그러고는 잠시 머뭇거리나 싶더니 이내 돌아서 입을 열었다.

"아저씨, 혹시 애경슈퍼 입간판 보셨어예?"

순간 김씨는 입간판이 무엇이었는지 기억하기 위해 고개를 갸웃거렸다. 김씨의 영문 모를 표정을 본 석이 엄마가 전한 말은 애경 슈퍼에서 입간판을 도로변에 세워두었는데 며칠 전에 감쪽같이 사라졌다는 거였다. 김씨는 석이 엄마의 말을 듣고부터 마음이 불편했다. 본인이 그런 것은 아니지만 모양새가 이상하다 싶었다. 어찌 되었건 경쟁 관계에 있는 두 집이 아닌가. 의심을 하자고 들면 의심이 될 것 같았다. 김씨는 석이 엄마에게 누가 가져간 것 같냐며 되물었다. 애경슈퍼에서도 누군지 찾고 있는 눈치라는 석이 엄마 말에 마음이 꺼림

직했다.

그런 일이 있었으니 김씨를 의심한 애경슈퍼가 앙심을 품었을 수도 있겠구나 싶었다. 그러나 심증만 가지고 덤빌 일이 아니니 물증을 찾아야만 했다. 김씨는 가게에 불 켜는 것도 잊은 채 자판기 몸피만 살폈다. 그렇게 자판기 옆구리의 파손 자국을 들여다보던 김씨는 그것이 발길질에 의한 것이라는 결론을 내렸다. 주먹질로 들어갈 깊이가 아닌데다 높이도 주먹질이 가해진 높이는 아닌 듯했다. 그렇다면 발길질을 한 이가 누구란 말인가.

"아저씨, 안녕하세요."

김씨의 궁금증이 깊어갈 즈음 이층 석이가 내려왔다.

"어, 그래, 학교 가나."

김씨는 석이 인사를 건성으로 받으며 눈을 매섭게 떴다.

"그거, 식육점 아저씨가 그랬는데."

담담한 석이 목소리에 김씨가 몸을 돌렸다.

"니가 그걸 우찌 아노?"

"공부하고 있는데 뭔 소리가 나서 내다보니까, 식육점 아저씨가, 자판기를 막 발로 차고 주먹으로 때리던데요."

중학교 2학년인 석이는 기말고사 준비를 하느라 새벽까지 공부를 했다고 했다. 그런데 새벽 한시쯤 아래층에서 우당탕 소리가 들려 내다보니 판수가 자판기를 붙잡고 씨름을 하더라는 거였다.

"학교 다녀오겠습니다."

잠이 덜 깬 얼굴의 석이가 계단 아래로 사라졌다. 김씨는 석이가 사라지고도 한참을 제자리에 서 있었다. 석이가 뱉어 놓고 간 식육점 아저씨라는 말이 계속해서 귓가에 맴돌았다.

"네, 이놈의 새끼를!"

부들거리며 서 있던 김씨가 몸을 돌려 식육점으로 달려갔다. 식육점은 한밤중인 듯 인기척이 없었다. 김씨는 식육점 셔터를 연거푸 걸어찼다. 연거푸 차인 셔터는 쉬지 않고 흔들리며 쿠당탕거렸다.

"나와!"

요란하게 흔들리는 셔터 소리에도 인기척이 없자 김씨가 소리쳤다. 그러자 비둘기 한 무리가 하늘로 날아올랐다.

"뭔 일이래유? 우리 아저씨 안즉 주무시는듀."

잠이 덜 깬 판수 아내가 셔터를 올리며 얼굴을 내밀었다.

"잠이고, 나발이고. 어서 판수 깨우소."

김씨의 우렁찬 목소리가 불 꺼진 식육점을 흔들었다.

"뭔 일이래유, 형님. 아침부터 뭔 일 났유?"

판수가 하품을 하며 기어 나왔다. 얼굴에 찍힌 베개 자국이 칼자국처럼 선명했다.

"이거, 이거 물어내라!"

김씨는 제 손에 들린 플라스틱 조각을 판수 눈앞에 대고 흔들었다.

"이게 뭐유?"

초점 없는 눈으로 플라스틱 조각을 유심히 살피던 판수가 피식 웃었다.

"아, 난 또 뭐라고."

판수가 늘어지게 기지개를 켰다.

"니가 그랬제. 석이가 봤단다. 따라온나."

김씨는 기지개를 켜느라 무방비 상태에 놓인 판수의 귀를 잡아끌었다. 귀를 잡힌 판수가 죽는소리를 하며 끌려갔다.

"이거 보이나! 이것도 니가 그랬제. 다 필요 없고 물어내라."

판수가 곁눈질로 자판기 옆구리를 살폈다.

"아니, 형님. 내가 부러 그랬겠유? 내가 형님 자판기를 얼마나 애끼는디."

어수선한 말들이 웃음과 함께 쏟아졌다.

"알았으니까, 물어내라고."

"알겠는데 형님, 자판기가 중고라 그런가 돈을 넣어도 커피가 안 나오잖유. 그래서 한 대 친 거유. 그래도 안 나오길래 좀 흔들다가, 아 왜, 우리나라 기계는 한 대씩 때려줘야 말을 듣잖유?"

궁색한 변명이 늘어가자 김씨는 손바닥을 펴 판수 코밑에 들이밀었다.

"돈 내놔라!"

입맛을 다시던 판수가 우리 사이에 뭘 그렇게까지 해야 하냐는 말을 던지자 김씨의 발이 판수의 정강이로 날아갔다. 소리를 지르며 주저앉는 판수를 뒤로하고 김씨는 자신의 가게로 돌아갔다. 길바닥에 주저앉은 판수 주변으로 사람들이 모여들었다. 잠이 덜 깬 출근길에 볼거리를 제공한 판수가 사람들을 밀치고 김씨에게 달려들었다.

"야, 김씨 너 나와!"

판수의 고함 소리에 비둘기 떼가 날아올랐다. 멀리 바다에서 출발한 아침 해가 산등성이를 건너 산복도로 아스팔트를 비추기 시작했다.

난쟁이의 꿈

가슴이 요동을 쳤다. 하지만 손은 난쟁이 인형을 거머쥐고
있었다. 화단에 놓여 있는 발그레한 난쟁이 인형을 주머니에
감추고 돌아섰다.

뒤돌아보지 마. 아무 일도 없어.

마을을 향해 달렸다. 숨이 턱까지 차올랐다. 길모퉁이를 돌
아 아스팔트 길로 접어들었다. 난쟁이가 있던 빨간 집 지붕이
손톱만 하게 보였다. 숨을 몰아쉬며 멈춰 섰다. 그러자 등 뒤
에서 들려오던 발소리도 사라졌다.

뒤돌아보지 마. 아무 일도 없었어. 길을 보며 걸어. 하나,
둘, 하나, 둘. 장단을 맞춰야지.

도로를 건너 언덕길로 내려섰다. 버스 한 대가 검은 연기를

내뿜으며 출발하고 있었다. 버스가 사라지자 오르막길을 오르는 독일 할머니의 뒷모습이 보였다.

멈추지 마. 길을 보며 걸어야 해.

독일 할머니의 하얀 머리카락이 저녁노을을 받아 노랗게 물들었다.

순기는? 짓물린 엄마의 목소리가 들렸다. 가시나 뭐 하노? 엄마가 방문을 열었다. 순기 왔나? 나는 대답 없이 우두커니 앉아 있었다. 없으면 없다고 하던가. 엄마는 혼잣말을 하며 부엌으로 나갔다.

팔다리를 움직여.

등에 메고 있던 가방을 내렸다. 주머니에 숨겨두었던 난쟁이 인형을 꺼내 가방에 넣고 자리에서 일어났다. 바스락거리는 외투를 옷걸이에 걸고 바지를 벗었다. 그리고 생리혈이 묻은 팬티를 벗고 새 팬티를 꺼내 입었다. 벗은 팬티를 들고 목욕탕으로 갔다. 엄마는 저녁 준비를 하고 있었다. 팔다 남은 눈볼대 지지는 소리가 목욕탕까지 들렸다. 세숫대야에 물을 받아 팬티를 담궜다. 물이 스며든 팬티는 대야의 바닥에 가라앉았다.

가족들은 일찍 잠자리에 들었다. 내 옆에 잠든 순기는 알아들을 수 없는 말을 중얼거리더니 이내 코를 골았다. 할머니와 엄마가 잠든 방에서는 아무런 기척도 들리지 않았다. 자리에서 일어나 가방 안에 있는 난쟁이 인형을 꺼냈다. 가로등 불빛이 방으로 스몄다. 난쟁이 인형을 창문 쪽으로 들어 올렸다. 인형의 입술이 흐릿하게 보였다.

이제 그만 잠자리에 들어야지. 그리고 꿈을 꿔야지.

빨간 모자의 난쟁이 인형은 허공을 바라보며 웃고 있는 듯했다. 독일 할머니는 인형이 사라졌다는 사실을 알고 있을까?

사가소 마. 엄마의 크고 두툼한 입술이 연신 실룩거렸다. 해 질 녘이면 가끔 물건리 어판장으로 장을 보러 오는 독일 할머니가 함지 앞에 서 있었다. 떨이해주이소. 엄마는 펑퍼짐하게 늘어진 콧잔등에 가느다란 주름을 잡아가며 웃었다. 너무 많다. 두 식구 먹을 만큼만 팔아라. 독일 할머니도 볼 가득 주름을 잡아가며 흥정을 했다. 할매요, 그러면 두 마리 삼천 원, 됐지요? 엄마는 생선 두 마리를 들어 올렸다. 곁에 앉아 있던 나는 검은 비닐봉지를 뽑았다. 그래하자. 흰머리의 할머니는 지갑을 열어 지폐를 꺼냈다. 고맙습니다, 할매. 독일 할머니가 엄마의 손에 돈을 건넸다.

아이고 어쩌겠노. 남은 거는 우리가 묵자. 엄마는 독일 할머니가 건넨 돈을 주머니에 넣었다. 나는 바람에 머리카락을 날리며 사라지는 독일 할머니의 뒷모습을 바라보았다. 할배가 먹성도 좋게 생겼더라마는 손바닥만 한 아까무스 두 마리 누구 입에 붙일라고. 곁에 앉은 동수 엄마가 생선 내장을 꺼내며 중얼거렸다. 있는 사람들이 더하다고 독일 마을에서도 제일 큰 집에 산다 하던데. 동수 엄마가 고개를 들며 덧붙였다. 뭐 아끼려고 그러겠습니까? 자식도 없는 두 늙은이가 먹어봐야 얼마나 먹겠어요. 엄마는 벗은 고무장갑을 손에 꿰며 그렇지 않겠냐는 듯 말했다. 하기야, 서양 사람들은 고기도 접시에 한 마리씩 놓고 포크로 이래 찍어 먹는다면서? 손시늉까지 해가며 엄마를 위로하려던 동수 엄마의 얼굴빛이 샐쭉해졌다. 안나 엄마 고향서도 그래 먹나? 손을 감아 들인 동수 엄마의 눈빛이 엄마를 살폈다. 엄마는 펑퍼짐한 콧잔등에 실주름을 잡으며 웃었다.

그녀들의 수다는 언제나 엄마의 고향으로 향했다. 베트남 어딘가에 있다는 엄마의 고향은 물건리 마을 아낙들의 수다 거리였다. 쉼 없이 들었던 엄마의 고향 이야기 중 내가 기억하는 것은 메콩 델타와 아오자이뿐이었다. 흰머리의 할머니가 독일 마을에 살고 있다는 사실을 처음 알게 되었던 그날도 엄마는 동수 엄마의 수다 속에 있는 베트남을 찾아 떠나고 있었다.

목욕탕 물소리에 잠을 깨고 보니 손에 난쟁이 인형이 들려 있었다. 순기는 온몸에 이불을 감고 죽은 듯이 누워 있었다.

벌써 해가 떴어.

자리에서 일어나 난쟁이 인형을 가방에 넣었다. 발아래 널브러진 이부자리를 걷어 올렸다. 생리혈이 물감 자국처럼 번져 있었다. 순기를 한쪽으로 밀어내고 이불을 걷어 목욕탕으로 갔다. 맨날 그게 뭐고? 가시나가. 좀 조심성이 있어야지. 변기에 앉아 일을 보고 있던 엄마가 내 엉덩이를 툭 쳤다.

한 달에 한 번 몸속에 저장되었던 영양분이 몸 밖으로 빠져나와 팬티를 적시고 이불을 적셨다. 중학교 1학년 때부터 시작된 생리는 중학교 3학년이 된 지금까지 잊지 않고 내 몸 밖으로 흘러나와 흔적을 남겼다. 생리혈이 묻은 자리에 비누를 묻혔다. 이불자락을 지르잡아 문지르자 선명했던 자국이 옅어졌다. 짙은 붉은색이 옅은 선홍색으로 변하는 동안 코끝으로 비릿한 냄새가 올라왔다. 이불에 남아 있던 혈흔을 헹구어 마당에 있는 빨랫줄에 걸었다. 멀리서 불어오던 바람이 이불을 너풀거리며 지나갔다.

불룩한 배에 안경을 쓴 수학 선생님은 유리수와 무리수에 대해 설명했다. 숫자들을 왼쪽과 오른쪽으로 나누어 놓고 그 것들을 서로 더하거나 빼는 동안 칠판은 흰색으로 변해갔다. 칠판 가득 들어찬 숫자들 위로 난쟁이 인형이 풍선처럼 떠올랐다. 빨간 모자를 쓴 난쟁이 인형은 선생님이 눌러쓴 숫자 위를 폴짝거리며 뛰어다녔다. 그러더니 필기를 하고 있는 아이들을 지나 내 노트 위로 날아왔다. 종이 울리자 잠에서 깨어난 아이들이 떠들기 시작했다. 수업 시간 내내 인형을 쥐고 있던 손이 축축했다. 주머니에서 손을 꺼내 바지에 문질렀다.

빨리 집으로 가고 싶었다.

그래 이제 집으로 가는 거야.

집으로 돌아오는 버스 안에서도 인형을 쥐고 있었다.

네 손은 따뜻하고 부드러워.

버스가 언덕으로 올라서자 독일마을 이정표가 보였다. 삼동리 정류장까지는 세 코스를 더 가야 했지만 하차를 하기위해 일어났다. 생리통이 시작되던 날 처음으로 독일마을 어귀까지 가보았다. 그날 처음 독일마을의 빨간 지붕은 붉은색 기와로 만들어졌다는 사실을 알게 되었다. 버스가 정류장에 멈췄다. 문이 열리고 길 위로 내려서는데 독일 할머니의 뒷모습이 보였다. 할머니는 구슬 달린 지갑을 손에 들고 버스에 올랐다. 잠시 후 버스가 멀어졌다.

언덕을 올라가야지.

난쟁이 인형을 쥐고 있는 손바닥이 간지러웠다. 손아귀에 힘을 줬다. 손 가득 난쟁이 인형의 몸피가 느껴졌다. 인형을 거머쥔 채 독일마을 입구를 향해 걸었다. 인기척이 뜸한 독일마을은 언제나 그림 속 풍경 같았다. 모든 것이 그 자리에 멈춰버린 듯 조용했다. 붉은 벽돌 길이 내 발소리를 듣고 깨어났다.

안녕, 안나?

벽돌 길의 인사를 들으며 한 발짝씩 걸음을 내디뎠다. 마을의 세번째 집 테라스가 가까워지자 가슴이 요동치기 시작했다.

아무것도 아니야. 그냥 지나가면 돼.

세번째 집 지붕은 붉게 빛났다. 테라스 창문이 반쯤 열려 있었지만 아무도 보이지 않았다. 산타할아버지 수염을 한 독일 할아버지가 테라스에 나와 멀리 수평선을 바라보곤 했다. 하지만 오늘은 할아버지 모습이 보이지 않았다. 테라스 밑에 있는 조그마한 화단 앞을 빠른 걸음으로 지나쳤다.

변한 건 아무것도 없어.

빨간 모자의 난쟁이 인형이 서 있던 자리는 푹 파인 채 텅 비어 있었다.

초록 모자야. 초록 모자. 어서. 빨리.

화단 쪽으로 걸음을 옮기자 가슴이 답답했다. 심장이 달아나야 한다고 말하는 듯했다. 하지만 난쟁이 인형을 거머쥐고 싶은 손은 심장의 소리를 듣지 않았다. 낮은 담장 안에서 빙긋 웃고 있는 난쟁이 인형을 주머니에 감추고 돌아섰다.

뒤돌아보지 마. 아무 일도 없었어. 길을 보며 걸어. 하나, 둘, 하나, 둘. 장단을 맞춰야지.

잰걸음으로 돌아온 집 마당에는 아침에 널어두고 간 이불이 바람에 날리고 있었다. 조심스럽게 방문을 열었지만 아침의 흔적만 홍건할 뿐 아무도 보이지 않았다. 방문을 닫고 주머니에서 초록색 모자를 쓴 난쟁이 인형을 꺼냈다. 왼쪽으로 고개를 기울인 난쟁이 인형은 허공을 향해 웃고 있었다. 반대편 주머니에 들어 있는 빨간 모자의 난쟁이 인형도 꺼냈다.

손바닥 위에 나란히 올려놓은 난쟁이 인형 두 개가 형광등 불빛을 받아 반짝였다.

이제 됐어.

왼쪽과 오른쪽 주머니에 난쟁이 인형을 하나씩 넣고 손가락으로 문질렀다. 차갑고 매끄러운 감촉이 손끝을 타고 온몸으로 퍼졌다.

해변에 누워있는 사람이 아버지임을 확인한 엄마의 얼굴이 창백하게 변했다. 발치에 서 있던 내 눈에 아버지의 발이 보였다. 아버지의 발바닥은 하얗게 변해 있었다. 바다에서 돌아온 아버지는 선홍색 발바닥을 걸레로 문질러 닦곤 했다. 하지만 간이침대에 누운 아버지의 발바닥은 더 이상 선홍색이 아니었다. 파리하게 변한 아버지의 발바닥을 보고 있자니 갑자기 추위가 몰려왔다. 지난가을 사흘 만에 해경 경비정에 실려 온 아버지의 입술은 물건리 앞바다의 물결처럼 파랬다. 아버지의 시신을 본 엄마는 알아듣지 못할 베트남 말로 무어라 중얼거렸다. 엄마의 읊조림이 내 몸을 옥죄며 휘감아 도는 듯했다. 순기 아버지. 엄마의 낯선 목소리와 순기 애비를 부르는 할머니의 거친 숨소리가 물건리 바닷가 바위틈으로 사라져갔다.

장례가 끝난 날 밤 엄마는 잠든 순기와 내 머리맡에 우두커니 앉아 있었다. 엄마가 읊조리는 베트남 말이 내 얼굴로 기어올랐다. 그것들은 순식간에 흘러내려 아랫배를 찔러대기 시작했다. 엄마의 슬픔을 모르는 척하고 싶었지만 견딜 수 없는 통증이 밀려왔다. 내 입 밖으로 터져 나온 신음 소리에 엄마가 몸을 움직였다. 안나야. 왜 그라는데? 어눌한 경상도 사투리가 푹 삶긴 우거지처럼 귓가에 와 얹혔다. 왜? 어디 아프나? 허깨비 같은 엄마의 손이 내 이마에 닿는 순간 통증이 몸 밖으로 터져 나왔다. 안나야! 엄마의 떨리는 목소리를 들으며 힘겹게 자리에서 일어났다. 배가…… 말라붙은 입술 사이로 한마디가 새어 나왔다. 이부자리에 생리 자국이 뱀처럼 똬리를 틀고 있었다. 그때 엄마의 그림자가 얼굴을 스치고 지나갔다. 배의 통증은 허리를 지나 허벅지 어딘가를 콕콕 찌르기 시작했다. 그날이네. 약 먹어라. 엄마가 알약과 물컵을 내밀었다. 검게 그을린 엄마의 팔이 눈앞에 나타나자 통증은 더욱 심해졌다. 방바닥에 배 깔고 누워 있어라. 그라믄 좀 나아질 기다. 고통이 엄습해 온 것은 엄마의 베트남 말 때문이라고 생각했다. 동그랗게 말리기도 하고 매끄럽게 기어 다니다 중간중간 끊어지는 단어들이 내 몸 어딘가를 끝없이 찔러대는 것만 같았다. 그게 그런 거다. 생전 없다가 있기도 하고. 있다가 없기도 하고. 엄마는 서랍에서 내의를 꺼내주고는 방문을 닫았다. 베트남에서 나고 자란 엄마도 나처럼 생리통을 앓았다고 했다. 저렇게 둥글납작한 말들을 온몸에 품고 사는 엄마도 나처럼 생리를 하고 배가 아프다는 사실이 믿기지 않았다.

그날처럼 통증을 견디기 위해 방바닥에 배를 깔고 누웠다. 잠들어 있는 순기의 얼굴이 어슴푸레 보였다. 두 다리를 뻗고 잠들어 있는 순기의 얼굴에도 그것들이 기어 다니고 있었다. 엄마의 혼잣말은 순기 얼굴을 파고들어 납작하게 눌어붙었다. 순기 얼굴 어딘가에 숨어 있었던 아버지가 베트남 단어로 뒤덮이더니 이내 사라져버렸다. 순기의 얼굴을 숨죽이며 바라보다 자리에서 일어나 내의를 갈아입고 다시 누웠다. 곁에 누워 있는 순기의 변해버린 얼굴, 아니 처음부터 그랬던 얼굴이 어둠 속에 선명하게 드러났다. 꼬리가 내려앉은 큰 눈, 낮고 평퍼짐한 코, 꼭 다물고 있어도 불룩하게 튀어나온 입술. 그런 순기의 얼굴 위에 내 얼굴이 겹쳐지자 심한 오한이 들었다. 온몸에 이불을 감고 오한을 이기려 애쓰는 동안 머릿속에 있던 아버지의 얼굴이 서서히 사라졌다. 툭 불거진 눈자위가 옴폭한 종지처럼 얕아지더니 어느새 흔적 없이 사라졌다. 금산 봉우리를 닮았던 콧방울도 일렁이는 파도에 씻겨 내려갔다.

주머니 속 난쟁이 인형의 매끄러운 감촉을 느끼며 선잠이 들 무렵 마루에 걸려 있던 벽시계가 다섯시를 알렸다. 엄마와 할머니가 저녁 장사를 나갈 시간이었다. 나는 허리가 아픈 할머니를 대신해 엄마를 도와야 했다. 열여섯 살이면 다 컸다. 우리 옆에서 장사 도와라. 옛날 같으면 시집갈 나인데 그걸 왜 못한단 말이고. 어판장에 나가기 싫어 칭얼댈 때마다 할머니로부터 들어야 하는 말이었다. 생리통을 달래기 위해 누운 탓인지 잠이 가시지 않았다. 선잠을 걷어내는 것은 언제나 힘들었다. 어판장으로 가는 동안 빨간 난쟁이 인형과 초록 난쟁이 인형은 외투 주머니에 있었다. 인형들은 내 발소리에 맞춰 숨을 쉬는 것 같았다. 어판장 곳곳에 버려진 생선 찌꺼기를 피해 엄마와 할머니 곁으로 갔다. 춥다. 대강 팔고 들어오거라. 할머니는 내가 엄마 곁으로 다가가자 고무장갑을 챙겨 집으로 향했다. 엄마는 아무 말 없이 생선이 가득한 함지를 들고 앞장서 걸었다. 나는 바닥에 고여 있는 구정물을 피해 가며 엄마 뒤를 따랐다.

긴 머리를 한 가닥으로 묶은 엄마의 뒷모습은 빛바랜 아오자이를 닮았다. 아오자이를 입은 엄마는 십오 년 전에 찍었다는 사진 속에 있었다. 아버지와 나란히 웃고 있는 엄마의 모습은 아오자이를 입은 인형 같았다. 아오자이 대신 푸른 몸뻬 바지를 입고 있는 엄마가 동수 엄마 옆에 앉아 꽂게 사소를 외쳤다. 나는 주머니 속 난쟁이 인형을 만지작거리며 엄마 곁에 앉았다. 어판장 뒤로 길게 늘어선 플라타너스의 앙상한 가지가 바람을 이기지 못하고 일렁였다.

방풍림은 육백 년이 넘도록 물건리 마을을 지키고 있었다. 할머니는 방풍림이 해풍을 막아주어 마을이 안전한 거라고 했다. 방풍림은 큰바람과 작은 바람, 하늘에서 내려오는 바람과 바다에서 올라오는 바람을 골고루 섞어 부드럽게 뭉치고 으깨며 그 세월을 버티고 있었지만 내 안의 베트남과 엄마의 베트남은 쉬 뭉쳐지지 않았다.

엄마의 흥정이 끝나는 것을 보고 있던 내가 비닐봉지를 열었다. 꽃게 한 무더기가 검정 비닐 안으로 쏟아졌다. 독일 할머니가 지갑을 열어 돈을 건넸다. 고맙습니다. 엄마가 돈을 받아 들며 웃었다. 오늘은 많이 사 가네요. 동수 엄마도 바지락 한 바가지를 비닐봉지에 여미며 거들었다. 오늘 이웃끼리 저녁 모임이 있어서. 독일 할머니는 묵직한 비닐봉지를 받아 눈대중을 했다. 몇 명이나 자실라고? 동수 엄마가 애살스럽게 물었다. 한 네다섯 명 될라나…… 이만하면 될 것 같네. 그럼 많이 팔아. 할머니는 난전에 널린 생선 더미를 이리저리 살피더니 이내 걸음을 옮겼다.

그만하면 먹고 살 만하다더만 할매가 그리 볼멘소리를 한다네. 독일 할머니가 사라지자 바지락 한 바가지를 퍼 담으며 동수 엄마가 목소리를 낮췄다. 무슨 소리를 했는데, 행님. 할머니에게 받은 돈을 주머니에 넣으며 엄마가 물었다. 뭐, 남해군수라는 사람이 고향에서 돌아가시야 안 되겠냐고, 그래서 자식이고 뭐고 다 버리고 왔는데 밤이고 낮이고 외지 사람들이 기웃거려서 통 살 수가 없다고. 동수 엄마는 비밀스러운 무엇인가를 알려주기라도 하는 듯 낮은 목소리로 중얼거렸다. 엄마는 함지에 붙어 있는 꽃게 부스러기를 쓸어 바닥에 버리며 고개를 주억거렸다. 그래서 할매가 독일로 갈라 한단다. 동수 엄마는 세상에서 가장 은밀한 비밀을 알려주는 듯한 표정으로 속삭였다. 아이고, 그러면 우리는 어짜노. 우리 단골인데. 엄마는 동수 엄마를 향해 홍감을 부리며 자리에서 일어났다. 행님, 우리는 인자 가요. 장사 마저 하고 오세요. 엄마가 함지를 머리에 이며 동수 엄마에게 인사를 했다.

방풍림이 끝나는 언덕 모서리에 있는 집 마당에 어느새 밤이 찾아들었다. 저녁을 준비하던 할머니가 엄마를 돌아보며 고갯짓을 했다. 뭣이 왔다. 할머니가 가리킨 곳은 서랍장 위였다. 전화기 옆에 놓인 흰 봉투에 둥글고 납작한 글자들이 쓰여 있었다. 엄마는 손도 씻지 않고 봉투를 들어 올렸다. 고향 소식에 함박웃음을 짓는 엄마를 뒤로하고 방문을 닫았다. 순기는 컴퓨터 오락을 하는 모양인지 화면에서 눈을 떼지 않았다. 나는 외투를 벗어 옷걸이에 걸고 주머니에서 난쟁이 인형을 꺼냈다. 고개를 하늘로 쳐들고 있는 빨간 모자의 난쟁이 인형과 허리를 굽힌 채 고개를 돌리고 있는 초록 모자의 난쟁이 인형을 가방에 넣었다.

마루에서 들려오는 소리가 천장을 콩콩 울렸다. 뭐고? 할머니가 물었다. 어머니, 우리 동생이 아들을 낳았는데 그 아기가 나를 닮았다고 친정엄마가 그랬다네. 엄마의 어눌한 경상도 사투리가 통통 튀어 방문을 두드렸다. 베트남에는 이모들과 삼촌들이 있다고 했다. 모두 합쳐 여덟 명이나 되는 형제가 있다는 엄마는 순기와 나를 보며 그들을 떠올렸다. 아이고, 사돈이 얼마나 좋아하겠노. 할머니는 한 번도 만난 적이 없는 엄마의 부모님을 언제나 사돈이라 불렀다. 저녁 밥상 앞에 앉은 엄마는 아오자이를 입었던 사진 속 그때의 얼굴로 돌아가 있었다. 엄마에게서 이모 이야기를 듣던 순기가 외갓집에 언제 가냐며 졸라댔다. 나중에. 순기 다 커서 장가갈 때. 엄마는 나란히 앉은 순기의 머리를 쓸어내리며 흐뭇하게 웃었다.

나는 그들의 대화 속에 둥글고 납작하게 엎드려 있는 베트남을 피해 방으로 갔다. 방문을 닫고 가방을 열었다. 초록 모자의 난쟁이 인형은 얼굴 칠이 벗겨져 있었다. 색이 벗겨진 곳은 검고 딱딱한 나뭇결이 드러나 있었다. 비바람에 벗겨졌을 그 자리를 어루만지자 손가락 끝으로 차가운 바람이 지나가는 듯했다.

처음 아오자이를 입었던 날, 내 머릿속에도 바람이 불었다. 그 바람은 엄마의 고향에 가고 싶었던 나를 물건리 방풍림 밖으로 내몰았다. 옷장 서랍 깊숙한 곳에 넣어두었던 아오자이는 누렇게 변해 있었다. 오랜 세월 빛을 보지 못한 옷감에서 눅눅한 좀 내가 났다. 아오자이를 입으면 사진에 있는 엄마처럼 예뻐질 거라 생각했다. 툭 불거진 입술이 얇고 가늘게 펴질 거라 생각하며 떨리는 손으로 옷을 갈아입었다. 하지만 바짓단은 발목 위에 볼품없이 늘어졌고 억지로 껴입은 상의는 미어졌다. 아랫단에서 허리까지 이어진 슬릿은 내장을 꺼낸 생선 배처럼 볼품없이 벌어졌다. 거울 속에 비친 모습은 늘어진 파자마 위에 작은 원피스를 억지로 껴입은 꼴이었다. 친구들이 기다리는 마루로 나가야 했지만 꼼짝할 수 없었다.

안나 엄마는 완두콩, 강낭콩, 베트콩. 동수가 놀려댔다. 난 아이들을 향해 우리 엄마는 너희가 한 번도 본 적 없는 신기한 옷을 가지고 있다고 큰소리쳤다. 하지만 아이들은 내 말을 믿지 않았다. 순 거짓말이다. 안나 엄마가 그 옷 입은 것 본 사람. 동수는 모여든 아이들을 향해 소리쳤다. 있다니까. 나는 그런 동수를 향해 암팡지게 내질렀다. 그러면 한번 가져와 봐. 동수의 말에 아이들은 보여달라며 성화를 부렸다. 그래. 우리 집으로 가자. 나는 큰소리치며 앞장서 걸었다.

엄마의 아름다운 베트남을 아이들에게 보여주려고 한 것인데 거울 속에 비친 모습 그대로는 아이들 앞에 나갈 수 없었다. 다시 옷을 갈아입고 마루로 나가자 아오자이를 기다리던 아이들은 실망스러운 표정을 지으며 밖으로 몰려 나갔다. 동수는 멀뚱히 서 있는 나를 향해 혀를 날름하더니 문을 닫고 나가버렸다. 골목에서 안나 엄마는 완두콩, 강낭콩, 베트콩 하는 소리가 들렸다. 방구석에 허물처럼 늘어진 아오자이를 보자 눈물이 났다. 펑퍼짐한 콧등 옆으로 골 져 흐르는 눈물을 닦으며 엄마는 거짓말만 하는 나쁜 사람이라고 소리쳤다. 엄마가 들려주던 스타애플도, 세상에서 가장 맛있다는 두리안도 모두 거짓말일 거라고 고함쳤다. 아무도 없는 집이 쩌

렁쩌렁 울렸지만 몇 번이고 반복해 소리쳤다.

나의 까무잡잡한 피부와 펑퍼짐한 코는 어디를 가나 사람들의 시선을 끌었다. 외국인이냐고 묻는 사람들 앞에서 유창한 경상도 사투리로 남해 물건리에 사는 김 안나라고 대답했다. 순기와 나에 대한 사람들의 궁금증은 엄마의 어눌한 말투 때문이라고 생각했다. 아지매 아까무스 사소. 멸치 털러 안 가요. 플라스틱 슬리퍼를 신고 어판장 여기저기를 돌아다니며 내뱉는 엄마의 헝클어진 음절들이 거머리가 되어 내 온몸을 휘감는 것만 같았다. 그날 이후 비행기를 타고 베트남으로 가리라던 내 꿈은 사라졌다.

버스가 정류장에 들어섰다. 독일마을 언덕의 햇살은 일주일 전과 같이 반짝였다. 버스를 내리기 위해 자리에서 일어섰다. 가방에 넣어둔 인형이 달그락거렸다. 멀리 보이는 울창한 방풍림이 바람을 이기지 못해 이리저리 흔들리고 있었다. 달리던 버스가 멈추고 문이 열렸다. 유난히 선명한 검은 아스팔트의 매끄러운 감촉이 발바닥에 느껴졌다. 나를 내려준 버스는 언덕 너머로 사라졌다.

안녕, 안나.

마을의 빨간 벽돌길이 인사를 했다. 장난감 같은 집들이 반짝이는 햇살 속에 묵묵히 앉아 있었다. 세번째 집 테라스가 보였다. 테라스의 창문은 닫혀 있었다.

지금이야. 어서 빨리.

길 위에 아무도 없음을 확인하고 화단 쪽으로 돌아섰다. 화단에는 삼지창을 쥐고 엉덩이를 삐죽이 내민 노란 모자의 난쟁이 인형 하나가 놓여 있었다. 두 개의 인형이 사라진 자리에는 이제 막 돋아나기 시작한 새싹이 빼곡히 자리 잡고 있었다. 3월의 바람이 일주일 동안 남긴 흔적이라고 하기에는 너무 작고 초라한 것이었다. 갑자기 불어온 바람이 돋아난 새싹의 작은 잎을 흔들었다. 그 모습에 놀라 가슴이 고동치기 시작했다.

아무도 없어. 빨리.

심장이 달아나야 한다고 말하는 것 같았다. 하지만 손은 심장의 말을 듣지 않았다. 낮은 담장 안에 있던 난쟁이 인형을 주머니에 감추고 돌아섰다.

뒤돌아보지 마. 아무 일도 없었어. 길을 보며 걸어. 하나, 둘, 하나, 둘. 장단을 맞춰야지.

마지막 집 모퉁이를 돌아서는 순간 언덕을 따라 걸어오는 독일 할아버지가 보였다. 심장은 엄청난 소리를 내고 있었다. 안나가? 독일 할머니가 할아버지 뒤에서 나타났다. 여는 무슨 일이고? 할머니는 할아버지 곁으로 다가와 나란히 섰다. 나를 향해 웃고 있는 할아버지의 보드라운 미소가 난쟁이를 닮아 있었다. 아무 말 없이 주머니에 있는 인형을 움켜쥐었다. 여기까지 왔는데, 우리 집에 가보자. 할머니는 내게로 다가오며 할아버지를 향해 무어라 말 했다. 한동안 할머니 말을 듣고 있던 할아버지가 알아들을 수 없는 말을 쏟아냈다. 나는 할아버지의 말끝에 붙어 나온 안나라는 소리에 인사를 했다. 안녕하세요? 할아버지가 길을 안내하겠다는 듯 앞장서 걸었다. 할머니와 나란히 걷고 있는 내 몸이 조금씩 굳어졌다. 친구 집에 온 거가? 할머니는 천천히 발걸음을 옮기며 물었다. 네. 떨리는 목소리로 답은 했지만 손바닥은 축축하게 젖어 있었다.

세번째 집 테라스 앞에 멈춰 선 할머니는 들어오라며 손짓을 했다. 곧이어 테라스 창문이 열리고 할아버지가 나타났다. 할머니는 계단 끝의 문을 열어둔 채 집 안으로 들어갔다. 난 난쟁이 인형을 움켜쥔 채 계단을 올랐다. 계단참에서 화단을 내려다봤다. 난쟁이 인형 세 개가 사라진 자리는 운동장만큼이나 넓어 보였다.

집 안에 들어서자 야트막한 거실이 나타났다. 할아버지가 열어놓은 창으로 물건리 앞바다의 수평선이 보였다. 거실에는 한 번도 본 적 없는 작고 앙증맞은 장식품들이 놓여 있었다. 낮은 탁자와 붉은색 소파, 화려한 촛대까지. 텔레비전에서 본 물건들이 눈앞에 펼쳐져 있는 것 같아 신기했다. 할머니 집 창밖으로 보이는 물건리 앞바다만 아니라면 외국의 어느 도시에 와 있는 것은 아닌가 하고 착각할 정도였다. 인형 때문에 굳어 있던 몸이 스르르 풀리며 다리가 후들거렸다. 왜 그러고 섰노, 이리 앉아라. 할머니는 장미가 그려진 접시에 포장된 사탕 뭉치를 내놓았다. 할아버지는 나에게 연신 말을 걸었지만 알아들을 수 없었다. 할머니는 그런 할아버지를 물끄러미 바라보다가 입을 열었다. 손자 생각이 난단다. 우리 자식들은 다 독일에 있는데 내가 고집을 부려서 왔기는 왔다만…… 할머니는 말끝을 흐렸다. 고향이라고 찾아오긴 했는데 이 꼴이 나고 보니 할배한테 내가 면목이 없다. 면목이 없어…… 할머니는 혼잣말을 되뇌며 멀리 수평선 쪽으로 고개를 돌렸다. 안나야, 엄마가 베트남에서 왔제? 그래서 내가 네 엄마한테 정이 간다. 내가 독일 갔을 때 생각이 나서. 할머니는 사탕 한 알을 내게 건넸다. 고맙습니다. 내 목에서 흘러나온 말소리는 납작하지도 둥글게 말려 있지도 않았다.

테라스 밖을 내다보던 할아버지가 소파로 다가와 앉자 의자가 살짝 기울었다. 할머니와 할아버지는 한동안 대화를 이어 갔다. 네가 참 예쁘게 생겼단다. 할머니가 나를 향해 웃었다. 하얀 머리의 할머니와 하얀 수염의 할아버지가 나란히 나를 보고 있었다. 난 입안의 사탕을 이리저리 굴리며 할머니 이야기를 들었다. 자식이고 손자고 독일에 다 두고 왔는데 내가 할아버지한테 미안해가 어찌할 바를 모르겠다. 할머니는 말을 멈추고 소파에 기대앉은 할아버지 손을 쓰다듬었다. 할아버지는 작은 찻잔을 기울일 뿐 아무 말이 없었다. 주머니에 넣어 둔 난쟁이 인형의 삼지창이 옆구리를 찔렀다. 순간 입에서 '읍' 소리가 났다. 하지만 아무도 그 소리를 듣지 못했다. 조심스럽게 손을 주머니로 가져갔다. 삼지창 끝이 옷섶에 끼어 있었다. 손을 움직여 옷섶에 낀 삼지창을 뺐다. 우리는 여기서 편안히 살 수 있게 해준다고 해서. 할머니는 잠시 말을 끊었다. 순간 무엇인가 내 등을 눌렀다. 가방에 넣어둔 빨간 모자와 초록 모자 인형이 떠올랐다. 그제야 나는 가방을 메고 소파에 기대어 앉아 있음을 깨달았다. 할머니가 말을 멈춘 순간에 가방을 벗어 소파 옆에 내려놓았다. 하나 더 먹어라. 할머니는 사탕을 내밀었다. 어서 독일로 가야지. 집을 기웃거리는 사람들에 대한 불만이 볼 가득 터져 나왔다. 그래서 독일로 돌아가려고 한다고 했다. 난쟁이 인형의 삼지창이 다시 옆구리를 찔렀다.

아무 말 없이 할머니와 나를 지켜보던 할아버지가 테라스 쪽으로 걸어갔다. 할머니는 더 놀다 돌아가도 되는지 물었고, 나는 이제 가보겠다며 일어섰다. 곁에 내려두었던 가방을 어깨에 둘러메고 계단을 내려서는데 할아버지의 근심스러운 얼굴이 보였다. 할아버지는 화단을 내려다보고 있었다. 현관 입구에서 인사를 하고 물건리를 향해 뛰었다. 가방 속 난쟁이 인형들이 요란한 소리를 내며 출렁거렸다.

현관문을 열자 엄마의 호통 소리가 들렸다. 가시나, 어딜 그리 돌아다니노? 순기 숙제 좀 해주지. 엄마는 빨래를 손질하며 늦게 돌아온 나를 책망했다. 오늘은 생선 장사를 하지 않았던 것 같았다. 비린내 대신 섬유린스 냄새가 마루 가득 퍼졌다. 방으로 들어와 주머니의 인형을 꺼내 가방에 넣었다. 순기는 컴퓨터 화면에 고개를 박고 있었다.

저녁을 먹고 난 뒤 순기 숙제를 시작했다. 순기의 숙제는 엄마와 아빠에 대해 글을 써가는 거였다. 하지만 순기는 제 숙제는 당연히 내가 해야 한다는 듯이 무심했다. 순기의 노트를 펼쳐놓고 엄마에 대해 써 내려갔다. 고향은 베트남 메콩 델타, 나이는 38세, 이름은 콩씨앙 란. 마루에서 텔레비전을 보며 앉아 있는 엄마의 뒷모습이 난쟁이 인형처럼 작아 보였다. 연필을 들고 노트를 뚫어져라 바라보았지만 더 이상 아무것도 떠오르지 않았다. 순기 가방에 노트를 넣고 자리에 누웠다. 난쟁이 인형들이 검은 눈동자를 굴리며 나를 보고 있는 것 같았다.

바다 위로 얼굴을 내민 악어는 육백 년을 버티고 선 플라타너스 나무 위로 기어올랐다. 악어는 큰 입을 벌리고 나무 위에 앉아 잠이 들었다. 살랑거리는 바람을 타고 온 난쟁이 인형 삼 형제는 하얀 아오자이를 입고 악어 등에 앉아 다리를 흔들었다. 난쟁이의 뾰족한 고깔모자 위에 스타애플과 두리안이 주렁주렁 매달렸다. 물건리 앞바다에 불던 바람이 향긋한 과일 향을 몰고 독일마을을 향해 내달렸다. 나는 바람을 잡아타고 독일마을 세번째 집 테라스로 갔다. 엄마는 테라스에서 머리카락을 말리고 있었다. 검고 탐스러운 엄마의 머리카락이 바람에 살랑거렸다. 둥글납작한 엄마의 콧방울이 햇살을 받아 반짝였다. 촉촉하게 젖은 엄마의 머리카락에서 호아마이방 향기가 났다. 순기는 거실에 앉아 난쟁이 인형이 들고 있던 삼지창으로 파파야를 찍어 먹었다. 독일 할머니와 할아버지는 울타리를 넘어 테라스 아래 화단으로 갔다. 울타리안에서 난쟁이들처럼 환하게 웃으며 허공을 보고 있는 할머니는 하얀 아오자이를 입고 있었다. 당장이라도 떠날 것 같은 노부부의 모습 뒤로 짧고 앙증맞은 그림자가 드리워졌다.

이거 어디서 났는데? 난쟁이 인형이 눈앞에 떠올랐다. 잠이 덜 깬 내 눈앞에 웃고 있는 난쟁이 인형은 초록색 모자를 쓰고 있었다. 누가 준 건데? 순기는 난쟁이 인형을 허공으로 들어 올렸다. 빨리 도! 잠이 덜 깬 목에서 마른기침이 났다. 누가 준 거냐니까? 순기는 의심스럽다는 표정으로 방바닥에 앉아 있는 나를 내려다보았다. 일어났으면 밥 먹지 뭐 하노? 엄마의 눈이 순기 손에 들려 있는 난쟁이 인형에게로 갔다. 이게 뭐고? 엄마는 순기 손에 들려 있는 난쟁이 인형을 뺏었다. 누나 가방에 있던데. 순기는 이부자리에 앉아 있는 나를 한번 내려다보더니 마루로 나가버렸다. 엄마의 질문이 시작되기 전에 이부자리에서 벗어나고 싶었다. 하지만 나의 바람과 달리 초록 모자를 쓴 난쟁이 얼굴이 눈앞에 불쑥 나타났

다. 어디서 났노? 엄마가 뱉어낸 단어들이 둥글고 납작하게
방바닥으로 떨어졌다. 눈앞에서 흔들리던 초록 모자가 잠시
사라지는가 했더니 이내 빨간 모자와 노란 모자의 난쟁이들
이 눈앞에 나타났다. 언제부터고? 엄마는 다짜고짜 물었다.
왜 남의 물건 가지고 그러는데! 나는 엄마를 노려보았다. 엄
마의 눈가에 흐릿한 그림자가 드리웠다. 사진 속에서 웃고 있
던 엄마의 가느다란 허리는 늘어진 몸뻬 바지에 가려져 있었
다. 엄마는 서랍 안에 아오자이가 있다는 것도 잊은 채 살아
가고 있는 것 같았다. 빛바랜 아오자이를 닮은 엄마의 모습을
노려보는 것은 숨차고 힘든 일이었다. 낡은 아오자이를 닮은
엄마의 베트남이 나에게 준 것이라곤 넓고 펑퍼짐한 코와 얼
룩덜룩 볼품없는 얼굴뿐이라고 소리 지르고 싶었다. 알록달
록하고 예쁜 인형을 가지면 왜 안 되는 것이냐고 되물어야 했
다. 하지만 소리는 몸 안에서 맴돌 뿐 몸 밖으로 나오지 않았
다. 언제부터 거기 갔냐고! 엄마의 목소리가 방을 울렸다. 엄
마가 무슨 상관인데! 난 엄마 손에 들린 인형을 뺏었다. 엄마
는 더 이상 아무 말도 하지 않았다. 그러나 잠시 후 검고 거친
엄마의 손이 뺨으로 날아왔다. 한쪽 뺨이 얼얼하고 눈물이 돌
았다. 엄마는 바닷바람을 맞으며 서 있는 방풍림처럼 온몸을
떨며 나를 쏘아봤다. 나는 그런 엄마 앞에 주저앉았다. 한동
안 말없이 서 있던 엄마가 방문을 닫고 마루로 나갔다. 나는
뺨을 움켜쥔 채 방바닥에 앉아 있었다. 그렇게 앉아 있자니

물건리 앞바다에 떠 있는 바위섬이 된 것 같았다.

　그동안 주머니 안에서 말을 걸어오던 난쟁이 인형을 손바닥에 올렸다. 인형들의 눈을 천천히 들여다봤다. 난쟁이 인형의 검고 깊은 눈동자 속 어딘가에서 파도 소리가 들리는 것 같았다. 테라스 안에서 바람을 맞으며 서 있었던 녀석들이 내 손안에서 멋쩍은 미소를 짓는 동안 아침 햇살이 방 안으로 밀고 들어왔다. 밥 먹고 학교 가라. 문밖에서 엄마가 소리쳤다.

　저녁노을이 지고 있는 독일마을은 조용했다. 인적이 드문 길에서 바라본 세번째 집 테라스의 창은 열려 있었다. 그림자를 드리운 테라스 아래 화단은 조금 어두웠다. 하지만 노을이 비추는 화단 가의 꽃들은 제 색을 뽐내는 듯 한들거렸다. 종일 가방 안에 넣어두었던 난쟁이 인형을 꺼냈다. 물건리 앞바다에서 불어오는 바람에 창문이 삐걱거리더니 이내 잠잠해졌다. 인기척이 없음을 확인하고 화단으로 들어서자 퍼석한 흙무더기가 힘없이 바스러졌다. 화단 가장자리로 발을 옮기고 가슴에 끌어안은 난쟁이 인형을 화단에 내려놓았다. 앙증맞은 노란 모자와 빨간 모자의 난쟁이 인형을 화단에 내려놓자 자라난 잔디가 녀석들을 감쌌다. 마지막으로 초록 모자의 난쟁이 인형을 화단에 내렸다. 칠이 벗겨진 녀석은 영문을 모르겠다는 듯 멍한 표정을 짓는 것 같았다. 가슴이 아렸다. 구멍 뚫린 가슴으로 가느다란 바람이 '쉬' 소리를 내며 지나갔다.

그리고 그 틈으로 비집고 나온 아쉬움이 가슴 한쪽을 찔렀다.

화단 밖으로 나서자 방풍림에서 시작된 바닷바람이 불기 시작했다. 이유를 알 수 없는 갑갑함을 달래기 위해 크게 심호흡을 하고 길 위로 내려섰다. 제자리로 돌아간 난쟁이 인형의 웃음소리가 들려오는 듯했다. 테라스에서 독일 할머니와 할아버지가 나를 내려다보고 있었다. 불어오던 바람이 잦아들고 창문 닫히는 소리가 났다. 붉은 벽돌 길 위에 드리워졌던 그림자가 사라지고 있었다. 하늘을 보니 하얀 구름 한 덩이가 해를 가리며 흘러갔다. 하지만 물건리 앞바다는 햇살을 받아 시리게 빛났다. 곧이어 나타난 햇살이 언덕 아래로 이어지는 길을 비추기 시작했다.

희망을 향한 희귀한 열정

선성욱(문학평론가)

그리움의 크기만큼 외로운 사람들, 그렇게 어떤 결핍 속에서 나날의 고난을 살아내는 그 사람들에게 임회숙은 어떻게 해서든 희망을 전해주려고 한다. 그런 억지스러움은 정교하고 세련된 여느 소설들의 완미한 아름다움과는 질적으로 다른 것이다. 투박하고 고집스럽고 끈질기기까지 한 그 일관됨에서, 오히려 불미함의 어떤 순수한 힘이 느껴진다. 희망에 대한 간절한 염원을 담아낸 그의 작품들을 읽고 보니, 이 사람은 꼭 소설가가 되어야만 했겠구나, 그런 생각이 들었다. 어쩌면 그는 자기를 구원하려고 소설을 쓰게 된 것이 아니었을까. 그러니까 그것은 저마다의 생활을 감당하고 있는 사람들에게 전하는 격려나 위로이기 이전에, 스스로에게 보내는 굳센 다짐과도 같은 것이 아니었을까.

앎이란 앓음, 즉 앓는다는 것이기도 하다던 누군가의 말을 인상 깊게 기억하고 있다. '앓음앓이'라는 말과 같이 앓음으로써 도달하는 앎이야말로, 앎의 윤리적 실천이라고 할 수 있을 것이다. 그러나 대부분의 사람들은 겉으로 보이는 것만 보고서 섣부르게 아는 척을 한다. 성실한 앓음의 과정을 통과하지 않고, 그렇게 안이하게 타인을 안다고 해버릴 때 '악의 진부함(banality of evil)'이 실행된다. 진부함과 나태함을 가리키는 버낼러티(banality)는 앓음 없는 안락한 앎의 그 불성실을 함의한다. 한나 아렌트나 후지타 쇼조가 공히 그 인식론적 나태함의 비윤리성이 전체주의와 같은 악을 불러온다고 했다. 그러므로 잘 알지도 못하면서 함부로 규정짓거나 아는 척을 하는 것, 요컨대 그저 편안하고 진부하게 말하며 살아가는 것은 나도 모르는 사이에 크고 작은 악에 가담하는 것일 수 있다. 그래서 나는 어떤 앎에 이르기를 바라면서도, 진부함에 대한 그 두려움 속에서 조심스레 이 글을 시작하게 된다.

나는 이 작가를 오래전부터 알아왔는데, 이따금씩 만날 때면 그는 유쾌한 사람처럼 보였고 언제나 씩씩함이 느껴지는 사람이었다. 나는 그가 어떤 사람이라고 감히 말할 수 있을 만큼 그에 대하여 잘 알지는 못한다. 알고 싶고 애가 달아서 심히 앓아본 적도 없으면서, 안다고 하면서 쉽게 떠들어댈 수는 없는 것이다. 그래서인지 나는 임회숙이라는 사람을 떠올리면, 그 씩씩함과 유쾌함의 이면을 생각하게 된다. 간간이 읽어왔던 그의 단편들을 한자리에 모아서 하나의 호흡으로 읽고 나니, 어쩐지 나는 그 비밀스런 이면을 슬쩍 훔쳐본 기분이 들었다. 그러나 여전히 나는 이 사람을 안다고 말하지 못한다. 더 애틋하게 잃아낸다면 조금이나마 그를 더 알게 될 수 있을지는 모르겠지만. 그럼에도 이번에 한 가지 느낄 수 있었던 것이, 무엇보다 그는 희망을 말하고 싶어서 소설가가 된 것이 아닐까 하는 것이었다. 그는 소설을 멋지게 써내는 이름난 작가이기보다, 고난에 직면한 이들에게 삶이란 그래도 끝까지 살아내볼 만하다는 격려를 보내는 작가이기를 바라는 것 같다.

사는 것이 힘들어도 희망을 가져보자고 건네는 다독거림이라고 할까, 그의 소설들은 정말 하나의 예외 없이 이렇게 끝을 맺는다. "붉은 벽돌 길 위에 드리워졌던 그림자가 사라지고 있었다. 하늘을 보니 하얀 구름 한 덩이가 해를 가리며 흘러갔다. 하지만 물건리 앞바다는 햇살을 받아 시리게 빛났다. 곧이어 나타난 햇살이 언덕 아래로 이어지는 길을 환하게 비추기 시작했다."(「난쟁이의 꿈」) "물고기 모형 위로 달이 떴다. 구름을 뚫고 나타난 보름달은 금빛으로 빛났다."(「물고기」) "나머지 집기들을 모두 가게 밖으로 내놓고 돌아서는데 꽃비가 내리기 시작했다."(「쓸모 있다는 것」) "물음표를 닮은 낚싯바늘이 물 밑으로 가라앉았다. 얼마 지나지 않아 초릿대가 경쾌하게 흔들렸다."(「흔들리다」) "바다에서 시작된 바람이 내 뒤를 따라왔다. 바람은 점점 더 푹신해지고 있었다."(「닥스훈트 소시지 빵」) "호명되는 남편 이름을 듣고 앞으로 달려 나오는 여자들 뒤로 아침 해가 떠오르고 있었다."(「오늘은」) "강판에 오이 갈리는 소리가 경쾌했다. 싱그러운 오이 냄새에 기분이 맑아졌다."(「그들만의 리그」) 이처럼 고집스럽게 일관된 희망의 암시들, 과연 이것이 간절한 소망의 발원(發願)이 아니라면 무엇이겠는가.

나는 희망을 암시하는 결말의 이런 상투성이 결점이라고 생각하지 않는다. 그것은 글쓰기의 완성도나 예술의 탐미적 형상화와 같은 차원과는 또 다른, 한 작가의 삶에 대한 굳건한 태도를 보여준다고 여겨진다. 나는 그 상투적 반복에서 이 작가의 분명한 자의식을 엿본다. 임회숙이라는 소설가는 이렇게 쓰기로 마음먹은 사람이고, 그렇게 써야만 한다고 굳세게 다짐하고 있는 사람인 것이다. 평소에도 그는 현학의 치장으로 배배 꼬인 그런 글들의 지루함에 대하여, 형이상학적 깊이를 가장하는 입발린 가짜들의 위선에 대하여 불만을 숨기지 않았다. 이 시대의 유력한 증후로서 진정성의 상실이 운위되는 이때에, 범박하다 못해 상투적이기까지 한 방식으로 진정한 것에 대하여 말하려고 하는 이 작가의 시대착오적인 고집, 그 희귀한 열정을 나는 귀하게 여기고 싶다.

간난(艱難)한 삶은 모호한 관념이 아니라 생생한 육체적 현실이다. 내몰리고 밀려난 사람들의 곤궁한 처지는 의식주의 생활사를 통해 숨김없이 드러난다. 이 소설집은 이른바 '감천문화마을 연작'이라고 할 만한 작품들을 알뜰하게 묶었는데, 그간에 발표했던 몇몇 작품들이 빠져 있다는 것을 알수 있었다. 그러니까 그의 이 첫 소설집에는 그렇게 선별한 작가 나름의 뚜렷한 의도가 담겨 있을 것이다. 영화 「기생충」의 인상적인 반지하 주거지가 그런 것처럼, 경제적으로 취약한 자들의 공간은 대체로 눅눅한 지하이거나 냉열(冷熱)에 거의 무방비한 옥탑과 같이 누추하다. 비석마을 혹은 감천동의 문화마을이 아니더라도, 이 작가가 그리는 단편들의 주인공들은 대부분 산복도로 언저리의 산 중턱이나 산마루에 산다. 그런 곳들은 개발자본의 눈길에서마저 소외되어, 산업화다 뭐다 세상이 크게 변하는 동안에도 큰 변화 없이 정체되거나 지체되어 있다. 그처럼 누군가에겐 남루해 보일지도 모르는 그곳이 또 어떤 이들에게는 존엄한 생활의 역사가 이루어지는 인간의 장소라는 것을, 이 작가는 강조하듯이 거듭해서 이야기하고 있는 것이다.

여덟 편의 소설 중에 다섯 편이 감천의 문화마을을 배경으로 하고 있는데, 그중에서 「닥스훈트 소시지 빵」은 여타의 소설들에 대하여 일종의 원형을 이루는 작품이라고 할 만하다. 우선은 다른 소설들에서도 두루 등장하는 여자(안나)가 주인공으로 나온다는 점이 그렇다. 그 주인공 여자의 존재만이 아니라, 발의 기형 때문에 아이들에게 놀림을 받고 소외되었던 경험이라든가, 뱃일을 나갔다가 사고로 죽은 아버지의 부재, 베트남 사람인 생선 장수 엄마의 몸에 짙게 밴 지독한 비린내, 주민들에게는 일종의 침범이자 침해일 뿐인 마을의 복원과 재생을 이야기하고 있다는 것이 그러하다. 이런 것들은 약간의 변주를 통해 다른 소설들에서도 그대로 반복된다. 감천항에 있는 냉동회사의 사서로 일하는 안나는, 기형의 발이 당하는 수난을 통해서 그 고단한 삶을 표현한다. 안나의 발을 가엾게 쓰다듬던 아버지는 죽었고, 축축한 운동화 속에서 불어 터진 그 발에 마음을 써주던 남자는 주민센터의 외벽에 벚꽃을 그리는 작업을 마치고 마을을 떠났다. 쓸모를 잃고 버려진 고무장화처럼 쓸쓸하게 남은 안나는, 벚나무 언덕에서 바라보는 항구의 불빛과 길쭉한 핫도그에서 자기의 그 허허로운 마음을 달랠 수 있을 뿐이다.

공동묘지 위에 만들어진 그 마을(비석마을)에도 도움이 될 것이라며 봉안당을 복원하는 공사가 벌어지는데, 정작 안나와 그녀의 어머니는 복원과 재생의 이름으로부터 쫓겨나 이사를 떠날 수밖에 없다. 정체되고 지체되었던 개발의 위력이 복원과 재생의 프로젝트로 투사되는 시절이 오자, 그렇게 죽음의 자리에서도 끈질기게 생활을 일구며 살아냈던 사람들의 삶이 무례하게 침해당한다. "떠나고 돌아오는 배도 제자리가 있는데 엄마와 나에게는 자리가 없었다." 옆구리가 터져 물이 새어 들어오는 축축한 운동화마저 없다면 안나의 쓸쓸한 발은 어디에서 안식을 구할 수 있을까. 그러나 작가는 그 한 없는 절망의 순간이야말로 희망이 꽃피는 때라고 타이르듯 이, 벚꽃을 그리던 남자가 살았던 파란 대문 집으로 그 모녀를 데려다 놓는다. 바로 이것이 절대로 희망을 포기하지 않으며, 간절하게 소망을 발원하는 이 작가의 전형적 방법이다.

이 소설집의 곳곳에서 핫도그 먹는 여자 안나를 만날 수 있다. 「쓸모 있다는 것」의 엄마는 이기적이고 무능한 아빠를 대신해 핫도그 장사를 하며 세 가족의 생계를 책임져왔는데, 발에 붕대를 한 그 여자가 가게의 단골로 등장한다. 「물고기」에서는 뇌성마비 1급의 경련성 장애를 갖고 있는 서른 살의 호준이 주인공이다. 호준이 자기의 장애 때문에 집을 나간 아버지와 생활을 잃어버린 어머니의 상실감을 감당해야 하는 힘든 마음을 물고기의 환상으로 위로하려고 할 때마다, 감천항의 냉동회사에서 일하는 여자가 그 환상과 모종의 관계 속에서 등장한다. "여자는 이어폰을 꽂은 채 걷고 있었다. 나무 물고기는 그런 여자를 뒤따르며 촐랑거렸다. 꼬리를 흔들며 여자를 따라가고 있는 녀석은 마을 입구의 물고기 무리와 닮아 있었다. 직선의 몸피에 알록달록한 무늬가 있고 목에는 파란 줄이 그려져 있었다." 퇴근길의 여자가 손에 들고 있는 핫도그라든가, 공터에 있는 벚나무와 파란 대문 집이 그 여자가 안나일 수 있음을 암시한다. 물론 소설의 여기저기에 편재

(遍在)하는 이 여자들은 안나가 아닐 수도 있고 또 반드시 안나일 필요도 없다. 그러나 안나인지도 아닐지도 모르는 이 여자는 감천동을 배경으로 한 소설들을 서로 느슨하게 이어주면서, 생활의 도처에서 만나게 되는 여자의 그 편재 자체로써 일상에 만연한 고단함과 쓸쓸함을 상기시킨다. 그리고 또 한편으로 그것은 취약한 처지에 있는 이들의 마음을 서로 이어주기도 한다.

여기서도 다른 감천동 소설들에서처럼, 도시재생사업으로 회색 벽을 무지갯빛으로 바꾸거나 생선 상자로 만든 물고기 모형을 그 벽에 설치하지만, 부자유한 장애의 현실은 그런 재생의 희망을 담은 미술과는 거리가 멀다. 감천항이 내려다보이는 언덕에 위치한 복지관의 커피숍에서 일하는 호준은 그 바다를 볼 때마다 수영을 하고 싶다는 생각을 한다. 그것은 자신의 부자유한 신체를 벗어나고 싶다는 욕망과 함께, 아들의 장애를 있는 그대로 받아들이지 못하고 상실감에 빠져 있는 엄마를 자유롭게 해주고 싶다는 소망을 표현한다. 그 욕망과 소망은 물고기의 환상이라는 매개를 거쳐 제약받지 않는 유영(游泳)의 상상으로 비약한다. 호준이 자유를 열망하며 유영하는 물고기의 환상을 좇다가 지게차에 치이는 사고를 당하는 수난의 순간에, 역시 이 소설은 엄마의 회심(回心)과 더불어 은은한 달빛의 응원 속에서 끝이 난다.

아버지의 부재는 이 소설집의 인물들을 규정하는 공통적

조건이다. 요컨대 이 작가의 소설은 인물이 겪는 고난을 그 가족의 어떤 사연들 안에서 풀어내는 것이 하나의 뚜렷한 특징이다. 두 주인공의 이름이 모두 안나인 「닥스훈트 소시지 빵」과 「난쟁이의 꿈」에서, 그녀의 아버지들은 바다로 나갔다가 주검이 되어 돌아온다. 「흔들리다」에서 소심했던 아버지는 밀린 임금을 받아내려고 고공 농성을 하다가 떨어져서 죽는다. 바로 그 아버지를 잃은 영석이 「그들만의 리그」에서 다시 등장하고, 이 소설의 주인공 미자의 아버지는 처자식을 버리고 집을 나가서 죽었다. 「물고기」의 아버지는 장애를 갖고 태어난 아들을 두고서 아내와 불화를 겪다가 집을 나가버렸고, 자기밖에 모르는 「쓸모 있다는 것」의 아버지는 차라리 없는 것이 낫다고 여겨질 만큼 무책임한 사람이다. 그 아버지들의 빈자리는 처자식들의 고난으로 채워지고, 특히 생선 장사로 살림을 꾸리는 어머니의 몸에 밴 진한 비린내가 억척스런 그들의 삶을 표현한다. 「그들만의 리그」에서 어머니는 치매 환자고, 「흔들리다」의 어머니는 식물인간 상태로 병원에 있고, 「쓸모 있다는 것」의 어머니는 신부전을 앓다가 병원에서 사망한다. 「닥스훈트 소시지 빵」과 「난쟁이의 꿈」에 나오는 어머니들은 베트남 사람이고, 「흔들리다」에서 영석의 친구 동철의 어머니는 필리핀 사람이다. 아버지의 부재와 더불어 어머니들의 그 육체적 취약성과 민족적 소수성은, 그들의 자녀들이 처한 불우한 삶의 현실적 조건을 이룬다. 그러나 이처럼 아버지의 부재를 감당하는 취약한 어머니들의 억척스런 삶이라는 서사는, 그런 결손의 가정에서 자란 아이들을 형이상학적 결핍감에 시달리게 함으로써, 정상가족의 이데올로기를 당연한 것으로 여기게 할 수 있음에 유의해야 하겠다.

부모의 사랑과 돌봄을 기대하기 어려운 처지에 놓인 아이들은 스스로 자기의 삶을 구원해야 한다는 것을 일찍부터 깨닫는다. 특히 「난쟁이의 꿈」은 사춘기 중학생 안나가 겪고 있는 성장통을 통해서 부재가 만들어낸 그 결핍의 쓸쓸함을 잘 표현하고 있다. 핫도그 하나에 위로를 구하며 부재의 헛헛함을 견뎌보려고 하는 「닥스훈트 소시지 빵」의 안나처럼, 이 소설의 안나도 동경과 희망을 상징하는 독일마을에서 '난쟁이 인형'을 훔쳐 와 그것으로 자기의 공허한 마음을 채워보려고 한다. 기형의 발 때문에 놀림을 받았던 그 안나처럼, 어린 안나도 베트남인 어머니를 닮아 까무잡잡한 피부와 납작한 코 때문에 사람들의 불편한 시선을 받아내야 했다. 물고기의 환상을 통해서 부자유한 현실에 응대하였던 「물고기」의 호준처럼, 안나는 외롭고 쓸쓸한 마음이 깊어질 때 꿈속의 환상 속에서 난쟁이 인형들을 만난다. 그러니까 그 기묘한 환상들은 결핍의 심리에 대한 소설적 표현이라고 할 수 있겠다. 그리고 소설의 끝자락에서 몰래 훔쳐왔던 인형을 다시 제자리에 가져다 놓고 돌아오는 길에, 예의 그 축복의 햇살이 안나를 비추는 장면은 자기혐오에서 벗어나는 성장의 한 순간을 거룩하게 포착하고 있는 것처럼 보인다.

어떤 의미에서 이 소설집은 전체가 하나의 성장 서사라고 할 만하다. 자기의 장기를 팔아서 말기 신부전증인 어머니를 구하려고 하는 진서(「쓸모 있다는 것」), 불편한 발을 견디며 감천항에서 일하는 안나(「닥스훈트 소시지 빵」), 대학을 다니는 대신 감천동 문화마을의 어묵집에서 아르바이트를 하는 영석(「흔들리다」), 뇌성마비 장애를 갖고 있으면서 자활을 위해 복지관의 카페에서 일하는 호준(「물고기」) 등 부모의 사랑을 갈구했지만 돌봄의 결여 속에서 자란 이 아이들이 훗날에「그들만의 리그」의 미자가 되고,「오늘은」의 수복이나「긍휼히 여기소서」의 김씨와 같은 어른이 되는 것이 아닐까. 그래서 김씨의 이런 자조가 예사스럽게 들리지 않는다. "부모 사랑은 고사하고 어린 나이에 밥벌이로 나선 자신의 어린 날이 생각났다. 고픈 배를 안고 돌아가면 집은 비어 있었다. 엄마는 남의 집 허드렛일을 했다. 동생과 함께 엄마를 기다리던 냉방의 쓸쓸함이 떠오르자 속이 시렸다." 요컨대 이들을 구원할 수 있는 것은 오직 사랑이라고 할 수 있을 것이다. 너 혼자가 아니라는 든든한 응원, 함께해주는 누군가가 곁에 있다는 정서적 충족감과 심리적 안정감. 큰 안나의 '핫도그'와 작은 안나의 '난쟁이 인형'이 그런 것처럼,「물고기」의 호준에게서 바다를 자유롭게 유영하는 '물고기'가 그런 것처럼,「흔들리다」의 영석이 외롭고 힘이 들 때면 찾는 혈청소의 '낚시'가 그런 것처럼, 「쓸모 있다는 것」에서 진서가 어깨를 기대곤 하는 '어린 왕자 조형물'이 지금 그들이 겪고 있는 정서적 결핍과 심리적 불안을 아프게 암시한다. "그 순간 칠이 벗겨지고 금이 간 어린 왕자의 어깨가 생각났다. 밤마다 내 이야기를 들어준 어린 왕자의 어깨에 기대어 쉬고 싶었다. 수평선 너머로 달이 떠준다면 조금 위로가 될 것도 같았다." 사람으로부터 받을 수 없는 위안과 사랑을, 저 대상들을 통해서 심리적으로 보상받으려는 이 아이들의 처절한 집착이 안쓰럽다.

가난, 장애, 남다른 외모 등의 이유로 차별을 당하는 아이들이 겪는 마음의 고통은 외로움에서 비롯된다. 위로가 절실한 상황이지만 그 외로움을 알아줄 사람이 아무도 없다는 것, 방치된 아이들의 비극을 다룬 어떤 영화의 제목처럼, 그 사정과 그 마음을 '아무도 모른다'는 것이야말로 그들의 참담한 현실을 가장 적확하게 꼬집는 표현이다. 이 소설집에서 외로움의 그 심란한 마음을 잘 보여주고 있는 아이가 「흔들리다」의 영석이다. 아버지는 죽었고 어머니는 식물인간으로 병실에 누워 있다. 그래서 그는 고등학교를 중퇴하고 스스로 생계를 꾸려나가고 있다. 선박의 외벽을 청소하는 깡깡이 아지매였던 외할머니도 발받침 사고로 죽었고, 「그들만의 리그」에 주인공으로 나오는 미자를 떠올리기에 충분한 그 미자 이모가 근처에 살고 있지만, 목욕탕의 때밀이로 일하는 그녀 역시 하루하루가 고되다. 그러니까 살뜰하게 그를 보호해줄 어른은 아무도 없다. 그래서 영석은 얼른 어른이 되어 자립하고 싶어 한다. 요컨대 「난쟁이의 꿈」처럼 이 소설도 고립과 고독 속에서 자립을 꿈꾸는 아이의 성장 서사라고 할 수 있을 것이다. 그러나 어른이 된다는 것은 그저 나이를 먹는 것이 아니라 또 다른 고난들을 힘들게 감당해나가야 하는 일일지도 모른다. "깡깡이마을이 건너다보이는 혈청소에서 낚시를 하지만 아직은 어른이 되지 못했다. 그렇게 여전히 그것들을 버티며 견디고 있었지만 나아지는 것은 아무것도 없었다." 지독한 외로움 속에 방치된 영석에게 위로가 있다면, 건물에서 떨어진 아버지를 싣고 달리던 구급차 안에서 몰래 가져왔던 무전기에서 흘러나오는 세상의 불행한 일들뿐이다. "무전기는 쉬지 않고 세상의 불행을 토해댔다. 영석은 세상의 불행이 전해질 때마다, 자신은 덜 불행한 것 같아 안도했다." 영석은 자기 말고도 구조를 요청하며 절규하는 이들이 있다는 것에서 혼자가 아니라는 억지스런 안심을 얻고 싶은 것이다. 작가는 역시 이 쓸쓸한 아이에게 그의 편이 되어줄 누군가들이 없지 않다는 것을 소중하게 일깨워주려고 한다. 아르바이트를 하고 있는 어묵집 사장 김씨의 무뚝뚝한 호의가 그렇고, 그의 처지를 가장 잘 알아주는 친구 민수와 동철의 존재가 그렇다. 혼자라는 상심한 마음에 빠져 있던 영석에게 오랫동안 연락이 없었던 두 친구가 찾아와주었을 때, 드디어 그는 세상의 불행을 전하는 구급차의 무전기를 바닷물에 던져버린다. "깎아지른 언덕, 좁은 골목, 굽은 담벼락. 반듯한 길이라곤 찾아보기 힘든 동네였지만 담벼락을 넘어오는 말소리와 불빛에 마음이 편해졌다. 엄마는 담장 아래 처마를 맞댄 이웃이 있어 좋다고 했다. 그래서 여 살기로 안 했나." 작가는 아마 힘든 삶이지만 더불어 살아가는 이웃과 친구가 있다면, 그래도 세상은 충분히 살아갈 만하다는 그런 이야기를 전하고 싶었을 것이다.

가난한 자들의 연대는 낭만적인 희망처럼 그렇게 쉽사리 이루어지지 않는다. 「그들만의 리그」와 「긍휼히 여기소서」 두 작품이 그려내고 있는 것은, 연대는커녕 동료와 이웃 간의 불화를 조장하는 냉혹하고 참혹한 현실이다. 세신사로 일하는 미자(「그들만의 리그」)는 자기 손님을 확보하기 위해서 동료들과 신경전을 벌여야 한다. 동료였던 영순에게 머리채를 잡히기까지 했던 그는 이제 신참인 준영 엄마에게 손님을 뺏긴다. 밀린 보험료와 청약부금처럼, 당장의 먹고사는 문제 앞에서 동료애보다는 자기 이득을 챙기는 것이 우선이다. "남의 고통 앞에 이득을 먼저 떠올리는 냉정한 현실이 싫었지만 욕심이 뭉글뭉글 피어올랐다. 미자는 그런 자신이 싫어 진저리를 쳤다." 치매에 걸린 미자의 엄마는 마을 재생 프로그램의 일환으로 만든 '평화의 집'에 그려진 밥사발 그림을 찾아가곤 한다. 기억은 잃었어도 몸에 새겨진 그 관성처럼, 그녀의 일생은 식구들의 밥사발을 챙기기 위한 고투의 시간이었을 것이다. "엄마는 충주이모와 함께 난전에 앉아 장사를 한 지 오십 년이라고 했다. 죽일 듯 싸웠어도 어느 하나가 손님 등쌀에 시달린다 싶으면 한걸음에 달려가는 게 이 바닥 인심이라고도 했다. 손님 때문에 머리채를 잡기 일쑤지만, 장사 이웃 오십 년이면 제 속 내 속 할 것 없이 다 알게 되는 곳이 자갈치시장이라며 자갈치시장을 그리워했다." 미자의 엄마는 김복녀라는 이름과는 달리 복을 누린 인생은 아니었다. 텃세를 이겨내며 동료들과 손님을 다투어야 했던 불가피한 투쟁의 시간이 지나자 늙고 쇠한 몸은 기억마저 잃어버렸다. 그러나 작가는 미자의 미래가 엄마의 이런 박복한 인생의 반복이어서는 안 된다고 여겼는지, 엄마를 요양병원에 입원시키고 힘차게 새로운 하루를 시작하는 것으로 소설을 끝맺었다. "미자는 엄마가 몸의 기억을 잊고 편히 지내기를 바랐다. 공판장으로 나가야 했던 새벽과 난전을 지키기 위해 싸워야 했던 시간이 잊히길 바라며 엄마 손을 놓았다." 이것은 엄마와의 결별이 아니라 자기의 불행했던 기억들과의 결별이고, 새로운 시작의 힘찬 다짐이라고 할 수 있을 것이다.

아랫동네에서 작은 슈퍼를 운영하다가 대기업의 골목상권 진출 때문에 산동네로 밀려와 십 년째 '운수슈퍼'를 꾸려나가고 있는 「긍휼히 여기소서」의 김씨는, 역시 그 상호명과는 달리 그렇게 운수가 좋은 사람은 아니다. 이 소설은 김씨가 자기의 가게 바로 옆에 새로운 슈퍼가 개업을 하면서 형편이 점점 어렵게 되자, 이웃에서 정육점을 하는 판수의 조언을 듣고 중고 커피 자판기를 들여놓았다가 벌어진 소동을 다룬다. 여기에 전문대를 졸업하고 직장을 다니던 큰아들이 수도권 대학을 못 나왔으니 미국 유학이라도 다녀와야 살아남을 수 있다고 하면서 사표를 내고 유학을 추진한다. 부담스런 유학 경비에다 생각지 못했던 경쟁자까지 나타나자, 김씨는 그야말로 사면초가의 상황에 놓인 것이다. 그가 할 수 있는 것은 조금이라도 더 성실하게 일을 하는 것 말고는 다른 방법이 없었다. "김 씨는 지난 십오 년 동안 새벽 다섯시면 문을 열고 밤 열두시에 문을 닫았다. 그러던 것을 새벽 네시로 당겼던 거였다." 요컨대 이들이 겪는 불행을 그들의 탓으로 돌릴 수는 없다. 그런 상황에서 엉뚱하게도 서로 잘 지내던 이웃 판수와 싸움이 벌어진다. 동전만 먹고 커피가 나오지 않는 자판기를 판수가 발로 찼다는 것을 알고 시비가 붙은 것이다. 몇 달째 가겟세도 못 내고 업종을 바꾸는 것까지 고민하고 있는 판수 역시 김씨의 지나친 행동에 분개한다. 그렇게 소설은 먹고살기 힘든 궁색한 현실이 이웃 간의 불화로 이어지는 살풍경을 씁쓸하게 소묘한다.

외로움을 견디며 누구의 도움 없이 힘들게 살아내서 어른이 된 저 김씨처럼, 「오늘은」의 수복도 고된 하루하루를 성실하게 사는 사람이다. 그는 "맨손으로 험한 세상을 살아낸 지난날"의 힘든 경험을 통해서 "무엇이든 얻을 게 있다면 움직여

보는 게 남는 장사라 믿었다." 그런 믿음이 일종의 완고한 신념이 되어서 아들과는 불화를 겪기도 하는데, 그것은 마치 태극기를 든 어떤 극우 노인들의 신념처럼 생존의 투쟁 속에서 굳어진 자기 확신과 같은 것이었다. 여기서 지방대를 나와 칠년째 공무원 시험에 매달리고 있다는 아들의 처지 역시 판수(「긍휼히 여기소서」)의 아들과 마찬가지로 기억해두어야 할 디테일이다. 동네에서 철물점을 운영하는 수복은 무엇보다 국가의 권위를 신봉하고, 그 권위에 순종하며 그 힘에 의지할 때 살길이 열린다고 믿게 된 사람이다. 그래서 그는 의용소방대원으로 활동한 삼십여 년의 시간을 자랑스럽게 여긴다. 완장의 힘을 믿는 사람이기 때문에 십여 년째 재개발추진위원회에서 활동하면서, 국회의사당 지붕을 통해 로봇 태권브이를 쏘아 올린다는 황당한 국가적 이벤트에 열광한다. 아들이 공무원 시험에서 떨어지고 아내도 옥상 계단에서 떨어진 그때에, 수복은 신청했던 공공근로에 선정되었다는 연락을 받는다. 그렇게 그는 또다시 국가의 은덕을 확신하게 되는 것이다. 이처럼 이 소설은 어떤 결핍과 외로움, 살벌한 생존의 투쟁 속에서 어른이 된 사람을 풍자와 해학의 어조로 그려 보인다.

"그들은 감천동에 사는 사람을 호기심 어린 눈으로 바라봤고 이런 곳에 사람이 산다면 놀라워했다."(「그들만의 리그」) 작가는 이와 같이 누군가의 삶을 구경거리로 여기는 태도에 대해 소설 곳곳에서 불쾌한 마음을 드러낸다. "집을 기웃거리는 사람들에 대한 불만이 볼 가득 터져 나왔다. 그래서 독일로 돌아가려고 한다고 했다.”(「난쟁이의 꿈」) 독일 할머니의 이국적인 집을 구경하는 사람들에 대한 불편한 감정은, 자기와 다른 것에 배타적인 호기심을 갖는 무례한 시선에 대한 비판의 표현이기도 하다. 영석의 아버지가 추락해서 죽는 모습을 인터넷에서 퍼 나르며 소비하는 그 무참한 시선들. 그런 시선들이 자기와는 다른 피부색을 차별하고, 장애를 갖고 있는 부자유한 몸과 가난한 자들의 남루한 삶을 자기 우월의 오만한 감정 속에서 지켜보게 하는 것이다. 그렇다면 그처럼 지켜보고 구경하는 사람이 아니라, 그들과 함께하는 사람이 된다는 것은 어떻게 가능할 수 있을까.

나는 이 소설집이 세상의 모든 고단한 이들을 위한 위로의 서사이기 이전에, 기나긴 성장통의 과정을 겪어낸 작가가 스스로에게 보내는 자기 격려의 서사가 아닐까 생각한다. 그래서 소설의 주인공들은 어떠한 질곡을 겪고 모진 수난을 당한 뒤에도 기어이 희망의 한 자락을 선사받게 되는 것이다. 따라서 여러 소설들의 주요 배경을 이루는 감천동 문화마을은, 고단한 삶을 함의하는 그 높다란 고개의 언덕과 거기서 내려다보이는 바다와 항구의 불빛이 함의하는 희망을 표현하는 최적의 장소일 수밖에 없다. 어디에서 바라보는가, 그 바라봄의 자리에 대해서 생각할 수 있다면 무엇을 볼 것인가에 대해서도 생각이 미칠 수 있지 않을까. 그러니까 자기가 바라보

는 그 위치의 감각을 일깨우면, 세상을 다르게 볼 수 있는 시
각이 열릴 수 있으리라 믿는다. 내가 겪어낸 것들을 솔직하게
펼쳐낸다는 것, 자기 과잉이 아니라 자기에게 충실한 그 자리
에서 타인은 구경거리가 아니라 비로소 우애로운 연대의 당
사자로 다가온다. 그것을 위하여, 이 작가가 솔직함에 더해서
그 충실함을 더욱 연마해주기 바란다.

섬진강 사이를 오가던 나룻배는 두 공간을 이어주는 이음줄이었다. 나룻배를 타고 강을 오가는 그곳의 사람들은 장날마다 인심을 나누었다. 은어나 다슬기를 건져 올려 나누어 먹었고, 가족 잃은 슬픔을 덜어주고 새 식구가 생긴 기쁨을 함께 즐겼다. 집 잃은 이를 위해 집을 빌려주거나 밭 없는 이와 밭을 공유하며 함께 먹고 살았다.

4차선 도로를 사이에 두고 이쪽은 대청동 저쪽은 중앙동, 골목을 사이에 두고 이쪽은 동광동 저쪽은 대청동. 길은 동네를 나누었고 동네는 빈자와 부자로 나뉘었다. 하지만 아이들은 함께 도로를 건넜고 골목에서 뛰어놀았다. 아이들 사이에도 보이지 않는 차이가 있다는 것을 알게 된 것은 고학년이 되면서였다. 누구는 유명 상표 운동화를 신고 누군가는 언니나 형의 신발을 물려 신어야 한다는 사실이 그 차이를 알게 해주었다. 그때부터 난 언니가 신던 운동화나 오빠가 쓰던 공책을 숨기고 싶었다. 엘리베이터를 타고 가는 친구의 집과 자가용이 부러웠다. 하지만 언니나 오빠가 쓰던 물건조차 얻어 쓰지 못하거나 버스를 탈 수 없어 먼 길을 걸어야 하는 아이도 있다는 것을 알게 됐다. 얻어 쓸 물건도 없고 버스 탈 돈도 없는 아이들을 보며 생각했다. 왜 누구는 자가용을 타고 누구는 걸어야만 하는 걸까.

나는 걷는 사람에 관한 이야기를 하고 싶었다. 그들의 삶을 이야기한다 해서 세상이 변하지는 않을 것이다. 다만 그들의 삶도 가치 있고 의미 있음을 말하고 싶은 거였다. 팍팍한 하루 끝에서도 삶의 의미를 찾고, 바람이 마음을 다독여줘 또 하루 살아갈 힘을 얻는 이들의 삶. 그들은 일자리를 잃어 막막해도, 재개발 지역에서 밀려나도 살기 위해 힘을 냈다. 허여멀건 콩나물국에 밥 한 덩이 말아 먹고 무허가 쪽방에 잠을 자도 그들은 삶을 이어갈 작은 이유를 찾았다. 그들의 그 힘을 발견하면서 내 삶도 변해갔다. 바람 한 줌과 햇살 한 자락, 그윽한 파도 소리에 위로받을 줄 아는 이들로부터 배워 가는 삶의 지혜만큼 아름다운 것이 있을까.

돌이켜보면 나는 경계 위에 살았던 것 같다. 이쪽과 저쪽을 나누는 금 위에서 이쪽이기도 하고 저쪽이기도 한 삶. 경계로 인해 이쪽도 아니고 저쪽도 아닌 삶. 아니, 어쩌면 이쪽이어서 저쪽을 생각하고 저쪽이어서 이쪽을 생각하는 삶. 경계에서 바라본 세상은 이쪽 혹은 저쪽으로 기울어져 있었다. 하지만 경계로 나뉜 사람들은 그들의 방식대로 삶을 이어갔다. 강을 사이에 둔 사람들이 서로 나누고, 도로를 사이에 둔 아이들이 함께 뛰놀듯 그렇게 연대하며 살아간다.

영주동 산복도로나 아미동 고개, 감천문화마을에 사람이 살고 있어 기뻤다. 오늘도 그곳에는 진서가 지나가고 수복이 고개를 내밀 것이다. 호준이 햇살을 받으며 휠체어를 탈 것이고 김씨가 장사를 위해 셔터를 올릴 것이다. 미자는 골목을 지나 목욕탕으로 출근할 것이고 영석은 택배 상자를 싣고 곡각지점을 내달릴 것이다. 베트남 엄마들의 딸인 안나들 역시 한 줌 바람과 한 자락의 불빛에 위로받을 것이다.

그들이 사는 곳에 함께 살 수 있어 감사하다.

2022년 10월
임회숙

산복도로의 꿈

© 임회숙

1판 1쇄 발행 | 2022년 11월 15일

지은이 | 임회숙
펴낸이 | 정홍수
편집 | 김현숙 이명주
펴낸곳 | (주)도서출판 강
출판등록 | 2000년 8월 9일(제2000-185호)

주소 | 서울시 마포구 동교로17안길 21 (우 04002)
전화 | 02-325-9566
팩시밀리 | 02-325-8486
전자우편 | gangpub@hanmail.net

값 14,000원
ISBN 978-89-8218-307-2   03810

* 이 책은 부산광역시, 부산문화재단의 지원을 받아 발간되었습니다.